LSJ EDITIONS

Les Croz : La malédiction de Kalaan Tome 1

LSJ EDITIONS
La saga des Croz

Linda Saint Jalmes

Les Croz :
La malédiction de Kalaan
Tome 1

LSJ EDITIONS
La saga des Croz
Roman

~ Les romans de l'auteur disponibles chez LSJ Éditions ~
(Brochés, numériques et audios en cours)

<u>La saga des enfants des dieux</u> (fantastique, aventure, pour adultes) :

1 – Terrible Awena (disponible en audio)
2 – Sophie-Élisa (disponible en audio)
3 – Cameron
4 – Diane
5 – Eloïra

<u>La Saga des Croz </u>(fantastique, aventure, pour adultes) :

1 – La malédiction de Kalaan
2 – Le collier ensorcelé
3 – Val' Aka

Passion Flora (mini-roman érotique, pour adultes)

Les bêtises de Lili (tout public, humour, anecdotes)

The Curse of Kalaan (traduction en anglais US du tome 1 des Croz)
Romances Fantastiques : Nouvelles – édition 1
<u>Trois nouvelles</u> : Second Souffle, Le Naohïm de Noël, Le prix d'un nouveau monde.

<u>La saga Bhampair</u> (fantastique, dark)

Bhampair : 1 - Aaron Dorsey
Bhampair : 2 – Lune Noire *(en cours de préparation)*

LSJ EDITIONS

Le Code de la propriété intellectuelle et artistique n'autorisant, aux termes des alinéas 2 et 3 de l'article L.122-5, d'une part, que les « copies ou reproductions strictement réservées à l'usage privé du copiste et non destinées à une utilisation collective » et, d'autre part, que les analyses et les courtes citations dans un but d'exemple et d'illustration, « toute représentation ou reproduction intégrale, ou partielle, faite sans le consentement de l'auteur ou de ses ayants droit ou ayants cause, est illicite » (alinéa 1 er de l'article L. 122-4). « Cette représentation ou reproduction, par quelque procédé que ce soit, constituerait donc une contrefaçon sanctionnée par les articles 425 et suivants du Code pénal. » Pour les publications destinées à la jeunesse, la Loi n°49-956 du 16 juillet 1949, est appliquée.

© Linda Saint Jalmes
© Illustration de couverture : LSJ.
ISBN : 9782490940394
Dépôt légal : avril 2017

LSJ Éditions
22 Rue du Pourquoi-Pas
29200 Brest

www.lindasaintjalmesauteur.com

~ Les liens pour suivre Linda Saint Jalmes ~

Site officiel et boutique :
https://www.lindasaintjalmesauteur.com/
(Dans la boutique du site : Parfum *Awena*)

Facebook :
https://www.facebook.com/LSJauteur
Instagram :
https://www.instagram.com/linda_saintjalmes/
Pinterest :
https://www.pinterest.fr/lindasaintjalmes/
Tik Rok :
https://www.tiktok.com/@linda.saintjalmes_auteur?lang=fr

Marraine des Croz 1 : La malédiction de Kalaan

« *Les Croz est un merveilleux roman où le monde n'est jamais vraiment ce qu'il paraît être.
L'univers que Linda Saint Jalmes a créé est amusant, surprenant, palpitant et une fois le livre entamé, il m'a été impossible de le lâcher...* »

Cassandra O'Donnell

« Malheur aux vivants qui viendraient violer les tombes. La mort abattra de ses ailes quiconque dérangera le repos du pharaon ».[1]

---

1   *Une des phrases rituelles, inscrite en hiéroglyphes sur les tombeaux des pharaons de l'Égypte ancienne.*

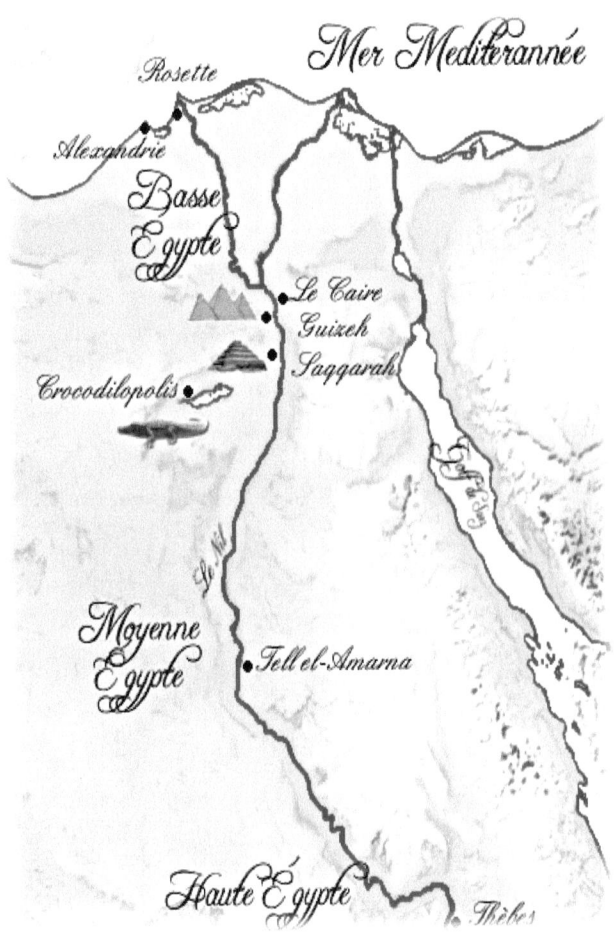

Prologue

Tell el-Amarna, Égypte, 7 novembre 1828

Les eaux du Nil resplendissaient sous la caresse du soleil omniprésent, et miroitaient comme du mercure que des vaguelettes d'un bleu gris venaient paresseusement marbrer.

Ce large bandeau liquide traversait du nord au sud les terres de la Basse, Moyenne et Haute-Égypte et, l'été, lors des grandes crues annuelles, il fertilisait les rives de son bienfaiteur limon noir appelé aussi « kemet ». Le contraste entre la flore luxuriante et riche des berges, éclose de cette source nourricière, et la désertification des plaines en arrière-plan, ne cessait d'étonner les visiteurs de passage.

Le vert paysage qui berçait le Nil dans ses bras était constitué d'herbes grasses, de papyrus, d'eucalyptus, de saules pleureurs, de palmiers dattiers, mais encore de lotus et de roseaux. Et par-delà ce fronton de vie frétillante, quand les regards se dessoudaient de l'ensorcelant appel verdoyant, alors apparaissaient à tour de rôle des dunes élevées et des pics rocheux noirs, couverts d'un sable beige transpirant l'incandescence solaire.

Cette scène aride émoussait, puis effaçait instantanément les sourires. Elle parvenait, malgré la haute température, à glacer le sang du commun des mortels en transmettant son message silencieux, terrifiant et funeste : « *À partir d'ici, toute existence prend fin.* »

En ces lieux, le paradis et l'enfer se disputaient une partie du monde, et l'homme n'était plus qu'un insignifiant pion, spectateur dans le meilleur des cas, victime... dans le pire.

C'est le long d'une de ces berges, sur la rive orientale du Nil, qu'accostaient dans un antique passé les bateaux d'Akhénaton, dixième pharaon de la XVIIIe dynastie, et de sa grande épouse royale : Néfertiti.

C'est là aussi que celui que l'on baptiserait dans le futur, le « pharaon *hérétique* », avait édifié sa nouvelle capitale, entièrement dédiée au culte du dieu solaire *Aton*[2] et lui avait donné le nom de : Akhetaton « L'Horizon d'Aton ».

Grandiose, magnifique d'architecture, construite de briques rouges et de talatates[3] et peuplée en moins de quatre ans par une population de plus de vingt mille habitants, Akhetaton fut sans conteste la digne représentante du culte d'Aton, à la hauteur des vœux de son souverain.

Trois mille cent quatre-vingt-huit années plus tard – en 1828 –, le temps passant, les idéaux et la folie du monde allant, la capitale, désertée à la fin du règne d'Akhénaton, n'était plus qu'un tas de ruines balayé par les vents brûlants du désert, que veillaient les vestiges

---

2   *Aton : Dieu solaire de l'Égypte antique.*
3   *Talatate : Pierre de construction en grès, typique de la période amarnienne (période durant laquelle le pharaon Akhénaton régna dans sa nouvelle capitale).*

de ses stèles frontières.

Et de son très grand pharaon, comme de son nom d'origine, il ne restait rien, même pas l'ombre d'un début d'histoire[4].

Sur les berges, se tenaient à présent d'autres bateaux, plus modestes que ceux d'Akhénaton, cependant tout aussi bien agencés pour les visiteurs qu'ils transportaient : deux *maasch*[5] – l'*Isis* et l'*Horus* – et une *dahabieh*[6] de petite taille.

L'*Isis* ainsi que la *dahabieh* appartenaient à l'équipe expéditionnaire de Jean-François Champollion qui venait d'arriver sur le site, tandis que l'*Horus* était la possession de Kalaan Fébus, comte de Croz, noble et égyptologue français, résidant depuis huit mois en Égypte.

En ce lieu mythique de Tell el-Amarna, une rencontre inattendue venait de se produire, qui allait inexorablement changer le destin des deux hommes.

---

4 *Akhénaton l'oublié : Ce n'est pas Champollion qui mit à jour la réelle identité de ce très grand pharaon bien qu'il en connût le nom, mais Karl Richard Lepsius, égyptologue allemand, lors de l'expédition prussienne en 1843.*
5 *Maasch : Bateau à voiles typique de l'Égypte.*
6 *Dahabieh : Bateau à voiles ressemblant à une petite péniche*

Chapitre 1

La rencontre

— Je me réjouis que le destin nous ait enfin réunis en ce pays, cher Kalaan ! lança Jean-François Champollion, deux heures après leur rencontre inopinée à Tell el-Amarna et après avoir fait succinctement le tour d'une partie des nombreux vestiges, d'abord avec les membres de son corps expéditionnaire, puis uniquement en compagnie du comte.

Il reprit après un instant de silence :

— Ces ruines sont telles que les a décrites le père jésuite Claude Sicard dans ses lettres de 1714, ainsi que le rapport d'il y a trente ans de monsieur Jomard[7] : une véritable désolation. Il y a fort à penser que cet état s'est encore accentué avec les nombreux pillages qui font rage sur les vieux sites. Mes collègues et moi-même avons pu noter que le temps n'est pas le seul fautif quant à la destruction des vestiges ; des hommes et leurs pioches ou marteaux ont largement contribué à ce délabrement. C'est un vrai saccage ! Il ne reste rien

---

7   *Edmé François Jomard : Ingénieur-géographe et archéologue, membre de l'expédition égyptienne de Bonaparte en 1798.*

à relever et les quelques reliefs, hiéroglyphes ou morceaux de statues que nous avons aperçus, ont tous été sévèrement abîmés.

— Depuis deux jours que je suis ici, j'ai fait le même constat, soupira sombrement Kalaan, ses yeux vert ambré parcourant avec dépit les ruines et les falaises abruptes de roche calcaire qui s'élevaient vers l'est, juste au-dessus de ce qui avait été très certainement les bases d'une vaste cité de l'Égypte antique. Rien de nouveau sur l'identité de cet Akhénaton ?

— Non, mon ami, et cela me chagrine quelque peu, répondit d'un ton las Champollion, tout en pinçant les lèvres. Il m'est réellement impossible de situer ce mystérieux personnage dans la longue liste des rois, reines ou pharaons. J'avoue en arriver à penser comme mes confrères, qui assurent que cet Akhénaton serait en réalité une femme. C'est tout de même étrange... c'est comme si le monde avait voulu effacer toute trace d'elle, ou de lui, et de son règne, si règne il y a bien eu.

D'un air rêveur, Jean-François sortit de la poche de son pantalon un objet blanchâtre, qui attira la curiosité du comte de Croz.

— Qu'est-ce donc ?

— Hum ? fit Champollion d'un air distrait en relevant la tête et en dévisageant Kalaan. Oh ! Cela ? Un simple fragment calcaire cristallisé, parfaitement poli de fait. De par sa forme, nous supposons qu'il ait pu appartenir au genou d'une statue, plausiblement à l'effigie d'une femme, ce qui confirmerait qu'Akhénaton faisait partie du sexe faible. Là encore, nous ne le saurons peut-être jamais.

— Peut-être... ou peut-être pas, répéta Kalaan,

sibyllin. Avez-vous omis que je souhaite vous faire partager l'une de mes récentes découvertes ? Et si je vous annonçais qu'elle pourrait apporter de nombreuses réponses à nos questions ?

Champollion marqua son incrédulité et ses yeux bruns pétillèrent d'un vif intérêt. Cependant, Kalaan tournait déjà les talons sans plus aucune autre explication et se dirigeait vers les berges du Nil, où étaient amarrés les bateaux. Le filou ! Il était si certain d'avoir réussi à éveiller la curiosité de son confrère qu'il ne doutait pas un instant que ce dernier le suive !

Mais comment ne pas marcher dans ses pas ? Kalaan en imposait de par son aura charismatique et dominante, tout comme par son allure. Il était doté d'une impressionnante stature, et évoluait dans les ruines de Tell el-Amarna à l'instar d'un félin se prélassant sous l'astre du jour. Il était vêtu d'une tunique de lin blanc, d'une culotte moulante de daim clair et de bottes hautes en cuir épais. Il fallait bien cela pour se protéger des attaques des serpents et scorpions qui proliféraient dans les parages.

Champollion s'était prémuni des rayons du soleil à l'aide d'un simple chapeau de paille ; quant à Kalaan, il avait plutôt opté pour un *chèche*[8] noir qui ne gâchait en rien son port altier, bien au contraire, il le rehaussait. Le tissu masquait une chevelure d'un châtain foncé aux mèches dorées par le soleil, plus longue que le voulait la mode de l'époque, et maintenue sur la nuque par un simple lien de cuir.

Si son visage ne correspondait pas aux critères

---

8 *Chèche : Foulard d'environ 4 à 8 mètres de long, porté notamment par les Touaregs, enroulé sur la tête et le visage, pour se protéger du soleil et du vent sec du désert.*

classiques des canons de l'époque qui voulaient que les hommes soient à la limite féminisés – son menton étant peut-être trop carré, sa bouche aux lèvres trop charnues, ses traits intensément masculins –, il n'en restait pas moins que Kalaan était l'un des spécimens les plus beaux du moment... et des plus courus.

Il avait le front large, barré d'une sempiternelle mèche qui lui conférait un air rebelle ; ses sourcils plus sombres affichaient tour à tour la détermination, la moquerie, ou l'agacement le plus profond. Son regard séducteur, aux iris d'un vert ambré et changeant, déstabilisait souvent ses interlocuteurs par son magnétisme. Kalaan était un adversaire redoutable pour ses homologues masculins et pour les femmes, le plus adulé des libertins.

Loin des aristocrates-porcelaine qui cultivaient leur pompeuse et fine physionomie en ne faisant rien de leurs dix doigts, Kalaan ne ménageait pas ses efforts pour creuser la terre, soulever des roches, et porter de lourdes charges à l'instar des ouvriers qu'il employait sur les lieux de fouilles. Ce qui lui avait valu un corps magnifiquement proportionné, athlétique, et le surnom décerné par ses hommes de « lion d'Égypte ».

En une demi-heure à peine, après avoir rejoint le campement sur la rive est du Nil, le jeune comte se débarrassa de l'ensemble des membres du corps expéditionnaire de Champollion, dont ses amis les plus proches : Ippolito Rosellini[9] et Nestor L'Hôte[10].

---

9 *Ippolito Rosellini : Égyptologue italien du XIXe siècle, collaborateur et ami de Jean-François Champollion.*
10 *Nestor Hippolyte Antoine L'Hôte : Égyptologue, dessinateur et ami également de Jean-François Champollion.*

Son attitude énigmatique finit par porter sur les nerfs du linguiste.

— Tout ce mystère entourant votre découverte me rend, si je puis m'exprimer ainsi, extrêmement fébrile, murmura Champollion, état que corroboraient ses yeux bruns brillants d'exaltation. Mon ami et confrère italien Rosellini se doute bien que nous n'allons pas inspecter un simple « trou » dans le désert, comme vous venez de le lui laisser entendre.

— Infesté de serpents et de scorpions, ajouta Kalaan, moqueur, de sa chaude voix de baryton.

Ippolito Rosellini avait fortement pâli sous son hâle à la suite des propos de Kalaan et n'avait plus insisté pour les accompagner, malgré l'immense curiosité qui le tenaillait, tout comme Nestor L'Hôte. Pourtant, ce n'était pas le premier site, ni le dernier, que ces deux hommes visitaient avec Champollion, et des reptiles, ils en avaient aperçu plus souvent qu'à leur tour.

Jean-François rit et jeta un regard par-dessus son épaule. Ses collègues affichaient un air déçu et ne les quittaient pas des yeux, tout en embarquant à contrecœur sur l'*Horus* où le comte de Croz les avait conviés à un rafraîchissement.

Pour vous désaltérer et vous mettre à l'abri de la chaleur, leur avait poliment proposé Kalaan.

Ruse et diversion que tout cela, et Champollion trépignait d'impatience de poser les yeux sur la troublante découverte qui ne souffrait d'aucune autre présence que la sienne.

Kalaan et Jean-François montèrent dans une felouque pour traverser le Nil et atteindre la rive ouest où les attendaient Salam – fidèle ami touareg de

Kalaan –, P'tit Loïk – le bras droit du comte qui le suivait dans toutes ses expéditions – et ses hommes de main.

— Vraiment... un trou, se moqua encore Jean-François en prenant place dans l'embarcation.

Kalaan darda sur lui un regard énigmatique, un mince sourire narquois étirant ses lèvres charnues, puis manipula la bôme et la barre de leur petit bateau pour l'orienter dans la bonne direction.

Ses gestes étaient posés, sûrs. On aurait dit que le comte avait fait cela toute sa vie – bien qu'il n'eût que trente ans – et, à le voir ainsi, aussi aguerri à la navigation, personne n'aurait pu mettre en doute ses origines bretonnes.

Il n'était un secret pour personne que le jeune comte, en sus d'être un égyptologue renommé, avait été corsaire. D'abord au service de Napoléon Bonaparte – alors qu'il n'avait que quatorze ans –, puis à celui de Louis XVIII et Charles X, suite à la Restauration de 1814, qui avait vu le retour à la souveraineté monarchique de la Maison de Bourbon.

Kalaan marchait sur les pas de son père, corsaire avant lui, tout du moins en ce qui concernait l'époque de l'Empereur ; car l'ancien comte de Croz avait disparu en mer lors d'une périlleuse mission contre les Anglais, bien avant de voir revenir sur le trône un nouveau roi de France.

Un corsaire, oui, c'est bien ainsi qu'apparaissait Kalaan dans l'esprit de Champollion qui ne cachait nullement son admiration. Il l'imaginait sans peine debout et fier à la barre de sa frégate, imperturbable sous les trombes d'eau saline qui s'abattaient sur lui, tandis qu'il affrontait les éléments déchaînés d'une puissante tempête.

Ils s'étaient croisés plusieurs fois à Paris, couramment au musée du Louvre. La dernière rencontre était survenue lors de l'inauguration du musée royal Charles X, où huit nouvelles salles avaient été aménagées dans l'aile sud de la cour carrée, entièrement consacrées aux antiquités égyptiennes et gréco-romaines.

À ce moment-là, Jean-François buvait comme du petit lait les paroles du comte de Croz revenant d'une énième expédition en Égypte, tandis que lui, le « déchiffreur des hiéroglyphes », rêvait avidement de découvrir cette terre qui l'attirait comme un aimant. Rêve qui se dérobait sans cesse, alors qu'il pensait le toucher du bout des doigts.

C'était chose faite, enfin ! Champollion vivait son aventure en savourant chaque seconde qui passait. La somptueuse Égypte semblait lui ouvrir les bras et le ravissait toujours plus de son histoire riche en mystères.

Et voilà qu'en ce jour du 7 novembre 1828, l'adrénaline fusait à nouveau dans ses veines et que la fébrilité le gagnait, dans l'attente de prendre connaissance de ce que Kalaan désirait garder secret.

N'y tenant plus, Jean-François posa des questions en rafale, et ne s'arrêta de parler qu'en constatant qu'il n'avait aucunement laissé l'opportunité de répondre au comte de Croz, qui dardait sur lui un regard amusé. Si, bien entendu, ce dernier avait daigné lui répondre. Mais non...

L'embarcation s'ébranla alors que sa coque glissait en crissant sur le sable de la rive ouest. Ils étaient arrivés à destination et déjà, les hommes de

Kalaan se dépêchaient de tirer la felouque à terre. Ils aidèrent Champollion à prendre pied au sol, tandis que Kalaan – qui avait sauté dans l'eau avant l'accostage – s'éloignait vers la zone désertique et aride qui se profilait par-delà le bandeau végétal.

Le comte de Croz était bel et bien un noble, mais n'en avait aucunement les manières et encore moins la politesse qui l'aurait obligé à attendre son invité. Seul Salam, le ténébreux ami touareg de Kalaan, et P'tit Loïk, le costaud bras droit du jeune aristocrate, ayant la cinquantaine passée, se tenaient présents à ses côtés. Ils échangèrent des coups d'œil ennuyés. L'attitude peu courtoise de Kalaan les mettait de toute évidence mal à l'aise.

— P'tit Loïk, salua Champollion en serrant chaleureusement la large main de ce dernier. Quel plaisir de vous revoir !

— Moi de même, répondit tout aussi affablement le vieux loup de mer. J'suis bien content qu'vous soyez ici. Plus vite vous sortirez le môme de ce trou, plus vite on rentrera. J'en oi assez de boustifailler du sable.

Champollion ne put s'empêcher de s'esclaffer face au franc-parler de P'tit Loïk, ce petit père à la chevelure grisonnante, aux joues rebondies, à la panse bien tendue et au sempiternel pantalon tombant. Il formait, avec Kalaan, un étrange duo d'inséparables. Jean-François toussota pour reprendre contenance et posa son regard sur Salam, que P'tit Loïk s'empressa de présenter.

C'était ce que l'on appelait un « homme bleu »[11], d'une impressionnante stature, habillé de la tête aux

---

[11]*Homme bleu : Autre nom donné au Touareg.*

pieds du traditionnel long vêtement dénommé *takakat*[12] et du chèche indigo. Le tissu sur le visage ne laissait apparaître que ses insondables yeux sombres légèrement en amandes, ses cils noirs et fournis, ainsi que ses sourcils bien dessinés.

L'homme était lourdement armé de sa *takouba*[13] (uniquement visible par sa poignée en forme de croix) qui dépassait d'un fourreau de cuir brun maintenu à la taille, d'une lance, et d'un bouclier en peau de chèvre. Nul doute qu'il portait également, sous le tissu de sa manche gauche, et attaché à son bras, le poignard touareg appelé *telek*.

Jean-François fut saisi d'une pensée subite qui le troubla l'espace d'un instant en songeant au comte et à l'homme bleu : « *Dieu a réuni la lumière et les ténèbres autour de moi, la première en Kalaan et les suivantes en Salam. Serait-ce un signe du destin ?* »

— *Salam aleikoum* (Que la paix soit sur toi), prononça le Touareg en arabe et non en berbère[14], d'une voix riche et gutturale, tout en courbant la tête dans un salut révérencieux.

— *Wa 'aleykoum asalam* (Que la paix soit aussi sur toi), lui retourna Jean-François qui parlait couramment l'arabe.

Leurs échanges s'arrêtèrent là, et suite à un signe de main de Salam, le trio prit la direction qu'avait empruntée Kalaan peu de temps auparavant.

La chaleur de ce côté du Nil était étrangement plus pesante que sur la rive est et les ruines de Tell el-Amarna. Jean-François en souffrit instantanément. Il

---

12 *Takakat : Traditionnel long vêtement chez les Touaregs.*
13 *Takouba : Épée droite à double tranchant des Touaregs.*
14 *Berbère : Langue courante des Touaregs.*

réajusta son chapeau de paille, épongea fébrilement son visage moite à l'aide d'un mouchoir et le plaqua ensuite sur son nez et ses lèvres pincées. P'tit Loïk, à sa droite, paraissait plus éprouvé que lui et menaçait de manquer d'air à chacune de ses lourdes foulées.

Plus ils avançaient en quittant la végétation et les sols plans, plus ils approchaient de la fournaise des dunes, et plus ils avaient du mal à évoluer, leurs pieds s'enfonçant dans le sable fin comme si celui-ci cherchait à briser leur volonté d'aller plus loin.

Ce sable... Il s'infiltrait partout et était une véritable calamité. Il était dans la bouche en la rendant pâteuse et faisait crisser les dents, dans les yeux qui larmoyaient pour se libérer des irritants intrus, dans les habits devenus rêches, et même dans les bottes qui devaient servir de protection et contribuaient maintenant à la torture des corps. À chaque pas en avant, le désert venait prendre son dû, et soumettait les hommes à ses vicieux supplices.

Une centaine de mètres plus loin, ils rejoignirent enfin le comte de Croz qui avait daigné les attendre et qui, après avoir baissé le pan du chèche qui masquait le bas de son visage, proposa une outre à son ami égyptologue.

— Buvez, ce n'est pas le moment de tomber foudroyé sous le coup d'une insolation. Toi aussi P'tit Loïk, gronda-t-il encore en avisant le piètre état de son vieil ami. Nom de nom, la prochaine fois, tu m'écouteras et resteras sur le bateau !

— J'oi promis à ta mère que je quitterais point tes s'melles fiston !

— Lui as-tu également promis de mourir de nigauderie ? Bois !

Champollion accepta l'eau bienfaitrice de bon cœur malgré sa désagréable tiédeur et, après s'être désaltéré, tendit vivement l'outre au loup de mer. Après s'être à son tour abreuvé, le vieil homme désigna la gourde à Salam qui déclina son geste en secouant légèrement la tête.

— Pour sûr, grommela P'tit Loïk, le guerrier bleu, on l'engueule point, hein !

— Salam est du pays, rétorqua Kalaan d'un air crispé, comme si cela faisait la centième fois qu'il proférait ces mots. Sa résistance à la chaleur ne peut se comparer à la tienne.

De son côté, Jean-François ne manquait pas d'afficher une certaine curiosité pour l'homme bleu, ce dont se rendit compte Kalaan qui sourit, avant de reprendre la parole :

— Salam a voulu vous accueillir honorablement en se parant comme lors d'une grande cérémonie. Il se serait vêtu de blanc, pour plus de révérence à votre égard, malheureusement... son paquetage ne contient plus que du basin indigo.

— Je l'en remercie, fit Champollion inexplicablement touché par tant de déférence, alors qu'il se sentait l'âme d'un petit homme de rien du tout.

Idée erronée qu'il avait de lui, tandis que le monde des chercheurs le vénérait et le jalousait en même temps pour avoir été le premier à déchiffrer les hiéroglyphes.

Pour Salam, il était un grand parmi les grands.

— L'endroit se trouve juste à quelques pas, annonça Kalaan en pointant son doigt vers une étendue de hautes dunes.

La fournaise était désormais insoutenable et

d'étranges volutes mouvantes s'élevaient dans les airs, rendant floue la vision panoramique sur des lieues à la ronde.

Soudain... un son insolite à figer le sang se fit entendre. Puis un second, ressemblant à une plainte sourde, immédiatement suivi par un autre. Une onde acoustique puis une nouvelle encore.

Là ! Le bruit changeait de nouveau, se transformait à peu de chose près en percussions de plus en plus fortes, comme émises par un tambour. Non ! Voilà que c'était à nouveau une plainte vrombissante !

— C'est ce que nous nommons « *le chant des dunes[15]* », l'informa Salam en français, avec l'accent prononcé et riche de sa langue berbère. Les anciens disaient souvent que ces chants appellent la mort ou l'annoncent.

Champollion frissonna violemment de la tête aux pieds, non pas de froid, mais... de peur.

D'une peur qui ne le quittait plus depuis quelque temps. Celle de l'heure de son trépas qui arriverait avant qu'il ne puisse accomplir intégralement son voyage, l'empêchant de découvrir tout ce que le monde avait encore à lui offrir.

— Ce ne sont que des légendes, Jean-François, le rassura Kalaan. Ces bruits se produisent lorsque le vent caresse de son souffle les dunes, ou quand nos pieds s'y enfoncent et provoquent de petites avalanches de sable. Mais je peux comprendre votre effarement, je l'ai également vécu la première fois que ce phénomène m'a touché de plein fouet. Y allons-

---

15 *Chant des dunes : Phénomène bien connu, déjà relevé dans les récits de Marco Polo.*

nous ? enjoignit-il sans plus se soucier du trouble de son ami, et en faisant volte-face pour reprendre sa marche forcée.

À nouveau, il ne les attendait pas. Champollion se secoua mentalement pour se soustraire à ses pensées morbides et ordonna à son corps réfractaire de suivre le jeune noble.

— Morbleu oui, l'a tremblé comme une femmelette, marmonna P'tit Loïk pour n'être entendu que de Champollion qui étouffa son rire dans une toux, au moment où Kalaan reprenait la parole :

— La peur peut être respectable quand elle nous pousse à faire les bons choix ! lança-t-il par-dessus son épaule. Seuls les fous et les imbéciles ne peuvent le comprendre.

— Et vous, cher ami ? Existe-t-il quelque chose qui vous effraie ? Vous avez l'apparence d'un roc, à tel point qu'il m'est difficile de concevoir que vous puissiez éprouver une telle émotion.

Kalaan éclata d'un puissant rire de gorge et se retourna pour plonger son regard vert ambré dans celui de Champollion.

— Si je vous avouais ce qui me donne des sueurs froides, vous ne me croiriez pas.

— Dites toujours ? À moins que cela ne doive rester confidentiel ?

— Oui là, nous sommes tout ouïe, renchérit d'un ton sucré le vieux marin que Salam considérait de haut.

Les lèvres de Kalaan affichèrent une moue cynique, presque amère.

— Je n'ai de secrets pour personne. Eh bien, puisque vous voulez savoir, voici ce qui me terrifie au plus haut point : les femmes !

Champollion, la mine ébahie, pensa avoir mal entendu, puis s'esclaffa un instant, avant de recouvrer son sérieux devant l'air dépité de l'apollon chéri de ces dames. P'tit Loïk, lui, ne se gêna guère pour rire bruyamment tout en se frappant le genou de la main. Quant à Salam, il hocha simplement la tête sans émettre un son.

Le comte ne badinait pas ! comprit Champollion avec ahurissement.

Lui ? Ce libertin et coureur de jupons patenté, il avait peur des femmes ? L'annonce était tout bonnement invraisemblable !

— Je ne supporte plus leurs piailleries, leurs minauderies, leurs futilités et leurs fourberies. Elles sont toutes les mêmes, se valent toutes ! À l'exception de ma sœur Isabelle et de ma mère, maugréa-t-il encore sur un ton d'excuse en songeant à ces dames. J'en suis arrivé au point où je pourrais me faire curé tant je les exècre !

— Vous plaisantez, n'est-ce pas ? souffla Champollion.

— Nullement ! J'ai dû les aimer, un temps, ou tout du moins les apprécier. Cependant, je m'en suis lassé et ne vois plus en elles que de la fausseté et de l'hypocrisie à revendre. Oh ! Je ne suis guère un moine, elles me servent... pour la bagatelle, je l'admets en toute humilité. Mais cela s'arrête là.

Jean-François crut déceler un éclat d'humour dans les yeux sombres de Salam qui ne pipait toujours mot, et il se mit à réfléchir aux paroles du comte de Croz.

C'était un fort bel homme, riche et libre, ce dont toutes les matrones de la noblesse française devaient être au fait. Kalaan subissait certainement le défilé à sa porte de toutes les jeunes filles à marier de France et de Navarre. On disait également qu'il était un excellent amant, et là, c'était l'ensemble des femmes mal mariées ou veuves qui devaient accourir pour l'épingler à leur propre tableau de chasse.

De ce point de vue là, oui, le sexe faible avait quelque chose d'effrayant. Jean-François pouvait désormais comprendre et ajouter foi aux propos de Kalaan. D'un autre côté, il aurait souhaité ressentir une peur égale à celle de son ami : tout, plutôt que celle d'un trépas précoce.

— Le tombeau se trouve juste à nos pieds, annonça soudain le comte de Croz, tirant Champollion de ses sombres pensées.

Un tombeau ?

Mais... où ?

Ils se tenaient sur la crête d'une haute dune, et rien à la ronde ne venait confirmer les dires de Kalaan.

Cependant, en suivant le regard que ce dernier portait en contrebas, Jean-François ne put s'empêcher d'émettre une exclamation de surprise : là, au pied de la colline, des montants de pierre, indubitablement de construction humaine, avaient été mis à jour et délimitaient clairement l'entrée d'un mausolée. Celui-ci était partiellement dégagé de sa gangue terreuse ancestrale, et parfaitement invisible aux yeux de tous ceux qui se tenaient sur la berge de Tell el-Amarna.

La voix de baryton de Kalaan perça le silence revenu :

— Le désert dissimule jalousement ses secrets et la nature, par caprice ou facétie, s'amuse à le titiller en soufflant des tempêtes pour révéler au monde actuel ce qui n'aurait, en aucune façon, dû réapparaître. Nous sommes les premiers à poser les yeux sur cet édifice depuis des temps immémoriaux. Il n'a jamais été cartographié par Sicard, ni par les scientifiques qui étaient présents lors de la campagne d'Égypte[16], ni par Belzoni[17] et encore moins par l'immonde consul de France Drovetti[18], ce dont je me suis assuré. Nous sommes là devant une très grande découverte !

— Ou devant un immense fléau... fit sourdement Salam, plus ténébreux que jamais. Cette tombe n'en est pas une, insista-t-il une énième fois depuis qu'ils avaient découvert l'endroit un jour plus tôt. Nul pharaon, reine, prince ou haut dignitaire ne repose ici.

Champollion fut pris de tremblements incoercibles. Les paroles alarmantes du Touareg faisaient écho au mauvais pressentiment qui l'avait soudainement saisi.

— Jean-François est là pour affirmer ou infirmer tes propos, marmonna Kalaan en fronçant les sourcils. Pourquoi avoir bâti cette construction si loin de Tell el-Amarna... ajouta-t-il pensivement, comme pour lui-même.

— Pour que les hommes n'viennent pas piétiner dans l'coin, grommela P'tit Loïk, très nerveux lui aussi. On r'tourne au bateau, fiston ?

— Non ! trancha Kalaan, têtu.

---

16 *Campagne d'Égypte ou expédition d'Égypte : Expédition militaire en Égypte menée par le général Bonaparte et ses successeurs de 1798 à 1801.*

17 *Giovanni Battista Belzoni (1778-1823) : Explorateur italien et pionnier de l'égyptologie, surnommé « Le merveilleux géant de Padoue ».*

18 *Bernardino Drovetti (1776-1852) : Consul de France en Égypte. Voleur, aventurier sans foi ni loi, ou soi-disant protecteur des trésors égyptiens, cet homme est certainement tout cela à la fois.*

— Cet édifice est ici pour préserver les êtres vivants de ce qu'il abrite, intervint abruptement Salam.

Kalaan darda sur son ami touareg un regard lourd et finit par reporter son attention sur Jean-François, avant de reprendre la parole :

— Cher ami, vous voilà le seul à pouvoir nous apprendre ce qu'il en est réellement. Pouvez-vous nous traduire les hiéroglyphes dessinés sur la porte, qui renferment les réponses à nos questions ? Grâce à vos études et catalogues, je puis me débrouiller quelque peu ; cependant, je ne suis qu'un novice. Le ferez-vous ?

L'égyptologue n'hésita qu'un court instant, car il fallait bien qu'il se l'avoue malgré son malsain pressentiment : il éprouvait la même euphorisante curiosité que Kalaan et il voulait aller jusqu'au bout de cette nouvelle aventure, même si elle était source de tous les dangers.

— J'en trépigne d'impatience, annonça-t-il d'une voix forte et néanmoins chevrotante. Allons-y !

— Que Dieu ait pitié d'nous, marmonna P'tit Loïk avant de dégringoler sur les fesses la pente qui menait devant l'énigmatique édifice.

Chapitre 2

Le mystérieux édifice

Le sable émit encore une fois ces surprenants sons dits « chant des dunes » au passage peu gracieux de P'tit Loïk, comme à ceux – plus dignes – de Salam, Kalaan et Jean-François lorsqu'ils dévalèrent à leur tour le raidillon.

Quelques instants plus tard, ils se tenaient devant l'entrée de l'étrange construction tandis que la trentaine d'hommes de main du comte de Croz s'étaient déplacés à plusieurs mètres derrière eux. Il y avait là des ouvriers arabes, mais également les marins et compagnons de voyage de Kalaan. Tout dans leur apparence montrait combien cette découverte les effrayait et leurs yeux angoissés parlaient mieux que des mots.

Que diable ! Ce n'est pourtant pas la première fois qu'ils se trouvent devant un tombeau ? ! se rembrunit intérieurement Kalaan.

— Nous ne devons pas rester ici, maugréa à nouveau Salam, tandis que Jean-François s'était approché des écritures hiéroglyphiques qui tapissaient le mur faisant office de porte.

Kalaan ne chercha pas à user inutilement sa salive une énième fois pour répondre à son ami trop buté. Il croisa les bras sur son puissant torse, dans l'attente de ce que Champollion allait pouvoir leur révéler.

— Ces inscriptions sont... magnifiques ! s'écria le savant. Des hiéroglyphes purs, de nombreux signes figuratifs, des cartouches... Tout est en si parfait état que l'on jurerait que ça a été sculpté hier ! Je me lance dans la traduction à l'instant !

Il se mit à évoluer d'un point à un autre en sautillant presque sur place et à chaque arrêt, il s'exclamait un « Je l'ai ! » retentissant, avant de griffonner sur son carnet de notes. On aurait dit que Champollion avait brusquement et totalement occulté le reste du monde.

— Vous avez quoi ? ne put s'empêcher de demander Kalaan après un long soupir, tandis que cela faisait bien vingt minutes qu'il assistait à l'étrange danse de son confrère.

— C'est fascinant... souffla ce dernier en poursuivant son manège.

— Ce qui est fascinant, c'est qu'on va tous rôtir comme des porcs à la broche, ça sent déjà le roussi, marmonna P'tit Loïk en passant, pour la centième fois au moins, un mouchoir sur son visage moite et rougi.

— Retourne au bateau ! lança Kalaan plus inquiet qu'excédé.

Il était clair qu'il se faisait du souci pour son vieil ami qui se redressa lourdement, alors qu'il était assis sur le sable, quand Champollion s'exclama :

— C'est bon, j'ai traduit les parties les plus importantes ! Et je n'en crois toujours pas mes yeux !

D'un pas nerveux, il s'approcha de Kalaan.

— Ce nom, Imhotep, je l'ai vu à Saqqarah, là où se trouve la pyramide à degrés ! Mais je l'avais déjà noté lors de mes études de la collection royale de Turin. Il est décrit comme une sorte de dieu guérisseur, « fils de Ptah », médecin, grand vizir, scribe, architecte et magicien. Il est très difficile à ce jour de savoir s'il fut un homme ou une divinité à proprement parler. J'ai l'espoir d'en apprendre plus en poursuivant mon voyage. Mais le plus beau, cher Kalaan, reste à venir !

Jean-François souriait jusqu'aux oreilles en dardant un regard lumineux sur le comte. N'y tenant plus, celui-ci se décida à poser la question qui lui brûlait les lèvres :

— Que reste-t-il à venir ?

— Akhénaton ! fit Champollion d'un ton surexcité. Il est mentionné ici, sur cette porte ! Et ce n'est pas une femme comme nous le présumions, mais un homme, un pharaon ! Écoutez bien : il est écrit qu'en ce lieu, pour que le règne du grand pharaon Akhénaton se déroule en toute quiétude, un rite magique aurait été pratiqué, selon les prescriptions sacrées d'Imhotep. Attendez... je dois me relire, bougonna Champollion, avant de retourner étudier les inscriptions.

— Des charmes ancestraux ! lança Salam. Je vous avais prévenus que ce n'était en rien un tombeau. Nous ne devons pas aller plus loin. La magie des anciens est crainte et respectée, car elle est toute-puissante.

— T'as entendu, fiston ? On rentre ! renchérit P'tit Loïk en faisant mine de tourner les talons.

— Non ! trancha Kalaan. Quelque chose me pousse de l'avant, je ne saurais vous l'expliquer. Je dois entrer dans ce mausolée, tombeau, crypte, peu importe ce que c'est... il me faut m'y rendre !

— Voilà, reprit Jean-François, indifférent à la tension grandissante au sein du groupe, car trop accaparé par son déchiffrage et l'ampleur de ce qu'il découvrait. Il est écrit : « Imhotep veille ici, toutes les peurs de Pharaon, occultées ou aspirées (je n'arrive pas à saisir le sens, passons à la suite) par la pierre magique seront, pour apporter la pureté à Aton et la prospérité éternelle au peuple d'Égypte ».

— Cet Imhotep, s'il s'avère être un homme, serait-il inhumé en ce lieu ? s'enquit Kalaan, vivement intéressé.

— Non, fit Champollion en se remettant à déchiffrer les inscriptions. Il s'agirait plutôt de l'utilisation de sa science par le biais de formules magiques et d'une pierre, en particulier, qui aurait libéré le pharaon Akhénaton de toutes ses craintes. Et là, j'ai partiellement traduit une... malédiction. Cela ne m'étonne guère, il était apparemment de coutume de prévenir les profanateurs qu'ils seraient damnés s'ils franchissaient la porte des édifices sacrés ou royaux. Il serait peut-être plus prudent... ajouta soudain Jean-François en reculant lentement.

Son attitude venait de changer du tout au tout en à peine une seconde. De l'exultation, il était passé à une défiance manifeste.

Quoi ? Lui aussi se dérobait ? Kalaan ne put maîtriser un élan de colère sorti d'on ne sait où ; sur l'instant, il sembla comme possédé :

— Les malédictions ne sont que pour les couards qui n'ont rien dans le pantalon ! lança-t-il en carrant ses larges épaules. De ce côté-là, dame nature m'ayant fort bien pourvu, et ne voulant point l'offenser, je me dois de faire fi de vos mises en garde et passer cette satanée porte !

— Misère, soupira P'tit Loïk en masquant ses yeux de la main. V'là que le sale gosse est d'retour... Ce qu'il y a dans l'pantalon ne fait pas de nous d'vrais hommes, nom de nom...

Jean-François ouvrit la bouche comme un poisson hors de l'eau. Il ne savait tout bonnement plus quelle attitude adopter. Une sourde angoisse étreignait son esprit et engourdissait son corps.

Voyant son dilemme et sa pâleur, Kalaan lui lança un regard aiguisé et ses lèvres s'étirèrent en un sourire rusé :

— En êtes-vous un ? susurra-t-il.

— Un... un quoi ? s'étrangla Jean-François, pris au dépourvu par la question

— Un couard !

L'égyptologue ne put s'empêcher de lancer un coup d'œil vers les boutons de son pantalon en référence aux paroles du comte et sursauta comme un enfant pris en faute en percevant son rire rauque. Le filou ! Il l'avait eu, une fois de plus !

— Non, bien sûr que non ! rétorqua-t-il en joignant son rire crispé à celui de son ami.

— Et où est l'intelligence du discours que tu tenais il y a peu : *La peur peut être respectable quand elle nous pousse à faire les bons choix ?* avança Salam de son fort accent et avec subtilité. Couardise et peur sont synonymes, il serait temps, justement, d'opter pour une meilleure alternative et de ne pas franchir cette entrée.

La pertinence des paroles de Salam tortura l'esprit

de Kalaan. En lui, la raison et une sorte de folie se livraient bataille. Serait-il victime de la chaleur ? Lui qui était d'ordinaire si maître de ses actes et de ses pensées, ne se reconnaissait plus.

— Voulez-vous, cher ami, que je vous parle de la malédiction ? proposa Jean-François. Je vais déchiffrer les dernières inscriptions pour qu'elle soit complète. Ainsi, vous déciderez de vos actions en toute connaissance de cause.

Kalaan soupira profondément et hocha la tête, avant que Champollion ne reprenne la parole :

— *Malheur aux profanateurs de l'antre de la peur, sur vous la pierre libérera vos plus intenses terreurs, vous subirez, vous deviendrez, vous supplierez la délivrance que seule... la mort... pourra vous apporter*, finit-il de réciter d'une voix tremblante et de plus en plus ténue.

Un silence abyssal s'abattit sur le groupe d'hommes réunis. La fournaise était bien là, même si le soleil descendait déjà à l'ouest ; cependant, les corps souffrirent d'un soudain courant glacé. Kalaan fut le premier à se ressaisir en approchant à son tour de la porte et en parlant comme pour lui-même :

— Voyez Amarna et les ruines de ce qui aurait dû être un lieu éternellement prospère, et où est ce peuple à qui l'on promettait le faste ? Tout n'est que poussière ! Si magie il y a eue en cet endroit, et si nous réfléchissons avec cohérence, il serait juste de dire qu'elle n'a pas agi. Pareillement, et si nous suivons cette égale logique, il est raisonnable de penser que de malédiction, il n'en existe pas. Cependant... je vais me plier à vos vœux, nous allons rebrousser chemin et nous laisserons le soin au sable et au vent du désert de recouvrir cette construction.

Il ne sut jamais qui soupira de contentement derrière lui, car en même temps qu'il proférait ces derniers mots, Kalaan avait posé la main sur la chaleur de la pierre qui se transforma instantanément en cendre noire.

Libéré de la porte qui le coupait du monde, l'édifice tout entier inspira profondément l'air dont il avait été privé durant des centaines de siècles, en une plainte basse et lugubre. De la porte, il ne restait plus qu'un tas de poussière à toucher les bottes de Kalaan et des sortes de volutes sombres, comme de l'épaisse fumée, dansaient autour des hommes, avant de se disperser lentement. Néanmoins, Kalaan n'y accorda que très peu d'intérêt, car droit devant lui, était désormais visible un long et obscur couloir de section rectangulaire, qui s'enfonçait en pente douce dans la noirceur de la terre.

— Qu'a... qu'avez-vous fait ? ânonna Champollion, ses yeux bruns littéralement exorbités par l'invraisemblance du phénomène, et le sang glacé par le bruit qu'avait émis l'édifice.

— Rien ! réussit à proférer Kalaan tout en se forçant à respirer lentement et calmement, un muscle nerveux pulsant sur sa mâchoire. Peut-être que la porte a été façonnée dans un matériau des plus friables... une sorte de glaise comme l'on en trouve à profusion le long du Nil ? Il a suffi que je la touche, et tout s'est écroulé.

— Mais fiston... la glaise n'se transforme pas en poussière, articula difficilement P'tit Loïk, tandis que ses mains battaient l'air pour se dégager des effluves noirâtres qui voltigeaient devant son nez. Et c'est quoi, c'te fumée ?

Les ouvriers égyptiens s'étaient mis à hurler, l'un d'entre eux s'enfuit plein ouest, complètement affolé, ne se rendant pas compte qu'il allait droit à la mort dans le désert.

— Vous, allez le chercher ! ordonna Kalaan à deux de ses marins bretons qui s'élancèrent à leur tour, alors que Salam vociférait des ordres en arabe pour calmer le reste de la main d'œuvre effrayée.

L'un d'entre eux s'arrachait les cheveux après avoir jeté son chèche par terre et criait « Malédiction ! », toujours dans sa langue.

— Allah vous protégera, priez ! gronda encore Salam.

Tous les ouvriers se prosternèrent vivement à terre et psalmodièrent des prières à grand renfort de « *Allahou akbar[19]* », levant les bras au ciel avant de basculer le torse en avant et de placer les mains et le front sur le sol. Quant aux marins de Kalaan, ils chuchotaient entre eux, mais gardaient leur position. Tous étaient des hommes d'honneur et avaient la trempe et le courage de guerriers. Ils n'abandonneraient jamais leur téméraire capitaine corsaire.

— C'est un signe du destin, j'y vais ! décida fermement Kalaan quand un semblant de calme fut revenu. Que l'on m'apporte une torche et mon épée ! ordonna-t-il encore en insérant un pistolet de marine modèle 1822 entre sa ceinture et sa taille.

— Ou un piège, marmonna Salam tandis que le comte se saisissait d'un flambeau après avoir glissé sa lame dans son fourreau.

---

19 *Allahou akbar : Expression arabe qui signifie « Dieu est plus Grand »*

— Dieu seul le sait, fit Kalaan en s'avançant par la suite dans l'étroit tunnel tout en se courbant, pour pallier le manque de hauteur.

Jean-François hésita un moment, jeta des regards interrogateurs sur P'tit Loïk et Salam et, constatant qu'ils ne bougeraient pas d'un pouce, se lança sur les traces de son ami.

— Attendez-moi ! héla Champollion, vainement, car une fois de plus, Kalaan était loin, sa silhouette apparaissant faiblement à la lueur de la torche, et la noirceur du tunnel semblant déjà l'aspirer.

— Non, sur ce coup-là, l'fiston est tout seul, marmonna piteusement P'tit Loïk, avant d'aller pesamment s'asseoir à l'ombre de l'entrée. Dieu m'est témoin que je n'peux pas me rendre là-dedans, c'est au d'ssus de mes forces.

— Il ne l'est pas... seul, rétorqua Salam qui se planta devant l'édifice, les jambes écartées et le regard fouillant les ténèbres. Champollion l'a rejoint. Ici se joue désormais le fatum[20] de ces deux hommes. Tout est toujours écrit d'avance.

Plus Kalaan avançait dans le boyau sombre, plus sa respiration était laborieuse et son cœur palpitait furieusement. L'air était sec, peu abondant, empli de miasmes, et sa salive se faisait rare tandis que sa gorge le brûlait atrocement. De plus, sa langue était gonflée, sans doute un des premiers signes de déshydratation. Le jeune homme se sermonna copieusement de n'avoir pas songé à se munir d'une gourde avant de partir vers l'inconnu.

Son corps et son esprit, déjà mis à rude épreuve

---

20 *Fatum : Destin, fatalité ou sort.*

par la chaleur du désert, en venaient à lui jouer des tours. Ses muscles anormalement tendus et crispés le faisaient souffrir. Quant à son esprit... il lui renvoyait l'écho de sourdes plaintes qui paraissaient sortir des murs qui le cernaient.

— Continue d'avancer, s'admonesta-t-il, sa voix rauque couvrant pour un court répit les gémissements d'outre-tombe.

— Kalaan ! Attendez-moi, je vous prie !

D'après le crissement des bottes de Champollion sur le sable, le comte estima que ce dernier n'était plus qu'à quelques mètres derrière lui, mais cependant, toujours perdu dans la noirceur de l'endroit.

Il soufflait bruyamment, soit à cause du manque d'air lui aussi, soit à cause de la course qu'il avait dû entreprendre pour le rejoindre, voire les deux. Un vif remords étreignit Kalaan l'espace d'un instant, qu'il relégua illico aux oubliettes.

En fin de compte, il a choisi de me suivre, se dit Kalaan sans vraiment s'étonner.

Le déchiffreur de hiéroglyphes avait du caractère à revendre et il l'avait maintes fois prouvé. De plus, il ne manquait pas de bravoure et c'est pour tout cela que Kalaan le comptait au nombre de ses amis, un cercle très restreint, soit dit en passant.

Il ralentit son allure sans pour autant stopper son avance. Bientôt, à la lueur de la torche, il se trouva nez à nez avec un autre mur. Là, le tunnel continuait de descendre doucement vers sa droite, ce dont il informa succinctement Jean-François :

— Mur devant !

À peine deux minutes plus tard, il perçut un cri de douleur, une bordée de jurons, puis une exclamation outrée :

— Vous pourriez, puisque j'ai eu la folie de vous suivre, m'attendre !

Ah là, cela ressemblait beaucoup à un ordre, ce qui réjouit Kalaan, car... il n'aimait pas être commandé et se plaisait, en général, à faire l'exact contraire de ce qu'on lui demandait.

Néanmoins, à cet instant précis, force lui fut de devoir obéir : un autre mur s'élevait devant lui, lui interdisant d'aller plus loin. Le chemin s'arrêtait sur un cul-de-sac.

— Corne de brume, gronda-t-il sourdement.

Champollion apparut enfin dans le halo lumineux dispensé par les flammes de la torche, tout en se frottant le nez qu'il avait dû heurter contre la roche, au niveau du tournant. Pas de chance... Kalaan l'avait pourtant mis en garde.

— Vous avez perdu votre chapeau de paille.

— Certainement à l'endroit où est tombé votre chèche, lui retourna Jean-François, qui n'était pas dupe de la diversion de Kalaan.

Bon sang ! Cet aristocrate ne s'excuserait donc jamais ?

— Le plafond du tunnel s'est à l'évidence affaissé avec le poids des âges à cet emplacement. Au moins ne sommes-nous pas blessés.

— Parlez pour vous, baragouina Champollion en se tâtant prudemment l'arête nasale.

— Il n'est pas cassé. Aucune boursouflure, ni de saignements. Il vous servira encore longtemps, s'amusa Kalaan avant de faire volte-face vers le mur tout en l'éclairant de haut en bas.

— Il semblerait que nous soyons dans une

impasse !

Le comte afficha une moue moqueuse devant la futilité de la remarque de Champollion, avant que ses lèvres n'adoptent un pli d'amertume.

Ils n'avaient pas parcouru tout ce chemin sous terre pour être arrêtés par une satanée paroi! En plus de la gourde, ils auraient également dû prévoir une pioche. Il devait y avoir une issue ! Mais où ?

— Regardez, souffla Champollion. Nous ne sommes pas devant un mur comme les autres, mais en face d'une nouvelle porte ! Très astucieusement truquée en un pan de roches calcaires, certes, mais cela n'en est pas !

Effectivement, l'ensemble avait été finement taillé pour donner l'apparence d'un regroupement de blocs superposés, à l'instar du reste de la construction.

Kalaan siffla d'admiration. L'illusion était parfaite : sans l'œil aiguisé de Champollion, jamais il ne se serait rendu compte de la supercherie.

— C'est un travail d'une minutie exemplaire, reprit ce dernier en s'agenouillant. Pourriez-vous, s'il vous plaît, m'apporter un peu plus de clarté par ici ?

Jean-François désignait la partie basse à droite de la maçonnerie, dissimulée par leurs ombres.

Les mouvements dans le petit tunnel n'étaient pas aisés, mais les deux hommes arrivèrent à leurs fins. Kalaan abaissa la torche et de minuscules inscriptions apparurent.

— Que peuvent-elles signifier ? questionna-t-il.

— C'est une dernière mise en garde contre les profanateurs. Il est écrit : « La porte de la peur se refermera sur vous, seule la mort pourra vous libérer ».

— Encore cette fichue malédiction, grommela

Kalaan.

— On ne pourra pas dire que nous n'avons pas été prévenus, essaya de plaisanter Champollion tout en se redressant difficilement, le torse toujours plié en deux dans le tunnel exigu.

Kalaan ne répondit pas, ne fit même pas mine de sourire. Ses yeux vert ambré, illuminés des éclats de la torche enflammée, détaillaient l'ensemble du mur.

Quelque chose, à n'en pas douter, focalisait son attention.

— Je me demande... prononça-t-il dans un murmure, en levant sa main dans le but de la poser sur la paroi.

— Non ! s'écria Champollion qui comprit instantanément l'idée de Kalaan.

Celui-ci avait l'intention de réitérer le même exploit que pour l'ouverture de l'édifice. Alarmé par le cri de son ami, le comte suspendit son mouvement à quelques centimètres de la pierre.

— Que craignez-vous ? Que la roche vole en poussière ? Si cela se vérifiait, nous en serions fort aise et pourrions continuer notre investigation.

— Non, oui... je ne sais plus.

— Vous hésitez encore, Jean-François, pourtant, vous m'avez suivi. Votre curiosité est tout aussi forte que la mienne. Allons, ce n'est pas une malédiction et quelques tours de passe-passe qui nous arrêteront ! Ou... me tromperais-je ?

— Non, vous ne vous trompez pas, mon ami, soupira Champollion en reculant d'un pas pour laisser place à Kalaan. À vous de jouer, ajouta-t-il en désignant du menton la paroi.

— Fort bien, acquiesça le comte en renouvelant

son mouvement.

Il apposa sa main bien à plat sur le faux mur, puis écarta les doigts pour pousser plus fort car rien ne se produisait.

Rien ? Non, pas tout à fait. Une brusque chaleur entra au contact de sa peau. Pas assez intense pour le brûler, mais suffisamment présente pour lui faire songer à la température dispensée par une hotte de cheminée au feu vif.

Mais, que peut-il bien y avoir derrière cette cloison, de la lave ? s'étonna mentalement Kalaan, très intrigué par le phénomène.

— Pas de poussière à nos pieds, ni ces étranges volutes noires tourbillonnant autour de nous ; le mur est toujours intact, constata Jean-François d'un ton docte qui irrita Kalaan.

— Cela aurait été trop beau que le prodige se répète une nouvelle fois, maugréa-t-il en caressant du bout des doigts les faux reliefs donnant un aspect de blocs.

Un endroit en particulier, sur la pierre, attira son attention, une sorte de proéminence plane, comme si une malfaçon s'était immiscée dans la perfection du travail et avait été recouverte d'un enduit du même ton crémeux que la roche.

Distraitement, Kalaan se mit à le gratter de son ongle.

— Ceux qui ont pensé et construit cet édifice n'ont pu laisser un tel défaut, dit-il en raclant plus encore l'enduit friable, jusqu'à ce qu'apparaisse la couleur bleue de ladite « malfaçon ».

C'était en réalité une pierre qui avait la taille et la forme ovale du cœur d'un camée, et à l'évidence, de très fine épaisseur.

— Il semblerait que ce soit du lapis-lazuli, avança Kalaan, ce que confirma Jean-François d'un vif hochement de tête. La pierre bouge et... j'ai l'impression qu'elle est insérée dans une sorte de cavité. Impossible de la sortir de son écrin, par contre...

Kalaan poussa de son index sur le lapis-lazuli qui s'enfonça dans la roche jusqu'à ce que les deux hommes perçoivent un singulier cliquetis. Ils n'eurent pas le temps d'exprimer leur surprise, car un fort bruit d'engrenage vint les cueillir, suivi d'un grondement sourd. Le sol se mit à vibrer sous leurs pieds, puis à trembler comme lors d'un séisme, tandis que de la poussière tombait de partout au-dessus de leurs têtes.

— C'est un piège ! hurla Kalaan avant de tousser comme ses poumons inhalaient l'air vicié ; et, l'instant suivant, il lâchait sa torche pour se rattraper aux parois.

Rapidement, les flammes furent étouffées par le sable de l'édifice et les deux hommes se retrouvèrent prisonniers du néant.

Chapitre 3

Au-delà du tunnel

Le vacarme assourdissant causé par le tremblement de terre s'estompa progressivement, pour être couvert par les toux âcres de Kalaan et Jean-François. Néanmoins, un autre bruit régnait encore dans les ténèbres, qui ressemblait à s'y méprendre à celui d'un lent engrenage en action.

Kalaan se hâta de saisir son briquet dans la poche de son pantalon, tâta ensuite le sol du bout des doigts et récupéra le flambeau. Il lui fallut plusieurs essais avant que le feu ne revienne lécher le tissu inflammable, en crépitant et sifflant au contact du sable et de la poussière qui s'y étaient accrochés.

— Prenez la torche, ordonna Kalaan à Champollion en la lui tendant d'office avant de se munir de son pistolet et d'en armer le chien.

Devant l'air profondément excédé de Jean-François, le jeune comte haussa les épaules d'un geste désinvolte, eut un sourire en coin, et lança un simple :

— Je suis plus habile au tir qu'au combat à la torche.

Que cet homme peut être arrogant ! s'agaça

intérieurement Jean-François.

Une chiche lumière revenue, tout comme un semblant de paix, les deux amis purent enfin voir d'où provenait l'intense bruit de rouages : d'un astucieux et prodigieux mécanisme antique !

Ce dernier avait certainement été déclenché par le lapis-lazuli en guise de bouton-poussoir, et l'épaisse cloison qui leur barrait naguère le passage descendait maintenant très lentement dans le sol, avant de s'effacer totalement à leurs pieds.

Soudain, comme l'avait déjà fait l'édifice à son ouverture, un autre puissant râle se fit entendre, l'air tourbillonna autour des deux hommes, pour être aspiré par la partie toujours dissimulée dans la noirceur de la terre.

— J'ai bien cru notre ultime heure arrivée, et que nous étions tombés dans un traquenard, souffla Jean-François.

— Moi de même, grommela Kalaan, en se remémorant son cri d'alarme quand la nuit s'était abattue sur eux.

— Percevez-vous ce courant d'air ? s'écria à nouveau Champollion dans le silence revenu.

— Quelque part devant nous, il doit se trouver une autre ouverture, ceci doit expliquer cela, répondit Kalaan en avançant prudemment, comme Champollion tendait le flambeau.

Les flammes paraissaient lutter contre les ténèbres qui s'acharnaient à garder secrète la suite de leur découverte. Ce qui poussa Kalaan à franchir la zone où la porte s'était abaissée avec beaucoup de vigilance, car l'endroit pouvait abriter de réels pièges.

Champollion voulut l'imiter, mais fut à nouveau

stoppé par la voix rauque du comte :

— Surtout, ne vous placez pas devant moi, je n'aimerais pas vous doter d'un deuxième trou de balle.

Pour réponse, il n'eut qu'un marmonnement qui ressemblait fort à un juron. Kalaan sourit de nouveau ; décidément, ce Champollion lui plaisait de plus en plus.

Précautionneusement, ils firent quelques pas en avant pour vite se rendre compte qu'ils avaient pénétré dans ce qui s'avérait être une antichambre. Les flammes de la torche n'étaient pas assez vives pour éclairer l'endroit, et la pénombre cernait Kalaan et Champollion. Néanmoins, tous deux soupirèrent de plaisir de pouvoir redresser les épaules et la tête sans plus se cogner à un bas plafond.

— Les flammes donnent de sérieux signes de fatigue, annonça Jean-François qui tendait le bras de droite à gauche et de haut en bas sans pouvoir percer la nuit qui les entourait.

Il était tout bonnement impossible d'évoluer dans de telles conditions.

— Nous allons devoir rebrousser chemin pour quérir d'autres torches et revenir ici avec quelques gros bras, dit Kalaan en désamorçant le chien de son pistolet, avant de le glisser à sa ceinture. Quand les froussards nous verront regagner l'entrée, ils se ragaillardiront et n'hésiteront plus à marcher dans nos pas, ajouta-t-il encore en faisant volte-face pour partir.

Mais de sortie.... il n'en existait plus.

— Champollion ! Éclairez le tunnel !

Ce dernier lança un nouveau juron avant de se retourner et de lever sèchement le flambeau vers le souterrain.

— Impossible ! coassa-t-il en suivant le mouvement de Kalaan et en touchant la paroi qui se dressait dorénavant devant eux.

L'inconcevable pan rocheux leur interdisait toute évasion !

— Je n'ai rien entendu, aucun engrenage, rouage... rien ! Ce mur est apparu comme par magie ! balbutia encore Jean-François.

— Ne lâchez pas cette satanée torche ! cria Kalaan en se rendant compte du geste de Champollion, qui allait effectivement la laisser tomber.

— Ah ! Cela suffit, mon ami ! répliqua ce dernier, exaspéré. Jamais je ne vous aurais assisté si j'avais su que vous aviez aussi mauvais caractère !

Loin de prendre la mouche, le beau et fier visage de Kalaan marqua un net étonnement avant qu'il ne se mette à rire inopinément.

— Je vous aime bien ! lança-t-il en claquant sa large main sur l'épaule de Champollion qui faillit en tomber à la renverse.

Non content d'avoir des attitudes franchement déroutantes, surtout en cet instant, Kalaan possédait une force de titan.

Champollion se rétablissait sur ses jambes quand surgit un autre phénomène des plus étranges, et ce, à la plus grande stupéfaction des deux hommes : la brusque présence d'un éclairage intense !

Pour le coup, Jean-François détendit les doigts et laissa chuter le flambeau. Mais quelle importance ? Puisque dorénavant, il y avait autour d'eux autant de luminosité que s'ils s'étaient tenus en plein soleil. Là encore, et d'un même mouvement, les deux amis se retournèrent pour faire face à la pièce où ils se trouvaient. Leurs pupilles, mises à mal par le brusque changement d'éclairage, les handicapèrent un moment, leur interdisant de pouvoir identifier tout de suite l'origine du phénomène. Quand enfin ils se furent habitués à leur nouvel environnement, ils purent constater que la vive clarté naissait de quatre immenses coupes de bronze suspendues à un haut plafond par de fines chaînes. Elles étaient disposées à chaque coin d'une vaste chambre rectangulaire dont les murs, intégralement recouverts d'or, réverbéraient avec puissance le moindre éclat des flammes.

— Ohhh... souffla Champollion en écarquillant les yeux d'ébahissement devant une telle magnificence.

Il ne put articuler un mot de plus.

— Nom de nom, une pièce close : d'où pouvait donc provenir cet appel d'air ? s'exclama Kalaan que son côté pragmatique poussait à analyser la situation, avant de se rendre réellement compte du somptueux décor qui les entourait.

Le jeune homme avait mis tous ses espoirs de liberté dans la perspective de trouver une autre issue. Mais là, devant le spectacle qui s'étendait de part et d'autre de son champ de vision, il devait se faire une raison : aucune porte de secours ne leur était offerte. Et dans leurs dos, on ne sait comment, la cloison s'était refermée. Ils étaient prisonniers de cet endroit.

De son côté, Champollion dardait alternativement le regard sur chaque lampe de bronze.

— Cela ne se peut, elles n'ont pas pu s'enflammer toutes seules, murmura-t-il dans un souffle. Serions-nous face à un phénomène de combustion spontanée ?

L'esprit de Kalaan était en ébullition : trop de

choses l'accaparaient soudainement, et il s'obligea à respirer lentement pour reprendre le contrôle de lui-même avant de répondre à son ami :

— Ces coupes contiennent certainement, et à foison, des matériaux hautement inflammables. Les huiles n'ont pu se conserver tout au long des siècles, je songe donc à du soufre, ou à du salpêtre[21].

— Certes, mais il aurait tout de même fallu approcher une flammèche pour qu'il y ait combustion.

Le regard des deux hommes se porta simultanément sur la torche éteinte. En toute logique, le feu n'était pas venu de là. Champollion faisait mouche avec son discours et Kalaan ne put que convenir de son discernement.

D'un commun accord silencieux, ils se mirent à étudier l'antichambre. Les murs enduits d'or captèrent l'attention de Jean-François, car en sus de la présence du précieux métal, il découvrit celle de nombreux reliefs et hiéroglyphes. De son côté, Kalaan fut attiré par une sorte de piédestal rectangulaire intégralement recouvert d'or – comme le reste de la pièce au centre de laquelle il se trouvait – et sur lequel reposait une pierre noire de forme pyramidale.

— Le sol ! lança-t-il à l'attention de son ami qui détourna les yeux des inscriptions. Remarquez la pureté de ce sable. Il est blanc comme neige et tamisé. Seule la trace de nos pas vient ternir sa lisse perfection.

À peine eut-il fini de discourir, que son attention se porta une nouvelle fois sur la pierre, comme s'il

---

21 *Salpêtre : (Nitrate de potassium) Connu depuis le Moyen Âge. Poudre constituée de salpêtre, de soufre et de charbon de bois et utilisée comme explosif.*

était aimanté par elle. Dans un murmure, il laissa filer ses pensées profondes :

— Nous sommes dans l'antre des mystères où plus aucune logique ou réalité ne règnent.

Champollion ne l'entendit pas, tout accaparé par les différentes inscriptions qui couraient de droite à gauche et de haut en bas sur les quatre murs. Il saisit son carnet de notes, son crayon et se mit à parler à voix haute :

— Cette chambre est richement décorée et fait environ six mètres[22] de longueur sur quatre de largeur. Le plafond... se trouve à deux mètres cinquante au jugé...

Le son monocorde de la voix de Champollion détournait de temps en temps l'attention de Kalaan qui se rapprochait dangereusement du piédestal. L'étrange pierre semblait lui lancer un message silencieux, lancinant, contre lequel le jeune homme ne pouvait lutter.

— Akhénaton ! Son histoire et celle de l'édifice sont écrites ici ! s'écria Champollion qui rompit l'enchantement qui enchaînait son ami à la pierre noire.

Secouant la tête pour reprendre ses esprits et rebroussant chemin pour rejoindre Jean-François, Kalaan tourna volontairement le dos au socle mystérieux et se laissa submerger par la beauté du travail des scribes et sculpteurs, non sans émettre quelques remarques :

— Salam avait raison, nous ne sommes pas dans un tombeau. Il n'y a aucun sarcophage, pas de vases

---

22 *Le mètre : Le système métrique décimal a été institué le 18 germinal an III (7 avril 1795) par la loi « relative aux poids et mesures. »*

canopes, encore moins les nombreux objets de la vie courante, ou sacrés, qui accompagnaient les défunts dans l'au-delà. Cette pièce serait étrangement vide si ce n'était la présence... de ce piédestal et de la pierre.

— Vous vous trompez, contra Champollion, cette antichambre est riche de tous ces reliefs et inscriptions qui nous révèlent l'histoire d'un temps oublié. Nous sommes là dans une sorte de temple du savoir. Le voile mystérieux qui reposait sur Akhénaton se lève enfin et de la plus fabuleuse des manières. C'était bien un pharaon !

Sur tous les murs, les nombreux dessins et symboles paraissaient prendre vie sous le mouvement conjugué des flammes des quatre coupes. Tandis que dans le même temps, les plaintes et gémissements ténus que Kalaan avait perçus plus tôt revenaient assaillir ses oreilles.

— Les entendez-vous ? s'enquit-il vivement auprès de Champollion.

Ce dernier lui jeta un regard surpris.

— Qui donc ?

— Ces murmures !

— Hum... non. Je ne perçois que le crépitement du feu dans les lampes. Pensez-vous que ce sont nos hommes qui viendraient à notre rencontre ?

Kalaan pinça les lèvres et se remit à contempler les fins reliefs.

— C'est certainement cela... Je suis étonné que vous ne les entendiez pas. Néanmoins, rassurez-vous, je reste persuadé qu'avec ou sans leur aide, nous trouverons une issue pour remonter à la surface. Depuis le temps que cette porte s'est refermée, nous devrions déjà suffoquer par manque d'air, et les flammes des lampes ne seraient pas aussi vives.

Champollion hocha la tête et ses yeux pétillèrent de joie :

— Ce qui nous donne le temps de traduire ces inscriptions, n'est-ce pas ?

— Peut-être pas toutes, mais une bonne partie, concéda Kalaan en souriant également.

— Je pense au contraire que ce sera rapide ; nous avons là beaucoup de dessins.

C'est ainsi que l'histoire de ce lieu revint à la vie, narrée par la voix un instant paisible, puis transportée de Jean-François, en total accord avec ses émotions.

— L'édifice a été bâti dans le plus grand des secrets par des architectes dévoués et les fidèles scribes royaux d'Akhénaton « *Celui qui est utile à Aton* », dixième pharaon de la XVIIIe dynastie. Tout cela pour accomplir un très ancien rite magique provenant des formules sacrées d'Imhotep. Cela s'est passé peu de temps avant la construction de la nouvelle capitale du souverain, du nom d'Akhetaton « *L'Horizon d'Aton* » – Tell el-Amarna – entièrement tournée vers le culte d'un unique dieu universel et créateur : Aton. La vieille métropole, Thèbes, a été désertée et Akhénaton a fait chasser tous les prêtres croyant encore aux anciennes divinités, dont il fit effacer tous les noms.

Sur les murs recouverts d'or de la chambre où évoluaient Kalaan et Champollion, le dieu Aton était représenté par un disque avec une tête de serpent cobra – l'uræus[23] – dressée et gonflée, et la croix ankh qui était le symbole par excellence de l'immortalité et de

---

23 L'uræus : Cobra femelle ou aussi déesse Ouadjet, qui doit protéger Pharaon de tous ses ennemis.

l'éternité.

De la base du disque, descendaient en éventail des traits qui figuraient les rayons solaires et qui finissaient par des mains. Akhénaton paraissait baigner dans leur céleste lumière et là encore, Kalaan eut l'impression, un court instant, de voir les reliefs se mettre en mouvement.

— Regardez, Kalaan, Akhénaton porte le *khéprech*[24] sur la tête, il s'est présenté seul devant son dieu de manière humble et sans le faste que lui aurait conféré le *pschent*[25] ! Il lève les mains vers Aton, paumes vers le ciel. Et voyez ce qu'il lui tend ?

— La pierre pyramidale noire qui se trouve sur le piédestal de cette pièce !

Non, ne te retourne pas, s'interdit Kalaan, comme le fait d'évoquer cette chose faisait renaître l'attraction qu'elle exerçait sur lui.

— L'histoire des inscriptions qui suit est à peu près la même que celle déjà relatée sur la porte d'entrée de l'édifice, mais avec plus de faste : grâce à la magie de la pierre, toutes les peurs du pharaon Akhénaton auraient été effacées et aspirées. Tout cela dans le seul but de conférer à Akhénaton la puissance d'un roi suprême, digne de servir Aton. En retour, le dieu unique assurerait la prospérité au peuple d'Égypte et le préserverait de toutes les plaies du monde. Plus d'épidémies ni de disettes, et une protection sans faille contre tout ennemi qui se dresserait face à eux. Peu importe qui aurait déclaré la guerre à Akhénaton et ses armées, il aurait fui devant le pharaon ou serait mort

---

24 *Le khéprech : Couronne d'avènement du pharaon de couleur bleue.*
25 *Le pschent : Couronne blanche et rouge symbolisant le pouvoir du pharaon sur la Basse et Haute-Égypte.*

dans la défaite.

Champollion désigna les différents dessins de protection et continua son récit, en détaillant des scènes d'habituelles cérémonies d'offrandes à Aton. Là encore, seul Akhénaton était représenté et déposait sur l'autel de son dieu de la nourriture, des boissons et des quantités impressionnantes de fleurs.

Des hiéroglyphes et écritures accaparèrent Jean-François un moment, il les traduisit avec une incroyable rapidité :

— Et voici une prière d'Akhénaton pour Aton qui, de là où il est, et je l'espère, ne me tiendra pas rigueur de mon manque de justesse :

« Quand tu poins magnifique à l'horizon du ciel,
Disque vivant, premier à vivre,
Brillant à l'horizon d'Orient,
Toute terre est par toi emplie de ta beauté.
Tu es beau, tu es grand, tu es étincelant,
Loin au-dessus de toute terre ;
Tes rayons ceignent les pays,
Jusqu'aux limites de ce que tu as créé.
Comme tu es le Soleil, tu atteins leurs confins,
Les plaçant au pouvoir de ton fils bien-aimé,
Nul autre que ton fils Akhénaton ne te connaît,
Tu t'éloignes,
Lointain dont les rayons sont pourtant sur la terre,
Et de chaque être humain caressent le visage.
Nul ne peut se flatter de connaître ta course,
Quand tu te couches dans l'horizon d'Occident.
L'univers est dans les ténèbres, comme mort... »[26]

---

26 *Prière tirée du « Grand Hymne à Aton », un seul exemplaire gravé dans le couloir d'entrée de la tombe du « Père divin » Aÿ, illustre*

— Ce que nous découvrons ici est totalement inédit ! s'écria Jean-François alors qu'ils avaient fait le tour des quatre murs et que l'égyptologue dardait une nouvelle fois son regard sur l'ensemble des fresques et inscriptions. Cet Akhénaton a été un pharaon servant un dieu unique ! Vous en rendez-vous compte ? Nous avons là une histoire qui va créer un sacré bon Dieu de tollé dans le milieu de l'archéologie et chez tous nos confrères !

— Certes, s'amusa Kalaan du brusque franc-parler de son ami. Revenons au peu de choses que nous connaissions sur Akhénaton, c'est-à-dire « rien », reprit-il avec plus de sérieux. Tout pourrait s'expliquer par le fait qu'après son trépas, il ait été effacé de l'histoire antique par les prêtres égyptiens revenus au pouvoir. Non ? Après tout, Aton n'a pas promis au pharaon l'immortalité, si ? Le clergé égyptien, de nouveau tout-puissant, aurait réinstauré le culte des dieux bannis par Akhénaton ! Et voilà également ce qui pourrait justifier le saccage constaté à Amarna ou anciennement... Akhetaton. Tout ce qui représentait ce souverain et ses croyances devait être détruit, pour que ses actes retournent au néant.

Champollion acquiesça tout en continuant d'afficher son exaltation face à ces fabuleuses révélations. Et Kalaan devait bien se l'avouer, il ressentait la même chose que son ami. Ce dernier en avait même oublié de prendre des notes ! Cependant, une chose empêchait le jeune comte de vivre cet instant avec un bonheur absolu... cette satanée pierre !

Tels un aimant, ou le chant d'une sirène, l'objet

---

personnage qui succédera par la suite au roi Toutankhamon.

continuait de l'attirer inexorablement, et les plaintes perçues un peu plus tôt revinrent prendre possession de son esprit. Plus rien ne le retenait dorénavant de se diriger vers le haut socle et d'admirer de plus près la pierre qui l'envoûtait.

De nouveau, à la lueur des vives flammes des coupes, les reliefs et dessins parurent s'animer, et les gémissements augmentèrent d'intensité.

Serais-je en train de devenir fou ? se dit Kalaan, troublé de constater qu'il était assez près pour toucher le piédestal, sans s'être rendu compte d'avoir marché vers lui.

Champollion, qui l'avait suivi, le contemplait d'un regard soudainement inquiet.

— Il serait temps de trouver une sortie, mon ami, vous paraissez souffrant.

Kalaan ne l'écoutait pas, il était totalement hypnotisé par la pierre pyramidale, de toute évidence taillée dans de la tourmaline noire, éminemment connue pour absorber les énergies négatives.

— Un tel pouvoir magique, dans une si petite chose... murmura Kalaan.

Jean-François s'agenouilla pour traduire les quelques hiéroglyphes gravés dans l'or du piédestal et grommela, avant de pester à haute voix :

— C'est cette malédiction ! Je m'étonnais aussi de ne pas l'avoir vue sur les murs ! Elle dit la même chose que ce que nous connaissons déjà : *Malheur aux profanateurs de l'antre de la peur, sur vous la pierre libérera vos plus intenses terreurs, vous subirez, vous deviendrez, vous supplierez la délivrance que seule la mort pourra vous apporter.*

Là encore, Kalaan ne l'écoutait pas et avait déjà

tendu les doigts vers la pierre pour ensuite s'en saisir sans hésitation.

— Non ! hurla Champollion en se redressant vivement, mais bien trop tard pour empêcher le geste de son ami.

Et tout aussi soudainement que résonna le cri d'alarme de l'égyptologue, s'abattit et se déchaîna sur eux une tempête des plus maléfiques.

Chapitre 4

La malédiction

À peine Kalaan se fut-il saisi de la pierre qu'il éprouva une intense douleur dans le creux de la main, et fut soudainement transporté... aux portes de l'enfer !

Cependant, pas l'enfer que croyait connaître le commun des mortels, c'est-à-dire un lieu de damnation éternelle dans un brasier inapaisable, où les âmes de ceux qui avaient pêché subissaient tourments et châtiments perpétuels. Un monde de lave où ils se faisaient dévorer par les flammes dans d'atroces souffrances pour ensuite reprendre corps, et endurer une nouvelle fois le même supplice comme cela était annoncé dans la Bible.

Non, ce n'était pas ainsi ; l'endroit où se situait dorénavant Kalaan était enténébré et froid, peuplé de plusieurs centaines de silhouettes sombres et émaciées enveloppées dans un linceul de brume.

L'antichambre aux murs d'or et aux riches inscriptions avait disparu en un battement de cils. Tout comme Champollion que Kalaan se mit à héler puis à chercher frénétiquement. Il se hâtait de droite et de gauche sur un sol spongieux recouvert de volutes crayeuses. Il s'arrêtait en obligeant une silhouette à se retourner, pensant trouver son ami, pour faire face à un être décharné, aux traits du visage indéfinis, aux cheveux blancs filandreux, les yeux totalement vitreux, et d'une pâleur cadavérique... un mort.

— Non, non, psalmodia Kalaan en tournant sur lui-même comme un possédé.

Les mèches de ses cheveux, libérées du lien qui les maintenait, dansaient dans une bise glaciale qui lui cinglait le visage, puis adhéraient à ses joues, ou venaient se plaquer sur ses paupières. L'immonde et poisseuse humidité de l'endroit imbibait sa chemise de lin blanc tout comme sa culotte en daim clair, et ajoutait à la sensation de froidure que véhiculaient tous les pores de sa peau. En ce qui concernait la température ambiante, il aurait pu se trouver au pôle Nord que cela n'aurait fait aucune différence.

— Je divague, je deviens fou, ce lieu ne peut être réel ! gronda-t-il en claquant des dents et en se remettant à la recherche de son ami.

L'obscurité était telle qu'il n'aurait rien pu distinguer en temps normal ; pourtant, Kalaan discernait tout ce qui l'entourait avec une incroyable acuité. Il ragea de plus belle en constatant que les trépassés se déplaçaient vers lui. Ils devenaient de plus en plus agressifs et leurs gémissements s'étaient transformés en râles menaçants. Le jeune homme subodora instantanément le danger. Un danger de toute évidence mortel. Et il n'avait plus aucune arme de défense en sa possession, ni épée ni pistolet !

Mais pouvait-il vraiment se défendre ? Un défunt ne pouvait être à nouveau tué ! Alors, pour la première fois de sa vie, avant d'être totalement cerné par les morts, il prit ses jambes à son cou et slaloma entre eux, pour éviter d'être agrippé par leurs longs doigts osseux aux ongles crochus.

Les plaintes et gémissements qu'il avait perçus dans l'édifice... n'étaient autres que les sons émis par ces milliers de trépassés ! Kalaan les avait réveillés et faisait désormais office de proie. Pour s'en sortir, il fallait qu'il trouve rapidement une issue de secours !

À quelque distance, dans la brume glaciale, il vit se dessiner les contours de remparts et se dirigea vers eux. Un instant il courait avec célérité, le moment suivant, il s'enfonçait et s'affalait dans une sorte de glaise à quelques mètres de ses poursuivants qui montraient et claquaient des dents comme des chiens enragés.

Il fallait qu'il avance, coûte que coûte, il devait atteindre les remparts. Quand il se fut suffisamment approché, Kalaan réalisa avec stupeur que les murs appartenaient en fait à un immense et lugubre manoir. Sa porte d'entrée s'ouvrit lentement dans un grincement infernal.

Sans plus réfléchir, les morts étant presque à le toucher et leur odeur fétide lui chavirant les entrailles, Kalaan s'élança de toutes ses forces vers ce qu'il considéra tout de suite être son unique chance de salut. Une de ses bottes buta contre ce qu'il présuma être la racine d'un arbre qu'il n'aurait su nommer tant il était décati, et il faillit une nouvelle fois perdre l'équilibre. Cela le ralentit assez pour qu'un mort-vivant l'atteigne et lui inflige une profonde griffure à l'épaule droite. Le tissu de sa chemise se déchira, tout comme sa chair, et il sentit la chaleur de son sang couler sur sa peau transie en même temps qu'il lâchait une longue plainte de fauve blessé.

Kalaan serra les dents, ce n'était pas le moment de flancher, et il obligea les puissants muscles de ses jambes à le propulser plus avant, vers cette ouverture qui semblait se dérober alors qu'il la croyait sans cesse à sa portée. Enfin, d'un bond, il sauta les trois marches du perron et franchit la porte qui se referma derrière lui dans un claquement infernal.

Il s'adossa contre le bois glacé de l'épais battant, puis se pencha en posant les mains sur ses genoux tremblants, et tenta de reprendre son souffle. De la buée s'échappait en rapides panaches de ses lèvres ouvertes et son cœur, une nouvelle fois, sembla vouloir sortir de sa cage thoracique.

Derrière la porte, les morts s'agglutinaient en griffant furieusement le vieux bois de leurs ongles. Ils enrageaient et donnaient de violents coups. Kalaan s'appuya de tout son corps pour contrecarrer la poussée de ces monstres. Il ne sut combien de temps cela dura avant que le silence ne revienne, mais quand ce fut le cas, il put enfin inspecter son proche environnement avec beaucoup de défiance.

De toute évidence, et comme il l'avait énigmatiquement pressenti, Kalaan se trouvait dans un endroit vide de tout être malfaisant. Un peu de repos dans l'action lui donnerait la possibilité de réfléchir à tout ce qui était en train de se produire. Car tout avait une logique, une explication. Et la plus probable était qu'il subissait les affres de la fièvre. Il était très certainement allongé dans l'antichambre de l'édifice, ses amis allaient venir s'occuper de lui, et le sauver. De là également, le fait que Champollion ne se trouvait pas à ses côtés en ce lieu maudit.

Néanmoins, pour l'instant, tout semblait bien trop réel, et l'instinct de Kalaan le poussa à se remettre en mouvement. Dans l'obscurité, et toujours doté de son inexplicable vision nocturne, il s'approcha d'un haut miroir à l'étain-mercure piqué et couvert de fines toiles d'araignées. Il eut du mal à se reconnaître dans le grand costaud aux traits blafards qui le dévisageait, les cheveux mi-longs collés sur ses joues tachées de boue noire, et les habits dans un piètre état.

Pourtant, c'était bien lui :

— Kalaan, comte de Croz, égyptologue et corsaire sans foi ni loi quand il s'agit de botter le cul des Anglais ! scanda-t-il de sa voix de baryton en claquant des talons dans un salut tout militaire.

Un peu d'humour, même s'il n'était que dérisoire, ne pouvait pas faire de mal et P'tit Loïk aurait ri de l'entendre se vanter ainsi avec son flegme coutumier.

Kalaan se mit de profil pour inspecter la profonde blessure sur son épaule. Le sang coulait toujours de plusieurs longues estafilades, mais avec moins de force, et il replaça quelques lambeaux de tissu sur les plaies en appuyant énergiquement de sa main gauche. On aurait dit qu'il s'était fait attaquer par un ours, mais non... son assaillant n'était qu'un mort.

— Un mort, répéta-t-il amer. Dieu, sortez-moi du cauchemar déclenché par la fièvre, et je vous jure de bien me comporter à l'avenir ! Je serai plus clément avec les Anglais, et ne jetterai plus leur immonde sauce à la menthe et leur bœuf bouilli par-dessus bord, marmonna-t-il encore avec une mine dégoûtée.

Brusquement, il cilla, car un mouvement vif s'était fait derrière son reflet dans le miroir. À nouveau sur ses gardes, il fit volte-face. Mais rien, pas un seul bruit, pas une seule âme, pour damnée fût-elle. Il avait dû être victime d'une hallucination.

— Imbécile ! Tu es déjà dans une hallucination ! Rien ici n'est normal, s'énerva-t-il à haute voix avant de faire un rapide état des lieux.

Il se trouvait dans le hall d'une demeure abandonnée depuis longtemps, meublée et décorée comme à l'époque postrévolutionnaire française. Et tout était dans un triste état. Le mobilier était disloqué, les tissus et tapis laminés, des débris de vaisselle jonchaient les dalles souillées du sol, de la poussière recouvrait tout, comme des centaines de toiles d'araignées qu'un souffle léger faisait danser lugubrement.

— Quel genre de maladie peut être à l'origine d'un tel délire ? se demanda Kalaan qui se forçait à parler à voix haute, rassuré par sa tonalité rauque et vivante.

Une sorte de gloussement aigu lui répondit et du coin de l'œil, il perçut un autre mouvement dans l'embrasure d'une porte du rez-de-chaussée.

— Qui va là ?

En retour à sa question, il entendit un rire, à n'en pas douter émis par une femme.

— Une femme... quelle poisse, grommela Kalaan en se dirigeant résolument vers la porte, tandis que la sourde douleur, lancinante, se remettait à pulser dans le creux de sa main droite.

S'arrêtant de marcher, il leva la paume devant ses yeux et libéra son autre main qui faisait pression sur son épaule. De toute façon, ce n'était qu'un cauchemar et le tissu s'était collé au sang coagulé.

La douleur provenait d'une étrange marque de

brûlure de forme triangulaire et, instantanément, Kalaan s'expliqua son origine :

— La pierre noire !

— La pierre, la pierre, la pierre, railla une voix de femme, avant de se gausser à nouveau.

— Oh, la ferme ! jura peu galamment le jeune homme, en avançant d'un pas rageur vers la pièce d'où naissaient les sons et en donnant des coups de pied dans tout ce qui se trouvait sur son passage.

Il en avait assez de ce grotesque cauchemar !

Mais soudain, des esclaffements surgirent partout autour de lui. Des ricanements plutôt, haut perchés, stridents, qui obligèrent Kalaan à plaquer les mains sur ses oreilles pour amoindrir leurs nocifs impacts sur ses tympans.

Et *elles* apparurent, se déplaçant comme des fourmis processionnaires. Elles vinrent des pièces du rez-de-chaussée comme du grand escalier menant à l'étage, forçant Kalaan à marcher à reculons, pour se retrouver de nouveau adossé à la porte d'entrée, cernée par un bataillon... de femmes en jupons.

Ce n'étaient pas des donzelles comme les autres, elles étaient à proprement parler terrifiantes. Jamais Kalaan n'aurait cédé du terrain à la gent féminine, si cette dernière n'avait pas ressemblé à une cohorte de diablesses infernales.

Elles étaient vêtues d'imposantes robes à paniers et pourtant, elles évoluaient avec une déconcertante fluidité. Les corsages étaient très ajustés et faisaient ressortir de rondes poitrines qui auraient pu être appétissantes, si la peau n'avait été marbrée de sillons noirâtres et de pustules. Quant aux visages... ils auraient rendu impuissant à vie le plus fougueux des libertins, tant ils étaient affreux : allongés, barbouillés de teinture blanche, ce qui accentuait la rougeur de lèvres fines sur des dents aiguisées. Non contentes de présenter ce déjà triste et affolant spectacle, ces harpies portaient toutes les ridicules perruques poudrées agrémentées de chapeaux extravagants que l'on appelait, en 1778, coiffures « à la belle poule ». L'ensemble faisant plus de quatre-vingts centimètres de hauteur.

Oh oui, qu'elles sont belles ces poules ! songea ironiquement Kalaan, son large dos toujours collé au pan de la porte d'entrée, et les femmes s'avançant à petits pas sournois tout en s'agglomérant autour de lui.

Combien y en avait-il en cette demeure ? Peu importe où se déplaçait le regard du jeune comte, il se posait irrémédiablement sur l'un de ces laiderons. Elles ricanaient, le jaugeaient de leurs petits yeux noirs scintillants, à l'affût du moindre de ses mouvements. On aurait dit des serpents, et quelque part, oui, elles n'avaient plus rien d'humain, à part leurs accoutrements.

— Je n'ai jamais frappé de femme, mais si vous avancez encore, je n'hésiterai pas, gronda Kalaan en serrant les poings et en bandant ses muscles, prêt à se jeter dans la mêlée.

À l'unisson, toutes se mirent ricaner. Le bruit suraigu était positivement une torture. Quelques-unes de ces créatures plissèrent les paupières et levèrent vers Kalaan leurs longs doigts aux ongles crochus.

Des mortes-vivantes, elles sont exactement comme ces spectres qui se trouvent à l'extérieur ! réalisa-t-il.

— Comme il est mignon, se moqua une harpie

dangereusement proche de lui.

— J'aime son odeur de peur, susurra une autre d'un ton sifflant, tout en reniflant d'un air délectable.

Kalaan allait devoir taper dans le tas ! Le moment était arrivé et il était fin prêt. Mais alors, la voix d'un Champollion toujours invisible, déformée, froide, parvint jusqu'à lui, entrecoupée de celles des femmes :

— Malheur aux profanateurs de l'antre de la peur...

— Oh oui, la peur !

— Sur vous la pierre libérera vos plus intenses terreurs...

— Ta terreur, mon mignon, est pour nous un festin !

— Vous subirez, vous deviendrez...

— Oui, l'une des nôtres tu deviendras.

— Vous supplierez la délivrance que seule la mort pourra vous apporter.

— J'ai hâte de l'entendre supplier, roucoula encore suavement une harpie avant que toutes ne montrent leurs dents pointues et ne se jettent sur Kalaan d'un même élan.

Alors débuta la plus terrible bataille de la vie du jeune homme ; il lutta des poings comme des pieds, et donna des coups de tête tout en essayant de se libérer des ongles griffus et des dents qui perçaient sa chair.

Mourir sous l'assaut de femmes, jamais il n'aurait songé à cela. Et pourtant, sous la masse, il se retrouva coincé à terre, prisonnier des paniers des robes et des centaines de jupons.

Ces bonnes femmes ! J'ai toujours su qu'elles auraient ma peau ! se dit encore Kalaan avant de perdre connaissance, comme son sang désertait son corps du fait des nombreuses blessures que les furies lui infligeaient.

Il avait rêvé de mourir l'épée à la main, sur son bateau, et il trépasserait à cause de donzelles maléfiques. Quel déshonneur !

Au bout d'une éternité à attendre Champollion et Kalaan à l'extérieur de l'édifice, et après avoir perçu leurs hurlements d'effroi en échos dans le tunnel, Salam, P'tit Loïk et une dizaine de marins du comte de Croz s'engouffrèrent dans l'étroit boyau en se munissant de torches allumées à la hâte par les ouvriers arabes. Ces derniers, trop affolés pour les suivre, jurèrent de les attendre à l'entrée.

Jamais Kalaan n'avait poussé de tels cris d'épouvante ! Cet homme n'avait peur de rien, à part peut-être des femmes, comme il l'avait laissé entendre, mais tout cela ne devait être que plaisanterie de sa part.

La descente fut rapide ; le groupe évita de justesse une stupide collision alors que le passage tournait à quatre-vingt-dix degrés sur la droite et cinq minutes plus tard, ils entraient dans une immense pièce sombre et lugubre.

Les murs étaient noirs et fendus comme sous l'effet d'un fort incendie, et d'ailleurs, l'air était chargé d'une inexplicable odeur de soufre. Le sol sablonneux était d'un gris foncé terne et, non loin de ce qui avait été certainement un socle dorénavant en ruine, reposaient les corps agités de soubresauts de Jean-François et Kalaan.

Ils hurlaient, gémissaient et se tortillaient sur eux-mêmes en psalmodiant des paroles incompréhensibles.

— Éclairez le sol, ratissez toute la zone, ils ont

peut-être été attaqués par des serpents ou des scorpions ! ordonna Salam avant de se diriger vers les blessés.

Il s'agenouilla près de Kalaan et tendit le doigt en direction de Champollion pour que P'tit Loïk s'en occupe. Des deux hommes, le savant semblait le plus aisé à maîtriser dans son délire, et Salam ferait plus le poids face au comte que le vieux loup de mer.

Il n'avait pas tort, car à peine se pencha-t-il sur Kalaan que ce dernier essaya de lui asséner un puissant coup de poing. Ce gaillard aurait pu mettre K.O. un chameau ! Le Touareg esquiva l'attaque de justesse, sans pouvoir se soustraire à la suivante : une profonde morsure sur l'avant-bras. Salam se libéra en serrant les dents de douleur, et parce que le jeune comte était devenu par trop dangereux, il l'assomma avant de l'emporter en le juchant sur son épaule. Dans le même temps, P'tit Loïk saisissait Champollion par les pieds, alors qu'un robuste marin le soulevait par le buste.

— Dehors, et vite ! aboya presque Salam qui garda pour lui le fait que les murs porteurs de l'édifice étaient de toute évidence sur le point de s'écrouler, car ils se lézardaient de toute part.

Néanmoins, son silence était inutile. P'tit Loïk, comme ses gars, étaient loin d'être stupides. Ils avaient également pris acte du danger : sans affolement et avec un sang-froid qui força l'admiration de Salam, ils se mirent en marche vers la sortie dans un calme discipliné.

À peine furent-ils tous dehors que Salam lança d'autres ordres en arabe et les ouvriers égyptiens se dépêchèrent de tendre des toiles au-dessus des corps allongés sur le sable et toujours maintenus par les hommes. Le soleil avait baissé, mais ses rayons étaient encore ardents.

— Maintenez-le ! *Genaoueg[27] !* cria P'tit Loïk à ses compagnons, qui faisaient leur possible pour clouer sur le sable le comte de Croz en plein délire.

— Nous devons connaître la cause de cet état. Trouvez la moindre trace de morsure ou de piqûre sur leur peau ! ordonna Salam tandis que le bas du tissu de son long habit venait effleurer le visage crispé de Kalaan.

Le jeune homme eut alors une réaction surprenante et se mit à batailler de plus belle :

— Sortez-moi de ces jupons ! hurla-t-il comme un dément. Ils m'étouffent !

P'tit Loïk écarquilla les yeux.

— J'voudrais bien savoir de quoi il cause ! Des jupons ? L'est encore en train de rêver de donzelles !

— Non... pas les dents... pas les dents... psalmodia alors Kalaan, le visage brusquement contracté.

— Jupons, dents, femmes, m'a pas l'air d'être en plein cauchemar, essaya de plaisanter le vieil homme d'un ton grivois, avant de jeter un œil sur Champollion qui lui, parlait de faux et de squelette à cape noire.

— C'est la Mort qui le poursuit, marmonna Salam en réponse à la question silencieuse de P'tit Loïk et en finissant d'inspecter le corps de Kalaan, exempt de blessures qu'auraient pu lui infliger un serpent ou un scorpion.

Le résultat fut le même pour Jean-François. Pas de morsure ni de piqûre. Mais Champollion montrait une belle boursouflure au niveau de l'arête nasale, et

---

27 *Genaoueg : En breton, veut dire : nigaud, idiot, imbécile.*

Kalaan avait la paume de la main droite comme marquée au fer rouge par une forme triangulaire.

Néanmoins, ces lésions ne pouvaient, en toute logique, être à l'origine de leur hystérie.

— Le manque d'air ? tenta d'expliquer P'tit Loïk.

— Sans doute, accorda Salam en hochant sa tête enrubannée. Ou alors, la présence de miasmes empoisonnés dans la construction. Cela s'est déjà vu. Ce n'est en aucun cas dû à une maladie, car ils sont tous deux dépourvus de fièvre.

— Champollion se réveille ! héla un des marins de Kalaan.

Effectivement, l'égyptologue dardait sur l'équipe un regard hanté, mais vif, et son corps n'était plus parcouru de tremblements incoercibles. Ce qui n'était toujours pas le cas du comte, qui se débattait inlassablement avec des « saloperies de jupons » comme il le criait dans son agitation.

Salam s'accroupit près de Champollion :

— Me reconnaissez-vous ?

— Sa... Salam, murmura Jean-François en déglutissant avec peine, les cheveux hirsutes, et en essayant de se redresser sur les coudes. Où... où sommes-nous ?

— À l'extérieur de l'édifice, vous ne craignez plus rien.

— Quel... quel édifice ? Nous devions... une découverte... un tombeau... Kalaan souhaitait me montrer...

Il parlait de manière très confuse et, au grand étonnement de Salam et P'tit Loïk, il apparaissait évident qu'il avait totalement occulté ce qui s'était passé.

— De quoi... souffre mon ami ? bafouilla encore l'égyptologue stupéfait, en s'asseyant, avant d'accepter une outre d'eau qu'on lui tendait et de boire goulûment.

Que répondre à cela ?

— Vous ne vous souvenez de rien ? L'édifice, les hiéroglyphes, la porte qui tombe en poussière, le tunnel et la suite des événements ?

— No... non, balbutia Jean-François en écarquillant les yeux. Nous étions sur la dune, nous devions voir un tombeau et... c'est le néant, et... la Mort qui me poursuivait en agitant sa terrible faux au-dessus de ma tête.

Un monstrueux grondement, suivi de fortes secousses, les prit par surprise. Tous se hâtèrent de reculer en emportant Kalaan et Champollion le plus loin possible de l'endroit.

En un rien de temps, l'édifice s'affaissa brusquement de toute sa masse en poussant une plainte d'agonie. Le sable de la haute dune l'engloba dans sa totalité, avant de former un puissant maelström[28] s'enfonçant en tourbillonnant dans les profondeurs de la terre.

— En arrière tout le monde, ou nous allons être aspirés ! hurla Salam pour couvrir le bruit assourdissant, tout en assommant une nouvelle fois Kalaan pour avoir toute liberté de mouvement.

— *Ma Doue*[29], souffla P'tit Loïk, je n'ai vu ça qu'en pleine mer ! J'savais pas que le sable faisait pareil !

— Il ne le fait jamais, marmonna Salam avec son

---

28 *Maelström : Puissant tourbillon qui se forme dans une étendue d'eau, probablement créé par un courant de marée ou le courant d'un fleuve. Exemple en mer : le Moskstraumen, près des îles Lofoten en Norvège.*
29 *Ma Doue : Mon Dieu (en breton).*

fort accent.

L'étrange phénomène cessa en un instant et là où se situait naguère l'édifice antique, ne restait plus qu'un immense trou conique.

Il fallait quitter ce lieu au plus vite !

Ce que firent tous les ouvriers égyptiens en courant à s'en déboîter les rotules et en hurlant comme des fous. Cette fois, Salam ne put les retenir.

Tout ce tohu-bohu avait alerté les membres de l'équipe expéditionnaire de Jean-François et l'agitation avait clairement gagné l'autre côté du fleuve. Déjà, de nombreux hommes embarquaient dans des felouques pour traverser le Nil et les rejoindre au plus vite.

— Je ne comprends rien, articula Champollion en reprenant peu à peu des forces et en se mettant à marcher sans aide. Que s'est-il passé ici ?

À la suite d'une idée, il sortit vivement son carnet de notes... Mais rien, les derniers mots visibles avaient été tracés tandis qu'il visitait Tell el-Amarna.

Ce qui étonna profondément P'tit Loïk et Salam, car ils l'avaient vu écrire sur les feuillets de son carnet quand il déchiffrait les inscriptions sur le mur. Et, autre fait d'autant plus troublant : aucune page ne manquait ou n'avait été arrachée ! Voilà qu'apparaissait un nouveau et singulier mystère !

— La chaleur, coupa Salam, en ignorant le regard interloqué de P'tit Loïk qui ouvrit la bouche pour rétorquer. J'ai dit : la chaleur ! répéta-t-il sèchement avec un air sombre et entendu vers le vieux marin.

Ce dernier comprit instantanément que ce n'était pas le moment adéquat pour discuter de tout ce qui s'était produit, beaucoup trop de personnes indésirables les entouraient maintenant. Les trop curieux Nestor L'Hôte et Ippolito Rosellini, des hommes en armes, et pour finir, cet aumônier qui les accompagnait dans leur voyage et qui n'hésiterait pas à parler d'hérésie dans son rapport.

— Oh, bien ! Vous avez certainement raison ! s'exclama Champollion qui n'était pas dupe et qui essayait de reléguer aux oubliettes le cauchemar dû au délire causé par... une insolation.

Ben voyons...

L'instant d'après, il rassurait ses amis et leur narrait l'histoire du maelström de sable, tout en embarquant sur une felouque. En très peu de temps, tous se rendirent sur la rive est du Nil, et ne tardèrent pas à se séparer du groupe de Kalaan. Nombre de questions restaient sans réponse ; pourtant, Champollion embarqua pour remonter le fleuve avec son équipe en direction de Thèbes pour continuer son voyage. Avant de partir, il exprima tout de même sa crainte pour son ami qui n'avait toujours pas repris connaissance. Salam et P'tit Loïk assurèrent de lui faire parvenir des nouvelles dès que possible, et la nuit s'installa tandis que l'équipe de Kalaan embarquait sur l'*Horus*.

Quant aux ouvriers arabes embauchés par le comte de Croz ? Ils avaient tous disparu dans la nature.

— Que faisons-nous ? demanda P'tit Loïk, fortement désemparé par la situation et visiblement très inquiet pour Kalaan.

Il aurait dû se réveiller à l'instar de Champollion, mais restait dans les affres de son délire, et le vieux loup de mer craignait dorénavant pour sa vie.

— Les ouvriers vont répandre l'histoire de la malédiction et de l'édifice mangé par les sables, dit avec certitude Salam. Dans ce pays, Kalaan prendra rapidement l'apparence d'un démon et devra être puni pour avoir déclenché la fureur des dieux antiques. Il est désormais en danger de mort. Nous quittons l'Égypte, et le plus vite possible !

— Nous ? Tu pars avec nous ? s'étonna P'tit Loïk.

Salam hocha la tête.

— Oui, vous aurez besoin de moi. Et je dois une vie à Kalaan. Tant qu'il ne sera pas tiré d'affaire, je serai son débiteur.

— Alors, on rentre ! s'écria le vieil homme, avant de lancer des ordres à son équipage, lui-même immensément soulagé par cette décision.

Il était plus que temps de dire adieu à l'Égypte et de retourner en Bretagne.

— Pourvu qu'le fiston tienne le coup jusqu'en France. J'voudrais point qu'il meure sans avoir vu sa mère une dernière fois, marmonna P'tit Loïk qui ne put retenir une larme de tristesse qui coula sur sa joue ronde, avant de se perdre dans sa barbe grisonnante.

Chapitre 5

Il faut accepter

Kalaan était nauséeux et prenait peu à peu conscience de la douleur qui parcourait l'ensemble de son corps, tandis qu'il sortait enfin des brumes du cauchemar.

Un cauchemar où il bataillait contre des harpies en un cycle perpétuel : il combattait, succombait, revenait à la vie et trépassait à nouveau. Bon sang ! Ce que cela pouvait être rageant de ne jamais avoir gain de cause sur les bonnes femmes ! D'autant plus quand il s'agissait d'un affrontement chimérique.

Foutu délire provoqué par une fièvre ! Car il n'y avait pas d'autre explication et jamais, dans les souvenirs du jeune homme, une maladie ne l'avait conduit aux portes d'un tel supplice.

Alors que Kalaan tentait de s'extirper des derniers voiles qui embrumaient encore son esprit, les voix de deux personnes qu'il connaissait très bien vinrent résonner à ses oreilles. C'étaient celles de Salam et P'tit Loïk, et ils devaient se tenir très proches de lui. Ils avaient réussi à le sortir de l'édifice, bien joué !

Si seulement il pouvait soulever ses paupières pour se rendre compte du lieu où il se trouvait ; mais cela lui était impossible, car elles étaient aussi lourdes que du plomb. Une chose était certaine : il n'était pas allongé sur du sable.

— *Tanfoeltr[30]* ! On dirait qu'notre *Ar sorserez[31]* a appelé les vents pour bondir sur les flots et rentrer rapidement au pays ! claironnait le vieux loup de mer.

— Ce navire a une âme, répondit Salam avec son fort accent. Il met tout en œuvre pour sauver son capitaine.

Me sauver ? Et de quoi ? Et pourquoi sommes-nous en mer ? s'interrogea Kalaan sans pouvoir ouvrir la bouche et totalement désorienté par ce qu'il apprenait.

Il avait beau faire, son corps ne lui appartenait plus. Pourtant, le jeune homme ressentait tout, comme le mouvement régulier et lancinant du bateau qui chevauchait les vagues. Ce qui prouvait les dires de ses amis.

— Nous avançons bien : au p'tit matin, nous dépasserons les côtes de Sardaigne, estima le vieux marin qui, d'après le bruit, déplaçait des cartes maritimes.

— Est-ce une bonne chose ?

— Trrrrès bonne ! clama P'tit Loïk en faisant rouler les r. Il nous rest'ra plus que cinq semaines d'navigation et nous s'rons enfin chez nous !

L'esprit de Kalaan avait récupéré tout son potentiel, et il calcula rapidement le temps qu'il avait passé dans cette sorte de mauvais rêve : quatre

---

30 *Tanfoeltr : Fichtre (en breton).*
31 *Ar sorserez : La sorcière (en breton).*

semaines, en comptant le voyage d'Amarna à Alexandrie sur l'*Horus* et le temps de prendre la mer à bord de la frégate *Ar sorserez*.

Le dernier jour qu'il se rappelait était le 7 novembre à Tell el-Amarna, en compagnie de Champollion. Il se souvenait de tout, de l'édifice, du long tunnel étroit, de la pièce aux murs d'or et... de la pierre pyramidale noire. Toujours selon ses estimations, la date présente devait être le 5 ou le 6 décembre et, effectivement, si les vents leur étaient favorables, ils atteindraient l'île de Croz pour la première quinzaine de janvier 1829.

Il essaya de parler, mais n'émit qu'un ridicule couinement aigu, comme s'il était enroué ou sortait d'une synanche[32]. Ce qu'apparemment personne d'autre que lui n'entendit. Qu'était donc devenue sa belle voix rauque ?

Un soupir, celui de P'tit Loïk, à nouveau le bruit des cartes qui s'enroulent sur elles-mêmes :

— Pourvu qu'le fiston tienne le coup jusque-là. On pourra pas continuer d'le gaver de bouillon très longtemps. Il va perdre toute son énergie... et...

— C'est un lion, il l'a maintes fois prouvé en Égypte. S'il n'est pas déjà mort suite à ses multiples transformations, c'est qu'il survivra.

Quelles transformations ? Et pourquoi ne m'ont-ils pas entendu ? ragea intérieurement Kalaan, tout en puisant au fond de lui la force de reprendre le contrôle de son être.

— Je m'inquiète beaucoup plus du comportement des marins, ajouta Salam qui, d'après le bruit de pas

---

32 *Synanche : Ancien terme médical désignant une angine (source : L'encyclopédie 1ere édition 1751, tome 15 page 745).*

étouffés, devait se déplacer sur le tapis près de la couchette de Kalaan.

— *Ya, sur*[33]. Qui pourrait leur en vouloir ? Ils ont peur d'la malédiction. Ceux qu'étaient avec nous à Amarna ont vu leur capitaine se métamorphoser sous leur nez. Depuis, ça cause dur sur les ponts et dans les cabines.

Là, c'en était trop ! Kalaan parvint à ouvrir les yeux et tourna la tête sur son oreiller en direction des deux silhouettes qui se découpaient à la lueur d'une lampe à pétrole. Il faisait donc nuit.

— Quelles... trans... formations... réussit-il à articuler, et il crut entendre les couinements d'un canard auquel on tordait le cou à la place de sa voix.

Ses deux amis se figèrent dans leurs gestes et, l'instant suivant, ils se précipitèrent à son chevet.

— *Elkent*[34] ! L'était temps qu'tu reviennes dans le monde des vivants ! s'écria P'tit Loïk qui ne cachait pas sa joie.

— *Ahlan*[35], mon ami ! lui souhaita à son tour Salam d'une manière plus retenue ; cependant, son grand sourire parlait mieux que les mots.

L'homme bleu n'avait pas quitté ses habits de Touareg ; néanmoins, il avait baissé le pan de son chèche, ce qu'il ne faisait jamais, en tout cas pas en présence d'une tierce personne. Kalaan fut étonné de lui découvrir des traits plus occidentaux qu'orientaux.

— Oui... bla, bla, bla... aussi, marmonna-t-il en se raclant la gorge toujours en feu.

— Un peu d'eau ! s'exclama P'tit Loïk en se

---

33 *Ya, sur : Oui, bien sûr (en breton).*
34 *Elkent : Tout de même ! (en breton).*
35 *Ahlan : Bienvenue (en arabe).*

hâtant de saisir un gobelet et en revenant vers Kalaan qui voulut se redresser, mais ne le put.

Non seulement il y avait ces pénibles élancements qui parcouraient son corps dans sa totalité, sa voix qui s'était fait la malle, mais de plus, il se rendit compte avec ébahissement que ses pieds et ses mains étaient maintenus aux montants du lit par des liens de tissu.

Mais que se passait-il ici ?

Il refusa l'eau d'un air buté, foudroya du regard les deux hommes et gronda comme un fauve en cage :

— Détachez-moi... tout de suite !

Salam et P'tit Loïk jetèrent un coup d'œil dans leur dos, vers la fenêtre à petits carreaux de la cabine, puis se concertèrent silencieusement avant de revenir à Kalaan.

— Non, fiston, il va bientôt faire jour.

— Et alors ? vociféra Kalaan.

— Et alors, tout va r'commencer et il vaut mieux qu'pour ta première fois, en tant qu'homme éveillé, tu sois attaché.

— Cela suffit ! J'ai tout entendu ! De quoi parliez-vous à la fin ?

P'tit Loïk secoua la tête d'un air abattu et Salam prit le relais :

— Tu n'es plus toi-même depuis que l'on t'a sorti de l'édifice. Dès que le soleil se lève, tu changes d'apparence ; et tu redeviens Kalaan, comte de Croz, quand la nuit tombe.

Kalaan détailla ses amis comme s'il leur avait soudainement poussé des cornes. Étaient-ils devenus cinglés ? L'histoire était tellement burlesque que le jeune homme rit avant de tousser douloureusement.

Petit à petit, derrière Salam et P'tit Loïk, la lueur

laiteuse puis orangée de l'aube se déploya pour venir baigner la cabine au bois lambrissé. Dans le même temps, les élancements qui fusaient pernicieusement dans le corps de Kalaan se firent plus vifs et il trembla de manière incoercible.

— Nous y sommes, fit simplement Salam en reculant d'un pas.

— Sois fort, gamin, marmonna à son tour P'tit Loïk en suivant le mouvement de l'homme bleu, et en affichant une mine d'enterrement. Ça n'dure jamais très longtemps ; dès qu'le soleil sera là, tu ne souffriras plus.

Kalaan l'entendit, mais serra les dents. Tout son corps se cabrait contre la foudroyante douleur qui parcourait ses muscles et traversait ses os. Il n'était plus en état de réfléchir, il ne faisait que subir, tel un pauvre pantin de bois qui se désarticulait. Il lutta encore et encore, mais ne put retenir un poignant hurlement d'agonie. Le son rauque de sa voix revenue ne dura qu'un instant et dès que les rayons du soleil se posèrent au pied de sa couchette, ce ne fut plus le cas : résonna alors dans la cabine un cri angoissé de femme.

Son cri !

Petit à petit, la douleur reflua et son corps se détendit. Kalaan respirait par à-coups, les yeux fermés, et il sentait la sueur couler de son front à ses tempes. Ses doigts crispés lâchèrent peu à peu le tissu des liens qui lui lacéraient la chair des poignets et des chevilles.

— Là, c'est fini... jusqu'à ce soir ! lança P'tit Loïk d'un ton éminemment paternaliste, en passant un linge humide sur les joues de Kalaan qui souleva doucement les paupières.

Le vieux marin eut un sursaut d'étonnement et

héla Salam en lui faisant signe de se pencher sur le jeune homme.

— Ses yeux ! C'est bien l'fiston ! Ils sont de la même couleur, ce beau vert ambré typique des Croz !

Salam hocha la tête pour acquiescer et recula de nouveau.

— C'est bien la seule chose qu'il ait gardée ! lança-t-il simplement.

Kalaan en avait assez de les écouter déblatérer comme s'il n'était pas dans la pièce avec eux.

— Bien sûr... « C'est moi », allait-il dire, mais il ne put finir sa phrase, tant il fut ébranlé par ce qu'il entendit.

Non, c'était impossible ! Et pourtant, il avait bel et bien une voix de femme !

— Salam ? appela-t-il à nouveau, plus pour percevoir les sons qui sortaient de sa bouche que pour attirer l'attention de son ami touareg. Bordel ! Détachez-moi tout de suite ! ordonna-t-il encore en se débattant comme un beau diable avec les liens.

P'tit Loïk hésita, lança un regard interrogateur sur Salam, et saisit son couteau pour couper le tissu avec l'aval de l'homme bleu.

— Reste tranquille, fiston, grommela-t-il comme il l'éraflait malencontreusement de sa lame, tandis que Kalaan trépignait d'impatience.

Salam s'occupa des attaches aux pieds et remit pudiquement en place le drap de lin qui recouvrait les jambes de son ami. Lequel n'en eut cure et chercha à s'en débarrasser en se jetant hors de la couchette.

— Ma voix ! couina Kalaan une fois debout et en portant les mains à sa gorge, avant de baisser la tête vers ses pieds. Bon sang ! Je ne vois plus le sol !

Mais... qu'est-ce que... balbutia-t-il en suffoquant à moitié.

Il ne pouvait apercevoir le plancher, car entre ses yeux et ce dernier, il y avait maintenant une étrange protubérance qui avait poussé sur son torse. Ne voulant, et ne pouvant y croire, il tira sur le haut de son ample chemise et lâcha un autre cri aigu.

— Une poitrine ! Nom de Dieu ! J'ai des seins de bonne femme !

Brusquement, il redressa la tête et ses yeux reflétèrent des éclats d'effroi.

— Bougez-vous, je dois me rendre au cabinet de toilette !

À peine se rua-t-il dans la petite pièce des latrines que P'tit Loïk baragouina :

— L'a l'air de le prendre assez bien. Beaucoup mieux que nous la première fois... j'aurais bien fait cent fois l'tour de la Terre pour le fuir.

Ce que vinrent contredire de nouveaux braillements stridents.

— J'en ai plus ! Plus rien ! hurla encore le comte en revenant dans la cabine pour faire face à ses amis, comme si c'étaient eux les coupables, les voleurs de sa virilité.

— *Ya*, ne put que dire P'tit Loïk, sans pouvoir cacher un incongru sourire.

— Ça te fait rire ? Nom de nom, je suis une femme !

— Ah ben ça... on l'sait bien depuis le temps qu'on te soigne, répondit le vieux loup de mer en coulant un regard vers la ronde poitrine de Kalaan.

Ce dernier croisa rageusement les bras sur son torse, plusieurs fois, car il n'arrivait pas à trouver une position adéquate à cause des volumineux globes qui empoisonnaient désormais son existence.

— Et une très jolie femme, fit Salam en le détaillant de la tête aux pieds d'un air plein d'humour.

Ce qui courrouça Kalaan qui piqua une véritable crise de nerfs, de celle que l'on attribuait volontiers au sexe faible, et qui n'existait pas chez les hommes, les vrais.

Si seulement il avait pu réellement se voir avec les yeux de ses amis ! Il était toujours aussi grand, ses iris avaient bel et bien conservé la couleur vert ambré de la lignée des Croz, mais sa silhouette était notablement féminine. Des bras et des jambes – à moitié couverts par la chemise qui ne cachait pas grand-chose – aux courbes extrêmement sensuelles, une taille ajustée, des doigts longs et fins, de délicieux petits pieds, une poitrine plus que généreuse et haute, et un visage aux traits harmonieux. Ses cheveux mi-longs et châtains aux reflets dorés avaient pris une nuance d'un noir ébène, tout comme ses cils recourbés et ses sourcils. Restait peut-être cette bouche charnue, mais là aussi, avec des lignes bien féminines.

Oui, vraiment, Kalaan était un beau brin de fille.

Il tapa du pied, hurla encore en passant comme une tornade auprès de ses amis et leur claqua au nez la porte attenante de la salle du conseil[36].

P'tit Loïk voulut le suivre, mais Salam le retint par le bras en faisant un signe négatif de la tête.

— Nous devons le laisser seul.

— Je n'sais pas si c'est souhaitable.

---

36 *Salle du conseil sur une frégate : Salon qui se trouve à la poupe d'un bateau, sous la dunette, et se finissant par la façade du château arrière. C'est dans ce lieu que se réunissent le capitaine et ses hommes pour discuter et pour manger.*

— Il faut qu'il fasse connaissance avec cette nouvelle facette de sa personnalité. Nous ne lui sommes d'aucune aide maintenant ; mais bientôt, quand il sera calme et maître de ses pensées, il nous en apprendra peut-être plus sur l'origine de ce phénomène qui le touche, et ce qui s'est passé dans l'édifice à Amarna.

Deux heures plus tard, P'tit Loïk, en digne second de Kalaan, se trouvait à la barre de la frégate *Ar sorserez* sur le pont de gaillard arrière, tandis que Salam se tenait au bord de la rambarde et regardait les côtes de Sardaigne au travers d'une longue-vue.

Il régnait sur le navire une fausse atmosphère de calme. D'habitude et depuis l'Égypte, soit P'tit Loïk, soit Salam, restait au chevet du capitaine. Et tout d'un coup, les deux hommes avaient quitté la cabine du comte. Peu de temps après, d'inquiétants bruits étaient parvenus jusqu'à l'extérieur. Indubitablement, c'était Kalaan qui brisait ce qui lui tombait sous la main dans la salle du conseil. Tous avaient pu entendre le fracas du verre, du métal et du bois, comme ses hurlements rageurs et aigus, puis plus rien.

Depuis, les marins vaquaient à leurs corvées sur les ponts, dans les haubans et s'occupaient des voilages, tout en jetant à tour de rôle des coups d'œil suspicieux sur le vieux loup de mer et le Touareg qui avait à nouveau dissimulé le bas de son visage.

Il était clair que l'équipage était au bord de la rébellion. Quelques-uns avaient été témoins des métamorphoses du comte et en avaient fait le récit aux autres. Pour beaucoup, le diable était à l'œuvre sur le navire, et la peur s'était installée.

— Nous sommes assis sur d'la poudre à canon, grommela P'tit Loïk, alors que Salam venait se poster à ses côtés, face à la poupe.

— Ils se calmeront quand le capitaine se montrera.

— *Diskiant*[37] que tu es ! Ils le balanceront par d'ssus bord, *ya !* s'énerva P'tit Loïk en fusillant son ami des yeux. Sans compter qu'il lui faudra des jours, voire des semaines pour s'faire à sa nouvelle... hum... silhouette.

— J'ai toute confiance en Kalaan, il surmontera cette épreuve.

— Dans l'état actuel des choses, je n'suis pas du même avis. Et regarde-les, on dirait des loups prêts à sauter sur leur proie.

Il n'avait pas tort : les hommes – cent trente marins – étaient tous montés sur le pont et les passavants tribord et bâbord, et formaient désormais un essaim silencieux. Ils cessèrent toute activité en entendant claquer la porte qui conduisait aux appartements du capitaine, et portèrent leur attention vers un point mouvant que P'tit Loïk et Salam ne pouvaient distinguer de l'endroit où ils se trouvaient.

— Le voilà qui arrive, l'a du caractère à revendre ce môme, souffla le vieux marin, admiratif, en percevant le bruit furieux des bottes de Kalaan qui gravissait l'escalier menant à la dunette.

L'instant d'après, il... *elle*... était là. Dans toute sa splendeur de corsaire. Kalaan voulait frapper fort, comme l'indiquait l'air volontaire et froid que son joli visage de porcelaine affichait. Il fallait se l'avouer, même en femme, il en imposait ! Et il était d'autant

---

37 *Diskiant : Fou, en breton.*

plus admirable de voir cet homme surmonter son épreuve avec une déconcertante facilité.

Kalaan avait attaché ses cheveux noirs, comme à son habitude, sur la nuque, grâce à un lien de cuir. Ses habits, un peu larges désormais, flottaient sur ses épaules ; cependant, son port altier arrivait à masquer ces petits défauts. Sa veste trois quarts bleu roi faisait ressortir l'éclat blanc de sa chemise à jabot. Son pantalon en daim clair était ajusté à la taille par une ceinture de soie rouge dans laquelle il avait glissé son pistolet et accroché le harnais de son épée. Kalaan semblait avoir un peu de difficulté à évoluer dans ses bottes, peut-être trop grandes pour ses petons féminins ? Néanmoins, là encore, seul un œil averti aurait pu noter ce détail.

— Ne me regardez pas comme ça, gronda-t-il sourdement en arrivant près d'eux et en se tournant résolument vers les hommes qui approchaient du gaillard arrière.

Il y eut d'abord des murmures puis des éclats de voix diffus, et enfin tout le monde se mit à parler d'un ton rageur. Certains se signaient, d'autres juraient, et une forte tension s'installa jusqu'à ce que Kalaan saisisse la crosse de son pistolet et tire un coup vers le ciel.

— Silence ! Bande de femmelettes ! hurla-t-il à ses hommes.

Ce qu'il obtint, sauf de la part d'un gros gaillard boiteux qui fit un pas en avant en levant le poing :

— La femmelette ici, c'est vous ! J'oi pas d'ordres à recevoir d'une satanée donzelle ! Z'êtes le diable !

Des vociférations et des acclamations d'encouragements fusèrent.

— Tu as raison sur un point, la *Gouelle*[38] ! lança Kalaan en utilisant sciemment le surnom du colosse qui tiqua pour le coup, ce qui fit trembler la natte rousse qu'il avait au menton. J'ai été maudit, moi, mais pas vous. Et en aucun cas cela ne vous touchera. C'est mon fardeau, puisque j'ai profané un édifice sacré. C'est la colère des dieux égyptiens qui s'est abattue sur votre capitaine. Car je le demeure, même sous cette affligeante apparence.

Nombre de regards se posèrent automatiquement sur sa ronde poitrine que n'arrivaient pas à dissimuler la chemise à jabot ni la veste, et des sourires grivois s'affichèrent sur le faciès de plusieurs marins.

— La *Gouelle*, douterais-tu de ma sincérité comme de ma santé mentale ? lança Kalaan en rougissant sans le vouloir (le fléau des dames) et en avançant délibérément d'un pas, pour écraser de toute sa hauteur son accusateur.

— *Ya !* Qui m'dit qu'c'est bien vous ! J'vois qu'une femme, et les femmes portent la poisse sur les bateaux !

Là encore, les mêmes personnes, une dizaine, poussèrent des cris d'encouragements pour soutenir le colosse.

— Ma foi, sourit perfidement Kalaan, je suis bien le comte de Croz, un homme lamentablement déguisé en donzelle ; et si je ne peux pas pisser debout sur ta tête, car je suis dépourvu d'attributs masculins, ce n'est que partie remise. Et pour vous le prouver, nous allons jouer au jeu des secrets révélés.

Une nouvelle fois, le marin tiqua et écarquilla les

---

38 *Gouelle : Abréviation de mouette ou de goéland et voulant dire un ogre ou un goinfre, en breton.*

yeux. Parce que d'une, il savait que le capitaine avait l'habitude de réveiller les soûlards en leur pissant dessus, et de deux... si c'était bien lui, il connaissait un secret qui le mettrait dans l'embarras vis-à-vis de ses compagnons.

Bah... ce ne pouvait être le comte !

— Allez-y, *moutik*[39] ! Je tremble de peur, brrr...

Beaucoup rirent comme des dadais et la *Gouelle* fanfaronna de plus belle en saluant son auditoire tout en se penchant et en claudiquant. Si Kalaan n'avait pas été posté en hauteur sur la dunette, il se serait fait un plaisir de lui botter le croupion.

— Tu boites, non ? fit le comte d'une voix assez puissante, malgré sa désagréable tonalité.

La *Gouelle* se figea et pirouetta pour lui faire face. Tout d'un coup, il avait fortement pâli sous sa crasse.

— Tu ne dis rien ? Pourtant, tu clames partout t'être blessé au pied dans un combat au corps à corps avec un Anglais... c'est bien cela ? La lutte aurait duré des heures, mais au final, tu aurais eu sa peau. Je continue ?

Déjà des murmures parcouraient la foule, et les regards soupçonneux se posaient désormais sur le colosse, non plus sur Kalaan. C'était un bon point. Comme l'homme s'entêtait à faire front, le comte reprit la parole :

— Secret révélé ! Je suis Kalaan et j'étais là le soir où la *Gouelle* sortant en tanguant d'une auberge, la panse bien pleine de whisky, a voulu glisser son pistolet à sa ceinture et n'a réussi qu'à se tirer une balle dans le pied ! J'étais seul pour venir à son secours, je

---

39 *Moutik : Mignonne, en breton.*

suis le seul à pouvoir dire la vérité. Vrai ? lança-t-il au colosse qui se décomposait à vue d'œil et devait maintenant supporter les quolibets et sifflements des marins.

— Vrai, souffla-t-il en baissant piteusement la tête. Il aurait dû se rappeler qu'un combat contre le capitaine était perdu d'avance. Car oui, c'était bien lui, plus de doute.

— Quelqu'un d'autre ? s'amusa Kalaan en croisant et décroisant les bras sur son encombrante poitrine. Toi, peut-être, *Ar kaerell-vras*[40] ?

Il s'adressait à un jeune et boutonneux moussaillon qui se moquait ouvertement de la *Gouelle* et qui faisait partie des hommes récalcitrants. Un petit fanfaron, crâneur et paresseux, que Kalaan rêvait de remettre à sa place et qui se tenait soudain raide comme un piquet.

— M'dame ? Euh... m'sieur ? balbutia-t-il.

Rien que pour avoir dit « madame » à Kalaan, ce dernier décida de ne pas faire de quartier :

— Mes amis ! Vous souvenez-vous de la belle Flore, la fiancée que ce jeune homme vous a présentée lors d'une escale à Saint-Brieuc ? Eh bien... secret révélé... ce n'était qu'une fille de joie que j'avais payée pour tenir le rôle, pour que vous cessiez de vous moquer de lui !

Le jeunot afficha un brusque fard et se fit tout petit quand les marins se tournèrent vers lui, pour rire et le narguer.

— Quelqu'un d'autre ? Ai-je encore à prouver qui je suis ? cria Kalaan pour se faire entendre par-dessus le tohu-bohu.

---

40 *Ar kaerelle-vras* : La fouine, en breton.

Le silence revint, et d'un même ensemble, les hommes firent non de la tête.

— Alors, puisque l'affaire est réglée, retournez tous à vos postes, bande de fainéants !

L'équipage se dispersa au plus vite, certains montant dans les haubans, d'autres reprenant le brossage du pont et des passavants, mais la plupart s'enfuirent dans l'antre du navire, vers les cabines ou la cuisine.

— Tu as mené ça de main de maître, admira P'tit Loïk après avoir longuement sifflé. Veux-tu récupérer ta place à la barre ?

— Oui, car nous faisons demi-tour, nous retournons en Égypte !

Salam fronça les sourcils et s'approcha de Kalaan :

— Il n'y a plus rien pour toi dans ce pays, à part la mort. Car l'histoire d'Amarna et de l'édifice a dû remonter jusqu'aux oreilles de Méhémet-Ali[41] Pacha, sans compter que nous nous sommes enfuis sous son nez. C'est un affront qu'il voudra punir au prix fort.

— Je dois communiquer avec Jean-François, apprendre si lui aussi a été atteint par la malédiction et trouver le remède, celui qui me fera redevenir un homme à part entière.

— Jean-François se porte bien, nous avons reçu une de ses lettres peu de temps avant de quitter Alexandrie, l'informa encore Salam. Tu dois savoir qu'il a tout oublié de ce qui s'est produit quand vous étiez dans l'édifice et ne semble pas avoir été victime... de transformations. Il n'y a que toi qui peux nous parler de tout ça et nous aider à comprendre. Mais

---

41 *Méhémet-Ali : Vice-roi d'Égypte de 1804 à 1849.*

nous ne devons surtout pas faire machine arrière. Il faut accepter.

P'tit Loïk hochait la tête à chaque parole du Touareg, l'air très inquiet à l'idée de devoir rebrousser chemin.

— Il y a peut-être une réponse au fait qu'il n'ait pas été touché comme moi, marmonna Kalaan. Je suis le seul à avoir actionné la porte qui s'ouvrait sur la chambre d'or, et le seul également qui ait pris dans sa main la pierre pyramidale maudite.

— De quelle chambre d'or parles-tu ? baragouina P'tit Loïk en fronçant ses épais sourcils gris. Nous vous avons trouvés allongés sur du sable noirâtre, dans une pièce qui a dû être ravagée par un incendie, et nous n'avons découvert aucune pierre d'forme pyramidale.

Kalaan soupira en passant nerveusement ses doigts fins dans sa chevelure de jais.

— Il faut que je vous raconte toute l'histoire. Et ensuite... nous mettrons le cap sur l'île de Croz. Au moins, suis-je assuré de ne pas y rencontrer ma mère et ma sœur, qui logent pour l'hiver dans notre demeure de Paris. D'ici à leur retour, je trouverai la solution pour redevenir un homme !

— Et comment ? s'étonna P'tit Loïk.

— Sur l'île, il y a quelqu'un qui pourrait me venir en aide.

— Qui ? demanda à son tour Salam, visiblement intéressé.

— Le gardien des menhirs, répondit Kalaan en se plaçant à la barre du navire.

— Ce vieux fou ? s'étouffa presque P'tit Loïk en écarquillant les yeux.

— Pas si fou que ça, marmonna Kalaan. Maintenant que je sais que la magie existe, comme les mauvais sorts, le gardien est la personne tout indiquée pour me porter secours.

— *Ya*, acquiesça P'tit Loïk. Des légendes et des récits incroyables, l'en connaît des tas. Tu as raison. Alors, rentrons chez nous.

Kalaan manœuvra la barre de la frégate *Ar sorserez,* cap sur le détroit de Gibraltar, et se mit en devoir de narrer à ses amis tout ce qui s'était déroulé dans l'édifice, et l'histoire des harpies en enfer.

D'un autre côté, son cœur tambourinait d'allégresse, car il lui tardait de revoir les côtes sauvages battues par les vents et la mer de sa chère patrie. Là-bas, il trouverait un remède, il en était certain.

À condition qu'il ne bascule pas dans la folie avant la fin du voyage !

Chapitre 6

En pleine tempête

Île de Croz, côtes nord de la Bretagne, nuit du 10 janvier 1829

— Allons, mère, puisque nous ne pouvons dormir et que nous avons épuisé toutes les formules de civilité, il serait peut-être temps d'ouvrir la lettre de Kal, s'agaçait la jeune Isabelle de Croz, sœur cadette de Kalaan.

— Isabelle, soupira longuement Amélie, la comtesse douairière. Je n'en ai pas le cœur.

— Fi, ma mère ! Votre fils est un bon à rien, un égoïste qui arrive un jour à Paris, nous dicte sa loi en mettant la maisonnée sens dessus dessous, et repart le lendemain pour des mois, sans plus donner de nouvelles. Nous sommes bien d'accord sur cela. Mais enfin, nous l'aimons quand même, non ?

— Cela suffit, Isabelle ! Veuillez tenir votre langue, il n'est point besoin d'exposer nos soucis familiaux devant notre invitée !

— Vous exagérez, mère ! Virginie est plus une sœur pour moi, et une seconde fille pour vous, qu'une simple convive, n'est-ce pas Jinie ?

L'interpellée, apostrophée par son diminutif, acquiesça tout en masquant adroitement un bâillement du bout des doigts. La fatigue lui fit monter les larmes aux yeux et, après les avoir fugacement essuyées, elle s'obligea à se redresser dans la bergère en acajou style Empire sur laquelle elle était installée depuis une heure. À sa droite, et face à la grande cheminée, Amélie s'était assise sur une banquette, tandis qu'Isabelle avait jeté son dévolu sur la deuxième bergère en face de Virginie, et seule une petite table basse les séparait. Aucune des deux ne paraissait souffrir du même désagrément que la jeune femme.

Elles continuèrent de se chamailler gentiment tandis que Virginie s'agrippait aux montants de son fauteuil pour s'empêcher de glisser une énième fois. Elle en avait des crampes dans les avant-bras.

Quelle idée d'avoir accepté cette robe de chambre en soie ! se morigéna-t-elle mentalement.

Le fin tissu n'était que désagrément et ne la protégeait en rien des courants d'air froids. Si seulement Virginie avait pu s'installer en travers dans la bergère en basculant les jambes par-dessus l'accoudoir, ou alors se débarrasser de ce maudit vêtement ! Envie qu'elle réprima, car elle n'était pas chez elle à Paris et surtout, elle n'était pas seule.

La jeune femme avait quitté la capitale avec ses amies depuis trois mois, du jour au lendemain, cédant aux supplications d'Isabelle qui l'implorait depuis quelque temps de venir passer l'hiver sur l'île de Croz ; mais aussi, et surtout, pour fuir un homme. De ce dernier point, Virginie ne pouvait parler à personne, même pas à Isabelle.

L'arrivée sur l'île n'avait pas été de tout repos. C'était le fief de Kalaan alors qu'Amélie et Isabelle demeuraient depuis deux années à Paris. Et il était clair que le château des Croz avait largement été négligé, tout comme ses dépendances.

Il avait fallu faire le ménage avec les femmes de l'unique village, remettre les choses en état, ou à peu près. Une odeur de moisi régnait dans les pièces à cause du manque d'aération et de chauffage. Quant à l'humidité ambiante, elle provenait des toitures qui laissaient filtrer la pluie. Des charpentiers et ouvriers avaient été dépêchés et les travaux de rénovation allaient bon train. Néanmoins, il faisait toujours froid dans la vieille forteresse datant du XVIe siècle et réagencée à de nombreuses époques.

En cette nuit du 10 janvier 1829, les courants d'air semblaient plus que jamais avoir pris pour proies les trois femmes. Sans compter l'infernal tambourinement de la pluie et le vacarme des rafales de vent qui s'abattaient à l'extérieur sur les épais murs des chambres. Ainsi, ne pouvant plus dormir et cherchant un peu de chaleur, Amélie, Isabelle et Virginie s'étaient retrouvées vers cinq heures du matin dans le petit salon, au rez-de-chaussée du château. De mémoire d'Amélie, ils affrontaient la pire tempête qu'ils aient vue sur l'île depuis une vingtaine d'années.

Isabelle avait ranimé le feu mourant dans la cheminée et était ensuite partie à la recherche de boissons chaudes, avant de revenir avec un lourd plateau chargé de bols fumants, de tranches de pain et de fromage. Nulle possibilité de demander ce service à une aide. Le majordome, la gouvernante, les valets et les servantes d'Amélie, comme sa femme de chambre et celle de Virginie, étaient tous logés au presbytère attenant à la petite église, en attendant la remise en état de leurs chambres au château.

Un tic-tac lancinant attira l'attention de Virginie sur sa gauche à la hauteur de la hotte au-dessus du foyer, là où trônait une singulière horloge en forme de bateau. Il allait bientôt être six heures et le drôle de marin – sorte de minuscule poupée articulée – allait refaire son apparition, assis à califourchon sur l'avant d'un canon, sortant et rentrant par une trappe pour crier « ouh-ouh »... six fois.

Continuant de lorgner du coin de l'œil la pendule, Virginie essaya de se concentrer sur la discussion de ses hôtesses qui se chipotaient encore pour savoir si, oui ou non, elles ouvriraient la lettre de Kalaan.

Elle eut un sourire attendri en les contemplant. C'était bien la première fois qu'elle apercevait Amélie en chemise de nuit, mules, robe de chambre et les cheveux longs défaits. Elle avait l'air bien moins austère que d'habitude, ce qui lui seyait à merveille, car c'était un amour de femme.

Amélie avait la cinquantaine et pourtant, ses mèches châtain foncé étaient à peine striées de fils blancs, et son visage n'était marqué que de quelques rides au coin de ses yeux bleus et de la bouche. C'était vraiment une très belle dame et Isabelle et elle se ressemblaient comme deux gouttes d'eau, mis à part que la fille avait trente ans de moins et un regard pétillant vert ambré.

Quoique, il existait encore une différence : autant Amélie était tout en retenue, autant Isabelle était un véritable feu follet à la langue bien pendue. Une flamme vive, et Virginie se sentait son contraire, mais en apparence seulement.

Car sa chevelure était d'un blond vénitien, éternellement lisse et réfractaire quand il s'agissait de la boucler pour la coiffer à la mode *« style Jane Austen »* ou *« à la grisette [42]»*. Une torture pour Virginie qui préférait porter ses cheveux libres de tout artifice ou en simple chignon. Ses yeux étaient d'un banal gris, légèrement en amandes et frangés de longs cils ; elle avait le visage de forme ovale, les pommettes hautes, une bouche aux lèvres fines et non pulpeuses. La jeune femme n'était pas un canon de la beauté et l'avait toujours su, même aujourd'hui, alors qu'elle avait perdu les nombreux kilos superflus de ses années sombres de l'enfance.

Elle essaya de masquer un nouveau bâillement et sursauta en percevant le cliquetis particulier du mécanisme de l'horloge qui se mettait en mouvement. Voilà, il était six « ouh-ouh » ! Isabelle éclata de rire, ce qui attira l'attention de Virginie sur elle.

— Ma pauvre ! Tu ne te feras décidément jamais aux inventions de mon père.

La jeune femme sourit et se redressa encore une fois sur la bergère.

— Mais si, bien au contraire, je les trouve extraordinaires et... surprenantes !

Le défunt comte de Croz, Maden, avait eu de l'imagination à revendre. Toutes ses inventions étaient époustouflantes et relevaient d'un fabuleux trait de génie. Comme le magnifique et factice sapin de Noël qui trônait dans la salle à manger, tout droit sorti du

---

42 *Coiffure à la grisette : Cela consistait à séparer les cheveux au centre, laisser tomber des boucles sur les oreilles, et nouer un chignon sur l'arrière de la tête.*

grenier où il dormait depuis des années dans une grande malle. Il serait à nouveau rangé après le retour de Kalaan, en espérant que cela ne soit pas au Noël prochain.

Son tronc principal n'était autre qu'une sorte de mât, ses branches – évasées à la base et partant en pointe vers le sommet – étaient intégralement constituées de petites voiles fixées sur des armatures et qui se tendaient à l'instar d'une ombrelle, grâce à un minutieux système de cordages. Ce sapin était de toute beauté, cependant peu prédisposé à la décoration. Néanmoins, en avait-il réellement besoin, tant il était une ornementation à lui tout seul ?

Virginie revint au moment présent et s'aperçut du soudain silence qu'Amélie et Isabelle s'imposaient. En étaient-elles venues à bouder ?

La comtesse douairière était apparemment très fâchée envers son fils et pour le punir à distance, elle souhaitait ignorer son courrier. Quant à Isabelle, elle mourait d'envie de voyager en Égypte grâce aux mots de son frère, ce qui passait avant les griefs qu'elle avait à son encontre.

— Alors, l'ouvrez-vous, cette lettre ? lança Virginie, avant d'écarquiller les yeux et de poser les doigts sur sa bouche.

Les paroles lui avaient échappé et elle se rendit compte que cela faisait un moment qu'elle retenait sa propre impatience. Étrangement, elle avait besoin de se sentir proche de Kalaan.

Non, il ne fallait plus penser à lui comme à l'époque. Cet homme lui avait brisé le cœur. D'accord, elle était bien jeune, treize ans, et lui en avait neuf de plus ; néanmoins elle avait été éperdument amoureuse de Kalaan qui ne voyait en elle que la « bouboule ».

— Allez, mère ! Même Virginie trouve anormal votre comportement, s'impatienta Isabelle en se penchant de sa bergère pour saisir le courrier qui trônait sur un plateau en argent, lui-même posé sur la petite table du salon.

— Je ne me permettrais jamais une telle remarque ! s'offusqua Virginie en jetant un regard de reproche sur son amie.

— Je le sais fort bien ! fit Amélie en s'emparant vivement de la lettre, à la barbe et au nez de sa fille, et en se rasseyant sur la banquette, le dos bien droit.

Après un instant d'hésitation, elle décacheta le courrier et le déplia.

— Oh ! s'écria-t-elle, surprise, alors que, du papier, s'échappait une fine quantité de sable beige qui atterrit dans un pli de sa robe de chambre.

— Mère ! Ne bougez pas ! jeta Isabelle en sautant sur ses pieds, tout excitée, et en saisissant le plateau d'argent pour ensuite ramasser à la petite cuillère le précieux sable d'Égypte et l'y déposer.

— Quelle touchante attention de sa part, s'attendrit Isabelle en contemplant le minuscule tas clair comme s'il s'agissait d'un trésor.

— Ou inattention, marmonna Amélie, avec tout de même un doux sourire sur le visage, et en secouant la tête avant de leur montrer de loin la lettre. C'est une véritable chiffonnette[43], criblée d'encre ! Cela ne m'étonnerait guère que le papier soit tombé et que mon fils l'ait ramassé en le pliant, sans se rendre compte de la présence du sable.

---

43 *Chiffonnette : Petit morceau de matière textile utilisée pour essuyer ou nettoyer.*

Virginie écarquilla les yeux et ne put réprimer un éclat de rire cristallin. La lettre de Kalaan était bel et bien un torchon ! Sa fine et si caractéristique écriture masculine se perdait dans un dédale de taches noires plus ou moins grandes.

— Allons, mesdemoiselles, un peu de silence pour que je puisse me concentrer et tenter de déchiffrer tout ça ! lança encore Amélie en attendant qu'Isabelle regagne sa place.

Virginie, de son côté, avait le cœur palpitant et constata qu'elle retenait étrangement sa respiration, dans l'attente de la lecture. Elle souffla doucement et força son corps à se détendre.

Tu es stupide, ma fille ; tu réagis comme si Kalaan était là, présent dans la pièce, et heureusement, ce n'est pas le cas, se réprimanda la jeune femme.

— Ma très chère mère, commença Amélie, avant de reprendre en lançant un regard rieur sur sa fille, et ma tigresse de sœur aimée, Isabelle. Je conçois, d'après votre dernière missive, que vous souffriez de notre fort longue séparation. Huit mois déjà. Cependant, sachez que vous ne quittez jamais, ou si peu, mes pensées. Je vous annonce, par ailleurs, mon proche retour : quand vous recevrez ce courrier, je ne serai plus qu'à quelques encablures des côtes françaises.

— Il rentre ! coupa en hurlant Isabelle, qui sauta à nouveau sur ses pieds et ne s'arrêta plus que pour demander vivement : À quelle date a-t-il posté cette lettre ?

— Voyons... le 7 novembre 1828, l'informa Amélie. Mais calme-toi ma fille, laisse-moi lire la suite. Donc, j'en étais à « encablures des côtes françaises. »

« ... Ces rumeurs de propagation de peste et de choléra en Europe prévalent sur tout et me font presser mes dernières recherches. Mon devoir est d'être à vos côtés et de vous protéger si tout cela s'avère être plus que des clabauderies. Jusqu'à mon retour, je vous enjoins de bien suivre les consignes sanitaires et de ne point trop vous mêler à la foule. Restez à l'abri dans notre demeure de Paris, c'est là que je viendrai vous rejoindre. »

— Il vous croit toujours à Paris ? ne put s'empêcher de s'étonner Virginie à haute voix.

— Une preuve de plus, s'il en était besoin, qu'il ne reçoit pas toutes nos lettres, convint Isabelle en pinçant les lèvres, avant de se taire comme Amélie reprenait la lecture.

« Ici, point de foule, même si le choléra sévit dans certaines parties du pays. D'après mes sources, les premiers cas proviendraient de La Mecque, en Arabie Saoudite, juste de l'autre côté de la mer Rouge. Ne vous en faites point, je suis bien trop éloigné de tout cela pour me voir contaminé. Mes camarades et moi-même n'avons que les grains de sable, la chaleur et le soleil comme nuisible compagnie. Et j'en remercie le ciel, même si je le fais en grommelant. Venons-en à des sujets plus légers. Aujourd'hui encore, sous une chaleur de plomb, votre serviteur se bat avec une plume revêche et de l'encre qui sèche en un instant, pour partager avec vous les moindres instants de son extraordinaire voyage. »

— Nous avons l'explication de la présence de toutes ces taches, rit Amélie en agitant la lettre avant de poursuivre.

« Dans mon dernier courrier, je vous décrivais la beauté majestueuse des pyramides de Gizeh, dont celle de Khéops, et mon départ du Caire avec mes hommes, mon dévoué et grincheux P'tit Loïk et mon ami touareg Salam. (Soit dit en passant, le vieux ronchon de loup de mer suit très bien vos consignes, mère... il ne quitte jamais mes pas.) Nous ne nous sommes guère attardés et avons poussé plus avant sur le Nil pour parvenir enfin à notre destination : Tell el-Amarna. Je lève le nez de ma lettre, et mes yeux se posent sur les eaux de ce large fleuve très proche de moi. Nous sommes si éloignés de la furie de notre Mor Breizh[44] au plus fort de la tempête ! Toutefois, le spectacle n'en est pas moins captivant. »

— S'il était à nos côtés cette nuit, il ne serait peut-être pas aussi nostalgique des tempêtes, grommela Isabelle avant de pincer les lèvres, comme sa mère lui lançait un regard impatient.

« Le Nil et la richesse de ses berges : papyrus, eucalyptus odorants, palmiers dattiers, tout comme des lotus et des roseaux. N'ayez crainte, Isabelle, votre humble serviteur a fait le nécessaire pour que vous parviennent des plants de chaque espèce florale. Et non... vous n'aurez pas de crocodile ! (Tapez du pied tant qu'il vous plaira, vous savez à quel point j'aime vous voir danser la gavotte.) »

— Oh, le galopin ! gronda Isabelle, mais en riant, comme le firent également Virginie et Amélie.

— As-tu réellement demandé à ton frère de ramener des crocodiles ? pouffa encore Virginie.

— Oui, répondit Amélie à la place de sa fille.

---

44 *Mor Breizh : La Manche (mer) en breton.*

Comme elle l'avait fait avec les trois couples de lapins qui ont colonisé toute l'île ! Une véritable invasion, soupira-t-elle exagérément.

— Que voulez-vous, mère, les lapins sont très... prolifiques ?

Les trois femmes s'esclaffèrent à nouveau de bon cœur et la lecture reprit sur un nouveau fou rire d'Amélie :

« Saleté de tache d'encre... Veuillez me pardonner, mesdames, pour mon langage de charretier (ce dont vous avez pourtant l'habitude) et le reste. J'ai un peu trop bataillé avec ma maudite plume et je manque de papier pour m'atteler à la tâche d'un autre courrier. Vous ferez avec. Où en étais-je... oui... et donc non, définitivement non, pas de crocodile dans la famille ! D'ailleurs, mon corps expéditionnaire et moi-même, n'en avons croisé que trois en remontant le Nil jusqu'à Tell el-Amarna. Et je ne souffrirais point que vous soyez, Isabelle, à l'origine de l'extinction de ces reptiles en Égypte. Ne marmonnez pas, c'est de l'humour, n'est-ce pas, chère mère ? »

— Comment a-t-il fait pour savoir que je marmonnerais ?

— Il te connaît si bien, ma chérie ! lança Amélie avec un sourire entendu.

« Je reviens au paysage. Non, en fait, j'y reviendrai plus tard, car voici qu'est arrivé l'homme que j'attendais. Une rencontre inespérée avec Jean-François Champollion qui va m'aider à traduire quelques hiéroglyphes ! C'est ainsi et sur ces mots que je vous laisse avec mon tendre amour.

À bientôt à Paris.

Kal. »

Virginie rouvrit les paupières sur l'abrupte fin du courrier. Quelques secondes auparavant, elle était assise sur le sable doré de l'Égypte, levant le regard sur Kalaan, enfin, celui de son dernier souvenir, lors de leur face à face à Paris, alors qu'il avait vingt-quatre ans.

Cela s'était déroulé dans la demeure du marquis de Macy, le père de Virginie, et elle était encore et toujours la « bouboule » de quinze ans. Kalaan n'avait même pas remarqué qu'elle avait commencé à perdre du poids et avait à peine posé les yeux sur elle.

Elle était venue le saluer dans l'entrée, avant de s'enfuir dans sa chambre et de pleurer toutes les larmes de son corps. Virginie n'existait pas pour lui, tandis que Kalaan était dans tous ses songes, depuis...

Oh Dieu, trop longtemps ! soupira-t-elle mentalement.

Et cela devait cesser! C'était chose faite d'ailleurs, enfin, c'est ce qu'elle avait cru. Mais pour être honnête avec elle-même, il fallait qu'elle admette avoir toujours songé à lui. Néanmoins, c'était fini, elle était une adulte de vingt et un ans et Kalaan un libertin de trente, et elle ne laisserait plus personne lui briser le cœur !

Une retentissante déflagration vint brusquement sortir Virginie de ses souvenirs amers. Elle tressaillit violemment et poussa un cri aigu en se redressant vivement, tout comme Amélie et Isabelle. À la suite de quoi, la jeune femme lorgna hargneusement le bateau-horloge.

— Ce n'est pas l'horloge ! s'écria Isabelle, les mains sur la poitrine et tournant la tête vers les grandes fenêtres aux volets clos.

Une nouvelle et puissante déflagration les fit à nouveau sursauter et Virginie ne put contenir un autre cri d'effroi.

— Des canons ! s'exclama Amélie en s'agitant brusquement dans le petit salon, virevoltant sur elle-même comme une toupie. Mon manteau, mes bottines... il... il...

— Sommes-nous attaquées ? s'inquiéta Virginie en se tordant les doigts, tandis qu'Isabelle se comportait de la même manière que sa mère.

Mais, que faisaient-elles ?

— Non ! se mit à rire Amélie. Ce sont les coups de canon de la frégate *Ar sorserez* !

Une troisième déflagration, beaucoup plus intense et paraissant plus proche, coupa un instant la parole à Amélie.

— Ouiiiiii ! hurla Isabelle qui s'élançait déjà hors du petit salon après avoir jeté un simple plaid sur ses épaules.

— Je... ne... comprends pas, bafouilla Virginie, totalement désorientée par les événements.

Amélie lui lança un sourire lumineux :

— Kalaan... c'est lui, il est revenu ! Mon fils est le seul capitaine à pouvoir braver une tempête comme celle-ci pour tenir ses promesses !

La minute d'après, Virginie se retrouvait esseulée et désemparée. Kalaan... les coups de canon... la frégate *Ar sorserez*...

— Oh, mon Dieu, souffla-t-elle en se rasseyant lourdement et en glissant sur les fesses, directement du siège capitonné de la bergère sur le tapis, chose qui ne la perturba aucunement.

La maudite robe de chambre en soie et ses

méfaits ne pouvaient plus l'atteindre. La jeune femme était tétanisée à la pensée de revoir Kalaan. Jamais elle n'aurait dû accepter de venir sur l'île de Croz.

Jamais !

Chapitre 7

Heureux petit matin

— Occupe-toi de l'embarcation des hommes dans les chaloupes et mène-les à la digue ! ordonna Kalaan à P'tit Loïk de sa voix de baryton que le bruit de la tempête ne put couvrir. Nous nous retrouverons plus tard, à la longère, pour coordonner nos plans.

— *Ya !* cria le second en faisant volte-face et en rejoignant les marins.

Kalaan ferma les yeux et respira à pleins poumons l'air salin. Il était heureux d'être arrivé à Croz et en ressentait une intense euphorie. D'autant plus que c'était en « homme » qu'il était rentré chez lui, et non en tant que donzelle. Il avait tout tenté pour s'habituer à sa version féminine ; cependant, rien n'y faisait, et il livrait sans cesse bataille contre cette « chose » qu'il devenait au premier rayon du soleil.

C'était aussi pour cela que Kalaan avait bravé la phénoménale tempête, pour gagner sa course contre le temps et mener son navire et ses gars à bon port... dans la peau du comte de Croz. Il avait défié Poséidon, avait dansé sur les flots, et avait triomphé des éléments. Personne n'aurait pu l'arrêter.

S'il avait dû débarquer sous l'apparence de la

« femelle », il aurait vécu cela comme un déshonneur. Et Dieu sait ce qui se serait passé ensuite, car l'idée d'en finir en se donnant la mort l'avait un peu trop tarabusté ces derniers jours.

Mais à l'instant présent, alors que ses hommes descendaient dans les chaloupes du *Ar sorserez* – à l'abri grâce aux remparts du port – pour rejoindre leurs familles, Kalaan reprenait confiance en lui. Dès la nuit tombée, il irait trouver, en compagnie de Salam et P'tit Loïk, le gardien des pierres. Le vieux druide l'aiderait, c'était une certitude.

— Nous ne les suivons pas ? s'étonna Salam, l'air piteux dans ses habits détrempés, son lourd paquetage glissant d'une épaule.

— Non, nous allons monter dans le canot, l'informa Kalaan en désignant de sa lampe à huile une petite embarcation qui tanguait furieusement sur les flots et cognait à intervalles réguliers contre la coque du navire, à quelques mètres en dessous d'eux.

— Jamais ! s'écria Salam d'un ton offusqué que soulignait son accent.

Kalaan rit en rejetant ses mèches ruisselantes en arrière, tout en se léchant les lèvres pour en savourer le sel des embruns.

— Je n'ai pas le temps de te convaincre de descendre et de sauter dans le canot. Avec lui, nous gagnerons de précieuses minutes, et je pourrai prendre un raccourci par les remparts pour être chez moi avant le lever du jour. Alors, tu viens... ou tu nages ! jeta encore Kalaan en éteignant la lampe pour la poser sur le pont, avant de se laisser glisser le long de la corde et de bondir dans l'embarcation.

Ce qu'imagina Salam, qui ne voyait plus rien !

— Je ne sais pas nager, maugréa-t-il en saisissant à tâtons le chanvre et en suivant Kalaan.

Ce n'était pas un peu d'eau salée qui allait l'arrêter ! Il poussa un gros soupir de soulagement, quand son pied botté toucha le fond de la coque, et s'assit dans le canot avant de se tenir fermement de part et d'autre au plat-bord[45]. Il fut étonné de constater qu'il ne faisait plus nuit noire, et que les prémices de l'aube lui permettaient d'apercevoir des formes et contours, comme la silhouette imposante de son ami.

Kalaan se moquait de son désarroi et riait, debout dans l'embarcation, après avoir saisi une rame. Ce diable d'homme n'avait pas froid aux yeux et n'avait vraiment peur de rien ! Ah si... des femmes. L'idée en fut si amusante, qu'elle détendit Salam qui rit de concert avec son ami, qui était à mille lieues d'imaginer à quoi songeait le Touareg. Ce qui mit Salam de très bonne humeur.

Les cheveux voltigeant au vent et son long manteau claquant derrière lui, Kalaan godilla[46] puissamment pour s'éloigner de la frégate. Il porta soudain son attention à l'opposé de leur direction.

— Que vois-tu ? hurla Salam, chahuté par les rafales chargées de pluie, et sachant que son ami était toujours doté de son inexplicable don de vision nocturne.

— La dernière chaloupe avec P'tit Loïk et le reste des hommes, vient d'accoster à la digue. Il y a beaucoup de monde pour les accueillir et j'en suis

---

45 *Plat-bord : (Terme nautique) Latte de bois qui entoure le pont d'une embarcation.*
46 *Godiller : Manœuvrer avec une seule rame placée à l'arrière d'une embarcation et permettant de la propulser par un mouvement de virages rapides dans l'eau.*

heureux.

Effectivement, à la lueur lointaine de torches et de lampes à huile, de nombreuses silhouettes se mouvaient sur la grande avancée de pierres. Les marins retrouvaient femmes et enfants après de longs mois de séparation, et les jours prochains allaient être fêtés dans l'allégresse.

Kalaan repoussa de toutes ses forces la pointe de nostalgie qui l'avait saisi à la pensée que personne n'était là pour lui. Après tout, c'était lui qui en avait décidé ainsi ; et dans le cas présent, à cause de la malédiction, il était mille fois préférable que sa mère et sa sœur soient à Paris.

Ils accostèrent rapidement au pied d'un escalier escarpé et raide qui montait vers une haute muraille. Kalaan attacha la corde d'arrimage d'un nœud de marin et grimpa quatre à quatre les marches de pierres glissantes sans se préoccuper de savoir si Salam le suivait ou non.

Le Touareg, handicapé par son long vêtement imbibé d'eau et son lourd paquetage, n'avait pas la même facilité de déplacement et jura peu dignement en chancelant sur le dernier palier. Il serait tombé en arrière si Kalaan ne l'avait pas retenu d'une forte poigne.

— Avance dans mes pas, mon frère ! lui lança-t-il en s'éloignant sur une sorte de chemin de terre et de roche.

Ce que s'efforça de faire Salam en grommelant à chaque fois qu'il trébuchait. Le sable du désert était moins dangereux, même si l'on s'y enfonçait à chaque foulée. Et puis, en Égypte, il faisait chaud et la pluie était un trésor, alors qu'ici, le froid glaçait les os et l'eau devenait une ennemie !

Les deux hommes marchèrent rapidement, malgré l'abrupte ascension qui les menait sur les hauteurs de l'île. Bientôt, ils se retrouvèrent sur une sorte de terre-plein qu'éclairait chichement la lumière provenant des fenêtres d'une longue maison en pierre.

Kalaan s'élança sur la cour pavée, poussa la lourde porte d'entrée, et s'effaça pour laisser passer Salam. La chaleur de l'endroit, émise par un bon feu dans la grande cheminée de ce qui était certainement le lieu de vie, les fit frissonner de contentement.

Un jeune garçon, d'à peu près douze ans, se leva à toute vitesse du banc accolé à la table centrale, et se précipita vers Kalaan en lui souriant de toutes ses dents :

— J'oi bien t'nu la maison, cap'taine ! claironna-t-il tout fier de lui, les yeux ensommeillés, mais ne cachant pas sa joie de revoir Kalaan.

— C'est bien, moussaillon, le félicita le comte en ébouriffant affectueusement sa tignasse blonde.

L'instant suivant, il sortait de sa poche une bourse et emplissait les deux paumes ouvertes de l'enfant de plusieurs pièces de cinq francs à l'effigie de Charles X. Toute une fortune ! Mais le gamin le méritait bien. Il s'occupait tous les jours de la longère avec sa mère, une des servantes du château ; et l'hiver, il cherchait du petit bois et faisait du feu dans la cheminée, pour que nulle humidité ne vienne envahir la demeure. Le garçon, en entendant les coups de canon, avait dû monter du village pour réanimer les flammes et attendre le seigneur de Croz... au lieu de courir à la digue, comme tout le monde, et sauter dans les bras d'un père qui revenait d'Égypte.

— Ohhh... tout ça, souffla le blondinet en écarquillant ses yeux clairs et en se dépêchant de tout ranger dans ses poches qu'il inspecta rapidement, histoire qu'il n'y ait pas de trous.

— Tu as fait du bon travail, Gérald ; et maintenant, file rejoindre tes parents ! Ils ont dû rentrer chez eux à l'heure qu'il est, et je suis certain qu'il te tarde de revoir ton père.

— Oh *ya,* cap'taine ! s'écria Gérald avant de détaler comme un lapin, de revenir vivement sur ses pas pour fermer la porte d'entrée qu'il avait laissée ouverte, et de courir avec ses gros sabots dans la cour pavée.

Salam, souriant, suivit l'enfant du regard par la fenêtre, et se tourna vers Kalaan qui jetait un drôle de coup d'œil en direction du plancher bien ciré, aux pieds de Salam. Le Touareg baissa la tête et se rendit compte qu'il pataugeait dans une petite mare.

— Débarrassons-nous de nos habits mouillés ! dit Kalaan en se dirigeant vers la cheminée et en plaçant plusieurs chaises à hauts dossiers devant le foyer.

Il se défit de son lourd manteau, l'envoya sur une chaise, et alla s'asseoir sur le banc pour retirer ses bottes, puis ses chaussettes qu'il lança n'importe où dans la pièce. Salam fut plus discipliné : il étala correctement sur un dossier la cape qu'on lui avait prêtée, se déchaussa, et mit à sécher ses chaussettes en les posant l'une à côté de l'autre. Après quoi, il prit la serviette que lui tendait Kalaan qui affichait un sourire moqueur et, au lieu de s'essuyer, alla éponger les flaques d'eau que tous deux avaient laissées dans leur sillage.

— Une vraie petite femme d'intérieur ! se gaussa

le comte, un brin canaille.

— On verra qui sera la femme dans moins d'une heure, lui retourna Salam, l'air de rien, en haussant un sourcil ironique.

Kalaan s'étouffa avec son rire, ce qui mit Salam d'humeur joyeuse, chose qu'il cacha fort bien. De temps en temps, c'était un véritable plaisir de marquer un point, et de rabattre le caquet de ce jeune coq aux manières de sale gosse.

— Tu ferais mieux d'enlever ton chèche et ton *takakat*, marmonna Kalaan en lui tournant le dos pour se diriger vers une vieille armoire bretonne. Tu vas attraper du mal à rester ainsi, les vêtements mouillés. D'autant plus que de tissu sur la tête, tu n'en as nul besoin ici.

Salam ignora royalement ses conseils, et détailla avec plus d'attention son environnement. Ils se trouvaient dans la pièce de vie et cuisine de la longère, lieu de réunion autour d'un bon repas et de discussions animées devant la grande cheminée.

— Du plancher ciré au sol, des meubles de caractère et finement ciselés, des tentures aux riches étoffes... Cette maison reflète ton rang et son occupant. Mais ce n'est pas un château.

— Parce que je suis bien plus heureux ici que dans la forteresse familiale, répondit Kalaan en serrant brusquement les dents.

Les élancements avant-coureurs de sa proche transformation commençaient à l'assaillir et pour ne pas le montrer à son ami, il se lança dans plus d'explications :

— Je n'aime pas y vivre. Il y a trop de souvenirs de mon père, Maden.

— Tu ne t'entendais pas avec lui ?

Kalaan se retourna après avoir ouvert une porte de l'armoire. Il était tendu et son regard refléta un bref éclat de tristesse.

— Au contraire, fit-il enfin. Il était tout pour moi.

Salam hocha la tête et reporta son attention sur le feu. Il préféra soutenir son ami par un silence respectueux.

Kalaan poussa une plainte sourde et dodelina légèrement sur ses pieds nus.

— Tu devrais t'aliter et attendre la transformation, lui enjoignit Salam.

— Non, je l'affronterai debout ! De plus, les changements sont de moins en moins douloureux.

— Fanfaron ! se moque Salam, ce qui fit sourire Kalaan.

— Je voudrais bien t'y voir !

— *La shoukran*[47] *!*

— Tu n'es en aucun cas obligé de rester dans cette pièce et d'assister à ma énième déchéance, reprit Kalaan en tapant complaisamment sur l'épaule de Salam.

Le bruit spongieux qui résulta de la claque sur le tissu provoqua un fou rire commun.

— Il y a une chambre d'amis chauffée, et toutes les commodités, deux portes plus loin dans la longère, le renseigna Kalaan. Change-toi et repose-toi, mon frère.

— Je vais me sécher... mais je reviens ! lança Salam en emportant son paquetage et en suivant les indications de son ami.

Une fois seul, Kalaan se dirigea vers l'armoire

---

47 *La shoukran : Non merci, en arabe.*

pour en sortir une bouteille de whisky. Des dents, il arracha le bouchon de liège[48] et but une abondante rasade au goulot. La chaleur de l'alcool envahit sa bouche, enflamma ses entrailles, et le soulagea momentanément des douleurs qui tendaient ses muscles.

Il s'approcha à nouveau de la cheminée et soupira d'aise.

— Enfin, murmura-t-il, je suis chez moi et en paix.

Kalaan emplit une nouvelle fois sa bouche du liquide ambré et le garda sur sa langue, pour en savourer le goût riche et mordant. Il était tellement absorbé par son plaisir qu'il n'entendit pas la porte d'entrée s'ouvrir dans son dos.

— Kalaan ! crièrent joyeusement et en chœur deux voix féminines.

Le jeune homme, de surprise, en cracha son whisky qui s'enflamma dans la cheminée, la chaleur remontant jusqu'à son visage. Il en avait une odeur roussie dans le nez !

Il fit vivement volte-face, de l'alcool coulant encore sur son menton, et ses yeux vert ambré, exprimant à la fois incrédulité et effroi, se posèrent sur Amélie et Isabelle, en chemise de nuit et bottines sous un manteau pour l'une, et un plaid pour l'autre.

— C'est un cauchemar, gémit-il. Je vais me réveiller...

Mère et fille sursautèrent d'indignation, et leurs sourires s'effacèrent instantanément.

— Je suis également heureuse de te revoir, mon

---

48 *Bouchon de liège : Déjà connu par les Grecs qui en obstruaient les amphores.*

fils ! lança Amélie d'un ton sec, en se raidissant et en relevant royalement la tête.

— Gros nigaud ! jeta Isabelle, blessée par le comportement de son frère, et qui n'avait que faire des bonnes manières.

Non, les choses ne devaient pas se dérouler ainsi et, oui, Kalaan était en plein cauchemar... mais bien réel cette fois-ci.

— Mère... Isabelle... bafouilla Kalaan en s'essuyant le visage, et en s'avançant vers elles.

Il posa un peu brutalement la bouteille de whisky sur la table et se figea, avant de reprendre, un brin hargneux :

— Vous devriez être à Paris ! Mais non, vous êtes là, à Croz ! En chemises de nuit qui plus est !

Tout d'abord suffoquées par l'attitude de Kalaan, Amélie et Isabelle sentirent la moutarde leur monter au nez et firent front.

— Tu gâches tout ! tempêta Isabelle qui n'avait pas la retenue de sa mère. Nous étions si heureuses de te retrouver, après tous ces mois de séparation ! Alors oui, en « chemises de nuit », dit-elle en imitant le ton cassant de son frère. Exactement ! Car nous étions impatientes de te prendre dans nos bras. Nous t'avons cherché partout, et quand nous te rejoignons enfin dans cette longère, tu oses nous rabrouer ? Tu... tu...

— Suffit, Isabelle, coupa bien trop calmement Amélie. Je suis heureuse de te revoir, mon fils. Tu as bien mauvaise mine.

Isabelle ouvrit la bouche et resta ainsi quand la porte de la chambre attenante s'ouvrit sur Salam, habillé de la tête aux pieds de ses vêtements secs

« d'homme bleu ». Il s'était changé et revenait auprès de Kalaan, quand il avait entendu des cris de dispute.

— Ferme la bouche, Isabelle ! ordonna Amélie en plaçant ses doigts fins sous le menton de sa fille. Tu ne fais pas les présentations, Kalaan ?

Le jeune homme grommela et se plia aux convenances, le visage sombre.

— Mère, Isabelle, je vous présente Salam, mon ami touareg. Je vous ai longuement parlé de lui dans mes courriers. Salam, reprit-il en se tournant vers lui, ces deux souris mouillées par la pluie sont ma mère et ma sœur.

Deux hoquets indignés firent échos à ses paroles peu avenantes, mais Salam n'en fit aucun cas et les salua avec la dignité due à leur rang.

Kalaan s'en voulait de réagir comme un butor. Dieu, il aurait tant aimé serrer dans ses bras Amélie et Isabelle. Mais elles arrivaient au pire moment ! D'ici une demi-heure à peine, le soleil se lèverait. Qu'il fasse un ciel gris ou bleu, Kalaan deviendrait une femme, et cela se passerait devant sa famille, s'il ne se débarrassait pas d'elles avant.

Il lui avait fallu du temps pour commencer à accepter sa nouvelle condition : alors, comment allaient réagir mère et sœur ? Crieraient-elles au diable comme les marins à bord de la frégate ? S'enfuiraient-elles en courant avec la peur au ventre ? Ou pire, le rejetteraient-elles à jamais ? Il ne voulait pas le savoir, il ne souhaitait pas qu'elles assistent à ça, un point c'est tout !

— Partez maintenant ! intima-t-il froidement. Retournez au château, changez-vous, faites vos malles, et je donnerai des ordres pour que l'on affrète un bateau pour vous conduire au port de Paimpol. De là, vous irez à Paris ou dans notre manoir de *Kerkalon*[49] près de Saint-Brieuc. Peu importe, mais loin d'ici !

— Impossible, mon fils, rétorqua Amélie d'une voix douce, trop douce, ce qui mit Kalaan sur la défensive. Je ne sais pas ce qu'il se passe, continua-t-elle, mais je te connais, et ton comportement m'exhorte à faire le contraire de ce que tu nous demandes.

— Mère...

— De plus, coupa Amélie en levant une main pour faire taire son fils, nous avons une invitée et des travaux à superviser sur l'île. Tu as bien trop négligé tes devoirs de châtelain !

— Une invitée ? s'étouffa Kalaan.

— Virginie, marquise de Macy ! lança à son tour Isabelle d'un ton peu amène, et en jetant de fréquents coups d'œil sur Salam qui ne la quittait pas des yeux.

Elle en aurait rougi si elle n'avait pas déjà eu les joues empourprées de colère à cause de son frère.

— La bouboule est là ? vociféra Kalaan en se hérissant. Et pourquoi pas le roi de France, tant que vous y êtes ! Cette gamine est un véritable pot de colle et une catastrophe ambulante ! Elle a réussi à mettre le feu dans ma collection de papyrus offerte par Maden. Josephe, son père, la ramènera à Paris et...

— Josephe de Macy est décédé, trancha Amélie plus sèchement. Cela s'est produit une semaine après ton départ, voilà plus d'un an. Quant à l'incendie, mon fils, cette petite n'avait que cinq ans et toi quatorze ! Tu ne pourras pas lui reprocher ce triste accident éternellement.

---

49 *Kerkalon : Cher cœur, en breton. Un des domaines de la famille de Croz.*

— Encore une lettre que tu n'as pas reçue, n'est-ce pas ? gronda Isabelle. Et si je t'entends encore une fois appeler Jinie la « *bouboule* », je te coupe la langue !

Kalaan soupira de fatigue et ne put contenir les frémissements nerveux de son corps.

Amélie ne manqua pas de le remarquer et fit un pas vers lui en s'exclamant :

— Tu es malade !

Kalaan leva une main tremblante pour la stopper.

— Mère... partez avec Isabelle et votre invitée. Je vous en conjure. Faites-le par amour pour moi.

Une larme scintilla au coin de l'œil d'Amélie, et son inquiétude se communiqua à Isabelle.

— Est-ce grave ? souffla cette dernière en se tordant les doigts.

— Oui et non, marmonna Kalaan en se cramponnant des deux mains au rebord de la table, comme les muscles de ses jambes commençaient à le faire souffrir.

— Nous allons chercher le médecin, il s'occupera de toi et...

— Le médecin ne peut rien pour moi.

Amélie et Isabelle poussèrent des hoquets d'effroi et des larmes coulèrent sur leurs joues.

— Tu... tu vas... mourir ? bafouilla Isabelle.

Dieu ! Voilà que Kalaan terrorisait les deux femmes de sa vie. Les attrister à ce point lui était tout bonnement insupportable. Mais comment leur révéler la vérité ?

— Il ne mourra pas, intervint tranquillement Salam en faisant sursauter tout le monde, y compris son ami.

— Salam ! le prévint Kalaan en le foudroyant du

regard, chose que le Touareg ignora avec superbe.

— Il va devenir une femme dès que le jour sera.

Amélie et Isabelle se figèrent de stupeur avant de rire nerveusement de concert. Dans son coin, près de la cheminée où il venait de se poster, Kalaan passa une main lasse sur son visage et jeta un œil envieux sur la bouteille de whisky. Qu'il serait doux de se prendre une cuite de tous les diables en cet instant.

— Qu'est donc cette folie ? s'indigna Amélie.

— Pas une folie, Madame, répondit Salam. Mais une malédiction.

— Une... quoi ? s'étrangla Isabelle en cherchant le regard de son frère.

— Tu as très bien entendu, marmonna ce dernier. Je ne suis pas malade, je ne vais pas mourir, mais je suis maudit. D'ici peu, vous comprendrez tout puisqu'il vous est impossible d'obéir à mon ordre qui est de partir !

Salam contourna les femmes et vint se poster devant la fenêtre.

— C'est l'heure, mon frère.

Comme si Kalaan ne le savait pas ! La transformation opérait déjà en lui et la douleur irradiante lui coupait le souffle.

— Une dernière fois... partez, réussit-il à articuler de sa voix rauque en retenant difficilement une plainte sourde.

— Non ! tranchèrent simultanément Amélie et Isabelle, plus têtues que jamais.

— Vous... l'aurez voulu. Et de... grâce... ne criez... pas, quand tout... sera fini.

Lentement, insidieusement, la nuit céda son trône au jour. Un jour triste et froid, au ciel lourd de nuages ;

et Kalaan se transforma en quelques instants sous les yeux de plus en plus horrifiés de ces dames.

La « femme » prit la place de l'homme et Amélie comme Isabelle désobéirent une seconde fois à Kalaan : elles se mirent à hurler à s'en décrocher la luette !

Dieu ! Leurs cris devaient porter jusqu'à l'autre bout de la Terre !

Kalaan, qui recouvrait peu à peu ses forces, secoua la tête de dérision, et marmonna d'un ton cristallin et haut perché :

— Vraiment, c'est le bonheur parfait ! Un heureux petit matin en famille.

Et les hurlements redoublèrent au son de cette voix méconnaissable et aiguë.

Chapitre 8

Catherine, tout un poème

— Pour l'amour du ciel, mais taisez-vous ! se mit à crier à son tour Kalaan, que la fatigue et les hurlements d'Amélie et d'Isabelle menaçaient de terrasser.

Ce qu'elles firent, en s'évanouissant. De toute évidence à cause du manque d'air. Avaient-elles respiré une seule fois depuis sa transformation ? Incroyable, également, que d'aussi petits poumons puissent faire autant de raffut !

Salam les rattrapa, une dans chaque bras, avant qu'elles ne tombent sur le plancher.

— Mon frère, j'aimerais un peu d'aide ! lança-t-il à Kalaan.

— Je te dirais bien d'assumer les conséquences de tes paroles, car tu n'avais pas besoin de leur jeter la vérité comme ça. Mais il s'agit de ma mère et de ma sœur, et donc...

Kalaan souleva Amélie et la déposa précautionneusement sur une chaise près du feu. Il avait beau avoir une apparence féminine, il n'en avait pas moins conservé sa puissance d'homme.

Salam fit de même pour Isabelle, son regard

sombre détaillant minutieusement le doux visage, si paisible dans le repos.

— J'ai l'impression d'être replongé en enfer, pesta Kalaan qui n'avait rien remarqué, et faisait les cent pas d'une femme à l'autre.

Après quelques grognements, il reprit :

— Je viens sur *MON* île en pensant trouver un moment de répit, mais non ! Elles sont là, et la bouboule également ! Tout va de pire en pire ! De plus, tu les as certainement commotionnées !

— La vérité blesse moins que le mensonge, elles guériront plus facilement du choc causé, dit enfin Salam d'un ton docte. Le plus dur est fait, et ta famille te sera d'un précieux secours.

Kalaan secoua la tête, faisant glisser ses mèches noires sur ses épaules fines, avant de rattraper in extremis son pantalon qui était sur le point de tomber.

— Il faut que je trouve une ceinture, râla-t-il sans pouvoir s'empêcher de taper du pied comme une gamine.

Il allait quitter la pièce, quand des doigts tremblants le saisirent au poignet.

— Kal ? souffla Amélie, revenue à elle, plus calme, et les larmes aux yeux. C'est... c'est bien toi ?

Le cœur de Kalaan se serra douloureusement.

— Oui, mère, répondit-il en s'agenouillant à ses côtés et en entrelaçant tendrement leurs doigts.

Amélie le dévisagea avec curiosité et non avec peur. Elle tendit sa main libre vers le visage de son... fils.

— Tu as... les yeux de Maden et ceux de Kalaan...
— Je suis Kalaan.

Amélie secoua la tête en réprimant un hoquet.

— Je n'en suis pas certaine. Tu es une...

— Femme, oui, je sais, grommela le jeune homme de sa voix cristalline et haute, avant d'afficher son fameux sourire en coin. Voulez-vous jouer aux secrets révélés ? Je connais quelques histoires dont vous ne vous douteriez pas !

Le jeu avait fonctionné avec ses marins, alors, pourquoi cela ne marcherait-il pas avec ses proches ?

Amélie sourit malgré elle et posa sa main en coupe sur la joue de Kalaan. Elle respira plusieurs fois, lentement, et se redressa en fronçant les sourcils. Elle avait la même attitude que jadis, quand elle grondait l'enfant qu'il était et qu'il avait fait une énorme bêtise.

— Raconte-moi tout, fit-elle d'un ton de gouvernante.

— Je veux aussi connaître la vérité, lança Isabelle qui était également éveillée, mais qui n'arrivait pas à masquer sa peur.

Bon gré mal gré, Kalaan relata toute son histoire, comme il l'avait déjà fait pour P'tit Loïk et Salam sur la frégate. Il parla de l'Égypte avec Champollion, de l'édifice, des hiéroglyphes, et de leur découverte quant à Akhénaton. Puis, vint le passage de la chambre d'or, de la pierre noire, et de la malédiction. Il omit volontairement de leur narrer son enfer avec les harpies. Sa mère et sa sœur risquaient de s'évanouir à nouveau, voire pire... de se remettre à hurler.

Un silence pesant suivit son récit. Amélie avait le regard plongé dans le vague, tandis qu'Isabelle le dévisageait bouche bée. De son côté, Salam était retourné se poster à la fenêtre, les mains croisées dans le dos.

— Tu es devenue une femme parce que tu en

avais peur ? couina enfin Isabelle avant de pouffer sans pouvoir se retenir. Pardon ! Mais c'est tellement pathétique ! Ohhh... souffla-t-elle encore en se mettant à rire de plus belle.

Kalaan s'était attendu à tout, mais certainement pas à de la moquerie. Son joli minois se ferma comme une huître, et ses yeux lancèrent des étincelles en direction de sa sœur.

Ce fut le moment que choisit Amélie pour parler :

— Je savais qu'avec ton sale caractère et tes mauvaises manières, tu irriterais un jour quelqu'un, jusqu'à ce qu'il en arrive à te punir. Mais jamais je n'aurais songé que cela viendrait d'anciens dieux égyptiens ! Il faut croire qu'ils ont moins de patience et sont plus susceptibles que notre dieu chrétien.

Kalaan en resta coi et crut entendre Salam rire dans son dos. Un vif coup d'œil dans sa direction le fit douter, car le Touareg affichait un flegme à toute épreuve, son regard perdu dans la contemplation du paysage. Dès que le comte fit de nouveau face aux dames, Salam laissa fleurir un sourire sur ses lèvres. Chose que personne ne put constater, car le tissu de son chèche le voilait.

— Pincez-moi, je dois rêver, bougonna Kalaan. Vous trouvez le moyen de vous gausser de moi ?

— Que nenni mon... ma fille, rétorqua Amélie.

— Ma fille ? vociféra Kalaan, éminemment vexé. Je suis Kalaan Fébus, comte de Croz !

— Seulement la nuit, coupa Amélie. La journée, voyons... tu seras pour tout le monde une petite-cousine que Kalaan aura ramenée avec lui de son voyage.

Isabelle applaudit à la suggestion de sa mère,

tandis que le jeune homme grommelait de plus belle et que Salam riait à nouveau en sourdine.

— Il lui faut un prénom, avança Isabelle, perfide, en se rendant compte que son frère était rouge de colère.

Il allait s'étouffer. Quelle douce revanche pour elle qui avait été si longtemps rabrouée par un Kalaan despotique. Elle entendait encore ses remarques :

« — Ne fais pas ci.

— Ne fais pas ça.

— Une demoiselle de bonne lignée doit bien se tenir devant mes invités.

— Sois moins soupe au lait.

— Va apprendre la couture et fiche-moi la paix ! »

Oh oui, vengeance ! savoura intérieurement Isabelle, ses yeux pétillant de malice.

En réalité, cette malédiction avait quelque chose de bon pour la jeune femme. Et elle comptait en profiter pleinement.

— Je pense à un beau prénom, reprit Amélie, sereine. Ce sera Catherine ! C'est celui que j'aurais donné à ma deuxième fille, si j'avais eu la chance d'en avoir une.

— Non ! tonna Kalaan en tapant du pied.

— Va pour Catherine, s'amusa Isabelle.

— Aurai-je enfin mon mot à dire dans cette maison ? cria le comte, sa voix partant dans les aigus.

— Non, répondirent mère et sœur en chœur.

— Décidément, je m'inquiétais pour rien ; je pensais vous voir terrorisées, ou que vous me rejetteriez, mais que nenni : vous paraissez faire face à cette malédiction bien mieux que moi !

— Les hommes négligent trop souvent la capacité d'adaptation qu'ont les femmes, rétorqua Amélie. Dans nombre de domaines, nous sommes plus fortes que vous.

— *Peuh* ! jeta Kalaan d'un air dédaigneux.

— Nous allons nous occuper de toi, mon... ma fille, reprit Amélie. Ensemble, nous te délivrerons. Mais nous devons savoir par quoi commencer.

— Je songeais à aller trouver le gardien des pierres, avança Kalaan, toujours renfrogné.

— Excellente idée, approuva Amélie. Jaouen est un druide après tout, et ce que nombre d'entre nous prennent pour folie de sa part, pourrait t'être d'un grand secours. Mais en attendant, il faudra te conduire comme une dame, et nous devons te procurer des tenues adéquates.

— Plaît-il ? s'étouffa Kalaan en écarquillant les yeux.

— Des robes, très cher frère, il te faut des robes, répéta fielleusement Isabelle.

— Et tu as de la chance dans ton malheur, fit Amélie. Nous avons retrouvé les malles de ta grand-mère Anna en faisant du ménage dans les greniers. Tu es grande et fine comme elle l'était, ses effets te siéront à merveille après nettoyage.

— Jamais ! hurla Kalaan, le rouge aux joues.

— De plus, coupa Amélie sans se démonter, tu logeras au château. Catherine ne peut en aucun cas rester sous le même toit que monsieur Salam, ou elle serait perdue de réputation.

Salam, toujours posté devant la fenêtre, prit la parole :

— Mouvement à l'horizon.

Tous l'ignorèrent, bien trop occupés à chahuter quant aux vêtements de la grand-mère puant certainement la « naphtaline », et Kalaan s'entêtant à vouloir porter des habits d'homme, comme à demeurer chez lui.

La porte d'entrée s'ouvrit sur un P'tit Loïk contrit qui leva les mains en signe d'impuissance, avant de s'effacer pour laisser passer une magnifique jeune femme qui brandissait une hache au-dessus de sa tête.

— Virginie ! s'écria Isabelle en prenant conscience de la présence de son amie et en sautant sur ses pieds dans le but de la rejoindre, avant de se figer.

Les choses allaient sérieusement se compliquer.

Oh non, pas la bouboule, se lamenta Kalaan en se raidissant et en carrant les épaules, avant de se retourner pour faire face à l'intruse.

Cependant, à la place de la petite fille potelée qu'il s'attendait à voir – comme si elle n'avait pas grandi depuis tout ce temps –, se tenait un ange de beauté parfaite auréolé de l'or cuivré de sa longue chevelure. Un ange, oui... à un détail près, car il était armé.

Kalaan fut si troublé par tant de charme, qu'il en lâcha son pantalon qui chuta en accordéon sur ses pieds nus. Après quoi, et d'étonnement, Virginie laissa tomber la hache qui se planta dans le plancher avec un « poc » sonore. Une seconde plus tard, elle était saisie d'un rire chaud et cristallin qui troubla profondément Kalaan. Il ne songea guère à remonter son pantalon et n'eut aucune réaction aux paroles de sa mère. Comment l'aurait-il pu ? Il était au paradis.

— Va pour les robes d'Anna. Catherine, ma chère enfant, veuillez vous vêtir correctement !

— Oui... souffla benoîtement Catherine.

Virginie essayait de toutes ses forces de contenir le fou rire qui l'avait prise en pénétrant dans la longère, au moment où l'étrange jeune femme avait perdu le pantalon d'homme dont elle était affublée.

La scène était tellement incongrue, qu'elle n'avait pu s'empêcher de pouffer. Cependant, la demoiselle ne paraissait aucunement outrée. En fait... elle la mangeait des yeux, et cela déconcerta tant Virginie que tout humour la déserta.

Je suis trop fatiguée pour gérer mes émotions, se dit-elle en songeant à tous les événements survenus après le départ d'Amélie et d'Isabelle du château.

Tout d'abord, Virginie était restée dans le salon, marchant de long en large sur le tapis qui dépassait de sous la petite table. L'envie de s'échapper de l'île l'avait taraudée, mais elle était arrivée à la conclusion qu'il était bien trop tard pour cela. De plus, elle savait qu'un jour ou l'autre, elle serait de nouveau confrontée à Kalaan. Après tout, sa plus proche amie était la sœur du comte, et depuis la brutale disparition du père de Virginie, Isabelle et elle étaient inséparables.

Après s'être traitée de froussarde et s'être secouée mentalement, la jeune femme avait décidé de rejoindre sa chambre et s'était changée à la hâte. Si elle devait revoir Kalaan, ce serait dans les meilleures conditions, et non en chemise de nuit et robe de chambre en soie. Tant pis pour les cheveux, elle les avait gardés juste brossés et laissés libres dans son dos. Elle avait ensuite pris sa cape fourrée et avait enfilé ses bottines avant de partir à l'aventure.

Et quelle aventure ! À l'extérieur du château, elle

avait dû affronter la pluie et le vent, sans compter qu'elle n'y voyait goutte, puisqu'elle avait omis de se munir d'une lampe à huile. Et où allait-elle retrouver la comtesse douairière et Isabelle ?

L'unique réponse possible avait été le port, et c'est vers ce lieu qu'elle s'était dirigée tant bien que mal. Le chemin qui menait de la forteresse au débarcadère descendait fortement et passait à côté du village. Ce qui avait rassuré Virginie, car là au moins, entourée de plusieurs dizaines de femmes, d'enfants et de personnes âgées qui évoluaient dans la même direction, elle avait pu bénéficier de la lumière des torches et s'était sentie un peu moins seule.

Une fois au port, elle avait continué sur la grande digue où les marins accostaient des chaloupes en criant leur joie de retrouver les leurs. Et puis les minutes étaient passées sans que Virginie aperçoive Amélie, Isabelle, ou encore Kalaan.

Il n'était plus resté sur la digue que quelques couples d'amoureux qui, tendrement enlacés, marchant côte à côte, prenaient le temps de rentrer au village. Avait-elle croisé ses amis sans les voir à un moment ou un autre ?

La déception et la fatigue d'une nuit de veille avaient presque eu raison de ses forces, et la jeune femme s'était demandé si elle allait parvenir à gravir le long chemin pentu en direction du château. Les contours de la belle et majestueuse forteresse, ainsi que de ses quatre tours, s'étaient dessinés tout doucement tandis que le jour était sur le point de se lever. Il était donc environ huit heures et demie.

C'est en se retournant pour contempler le château que Virginie était littéralement tombée dans les bras d'un petit homme au ventre proéminent et aux cheveux, comme la barbe, grisonnants.

— P'tit Loïk ! s'était écriée Virginie en identifiant tout de suite son vieil ami d'antan. Quelle joie de vous revoir ! avait-elle ajouté en l'étreignant familièrement, comme quand elle était enfant.

— Mademoiselle ! s'était-il exclamé d'un ton indigné, tout en reculant pour se défaire de l'amicale accolade.

Il ne l'avait pas reconnue ! Ce qu'avait pu comprendre Virginie dans l'instant.

— Jinie, je suis Jinie !

P'tit Loïk avait froncé ses lourds sourcils broussailleux, en secouant la tête dans un signe de dénégation.

— Virginie de Macy, avait encore dit la jeune femme d'une toute petite voix, déçue. J'ai un peu grandi et perdu du poids, mais c'est moi !

P'tit Loïk avait brusquement écarquillé les yeux et lui avait adressé un magnifique sourire.

— Jinie, pour sûr ! *Ma Doue* ce que tu as changé, et que t'es belle !

Tous deux s'étaient mis à rire, avant que le vieux loup de mer ne se pétrifie comme une statue.

— Mais... que fais-tu ici ? avait-il soudainement bafouillé, tandis qu'il pâlissait, attitude qui avait pris Virginie au dépourvu.

— Eh bien, j'ai été invitée par la comtesse douairière et Isabelle à demeurer sur l'île pour l'hiver et...

— *Satordellik*[50] ! avait-il juré avant d'ajouter : elles sont là aussi ?

---

50 *Satordellik : Diable, en breton.*

— Oui... mais... avait bredouillé Virginie tandis que P'tit Loïk s'élançait lestement sur le chemin pentu.

Il blasphémait sans discontinuer, et l'étonnement de la jeune femme avait peu à peu fait place à une forte curiosité. Le vieil homme avait un comportement des plus étranges et il gravissait la côté avec une énergie incroyable, mis à part sa respiration hachée due à l'effort et à son poids.

P'tit Loïk grommelait en soufflant furieusement tandis qu'ils arrivaient à mi-chemin, juste au-dessus du village. Mais au lieu d'aller tout droit vers le château, il bifurqua à gauche sur un sentier qui menait à une belle longère nichée dans le prolongement des remparts, et à quelques mètres des falaises situées à l'ouest de l'île.

— Prévenir Kalaan... il va m'tuer... *Ma Doue de ma Doue*... avait continué de pester le vieil homme.

Et puis soudain, tous deux s'étaient figés en percevant des hurlements de terreur. Ceux, très reconnaissables, d'Amélie et d'Isabelle.

— Il fait jour ! s'était à nouveau écrié P'tit Loïk en se mettant à courir, tandis que les cloches de l'église du village sonnaient neuf heures.

Quant à Virginie, elle s'était ruée sur une hache dont la tête était fichée dans un billot, et s'était élancée dans les pas du vieil homme. Elle n'avait pas réfléchi, elle avait agi, dans le seul et sincère but de venir en aide à ses amies.

C'était ainsi qu'ils étaient arrivés dans la maison.

Revenant au moment présent, Virginie découvrit Isabelle et Amélie près de la grande cheminée. Toutes deux paraissaient saines et sauves et fixaient avec ahurissement les bottines de la jeune femme. Elle baissa le regard, et sursauta d'effroi en constatant que la lame de la hache était plantée dans le bois, à un centimètre de son pied droit.

— Misère, souffla-t-elle, toute envie de rire l'ayant désertée.

— Tout va bien ? s'enquit une voix grave avec un fort accent que Virginie ne reconnut pas.

Elle leva la tête et se retrouva à contempler une montagne de tissu bleu sous laquelle seule une paire d'yeux confirmait la présence d'un être humain. De nouveau affolée, et pensant que c'était un bandit masqué, Virginie se précipita sur le manche de la hache et l'éleva une nouvelle fois au-dessus de sa tête.

— Arrière, malandrin ! cria-t-elle tandis que s'approchait à son tour l'étrangère qui avait remonté son pantalon, et qui faisait signe à quelqu'un dans le dos de la jeune femme.

P'tit Loïk saisit l'arme improvisée des mains de Virginie et lui sourit d'un air rassurant, avant de lui murmurer, comme s'il voulait calmer un cheval effarouché :

— Tout va bien, t'es en sécurité, ma p'tiote. Ce sont des amis qui sont arrivés avec le comte. Y'a pas d'danger.

— Mais... les hurlements ? baragouina Virginie, son regard inquiet allant d'un visage à l'autre et s'arrêtant sur celui de la grande inconnue.

Cette façon que cette dernière avait de la dévisager, comme si elle souhaitait la manger, mettait de plus en plus mal à l'aise Virginie. Sans compter qu'elle aurait juré que l'étrangère avait été sur le point de lui faire un baise-main avant l'intervention d'Isabelle, qui se faufila devant elle.

— Nous avons vu un énorme rat, et tu sais

combien j'ai peur des rats.

— Oui, une affreuse petite souris ! lança Amélie près de la cheminée, et qui n'avait pas entendu toutes les paroles de sa fille.

Virginie fronça les sourcils d'incompréhension.

— Mère veut dire une souris de la taille d'un rat.

— C'est cela, un rat de la taille d'une souris ! jeta à nouveau Amélie. Mais viens près du foyer, mon enfant, tu es transie.

Virginie n'était pas dupe, il y avait anguille sous roche et, visiblement, personne ne lui révélerait la vérité. Elle s'approcha donc de la comtesse douairière et poussa un soupir de soulagement en mettant de la distance entre l'inconnue et elle.

— Virginie, je te présente ma petite-cousine, Catherine de Croz, fit Isabelle en désignant la femme. Elle vient de rentrer de voyage avec Kalaan et... elle a perdu sa malle dans la tempête, d'où son extravagante tenue.

— Ah... ne put que souffler en retour Virginie, très mal à l'aise tandis que Catherine laissait effrontément glisser son regard sur son corps.

— Et voici Salam, l'ami égyptien de Kalaan.

— Monsieur, salua la jeune femme en courbant la tête, un peu penaude en songeant qu'elle l'avait pris pour un bandit et menacé d'une hache.

Salam lui décocha un simple hochement du menton, apparemment distrait par l'attitude de Catherine qui souriait bêtement.

— Et bien sûr, tu connais P'tit Loïk.

Ce dernier paraissait plus dépassé par les événements que Virginie. Il était bouche bée, et envoyait de fréquents coups d'œil interrogateurs sur

Salam avant de pointer Amélie, Catherine, et Isabelle de sa barbe.

Virginie fronça ses fins sourcils dorés. Il planait dans cet endroit une forte odeur de mystère. Elle avait l'impression d'être actrice, malgré elle, d'une très mauvaise pièce de théâtre.

— Où est le comte de Croz ? demanda-t-elle en remarquant son absence.

— Oh ! Mon frère est une petite nature, pérora Isabelle. Il est parti se coucher et ronflera certainement toute la journée. N'est-ce pas ? lança-t-elle encore en direction de sa lointaine cousine.

Catherine n'avait pas l'air très contente de la répartie moqueuse d'Isabelle et allait visiblement lui répondre, quand Amélie se leva et intervint :

— Mesdemoiselles, rentrons nous reposer au château et laissons les hommes en faire tout autant.

Virginie et Isabelle obéirent sagement et la suivirent jusqu'à la cour pavée devant la longère, où Amélie stoppa ses troupes tel un caporal sur un champ de bataille.

— Catherine ! héla-t-elle d'un ton sec. Venez, ma petite !

La grande et jolie jeune femme aux cheveux noirs apparut dans l'entrée et Virginie retint difficilement un nouveau fou rire devant son attitude éminemment bougonne. L'idée d'accompagner les dames au château avait l'air de la contrarier au plus haut point !

— Je suis très bien ici, ma... tante, maugréa-t-elle.

— Tut, tut ! coupa Amélie. Rappelez-vous : votre réputation ! Allez, au château, et tout de suite !

Isabelle pouffait dans son coin et lançait des regards moqueurs sur Catherine qui lui répondit en tirant la langue, avant de rougir et de secouer la tête, comme si elle se lamentait sur elle-même.

Le groupe se remit en marche et Amélie jeta par-dessus son épaule, d'un ton sec :

— P'tit Loïk, je vous attends dans mon bureau pour seize heures !

— *Ya*, m'dame Amélie, gémit-il.

Et voilà que se levait un nouveau mystère. Virginie ne comprenait pas ce que l'on pouvait reprocher au vieil homme.

Il y avait quelque chose de louche sur cette île depuis le retour d'un Kalaan fantôme, et Virginie se fit la promesse de découvrir toute la vérité avant la fin de son séjour. Quant à Catherine, quel poème...

Mais d'où sortait-elle ? Comment s'était-elle retrouvée à voyager avec Kalaan ? Plus question de partir ! La curiosité de Virginie était par trop éveillée et, de toute façon, elle devait également attendre le courrier du détective qu'elle avait engagé. Sans compter qu'elle était bien plus en sécurité sur l'île de Croz que seule à Paris.

Il était temps d'aller se reposer.

Chapitre 9

Un dîner presque parfait

— Bordel, mais vous allez me foutre la paix avec vos maudits jupons et vos épingles à cheveux ?

Virginie, brutalement tirée de son sommeil, sursauta dans son lit et s'assit d'un coup. L'air hagard et désorienté, les paupières lourdes, elle ne reconnut tout d'abord pas le décor de sa chambre, avant de se souvenir qu'elle était sur l'île de Croz. La petite pendule en marbre et bronze qui trônait sur sa table de nuit affichait treize heures ; elle avait donc dormi un peu moins de quatre heures.

Mais que se passait-il... encore ?

Des exclamations provenant d'une pièce attenante la renseignèrent tout de suite : il s'agissait d'une dispute. Elle distingua les voix d'Isabelle et de Catherine, et celle, plus atténuée, d'une jeune servante.

— Mais, Mademoiselle, se plaignait-elle, la comtesse douairière nous a demandé...

— Elle dira ce qu'elle voudra, je m'en moque ! tempêta Catherine. Je passerai au fil de mon épée quiconque essayera de m'accoutrer de ces oripeaux !

Un cri d'effroi, suivi d'une cavalcade dans le couloir, décida Virginie à sortir de sous sa couette et à enfiler robe de chambre et mules.

— Mais quelle tête de bourrique !

Ah là, c'était à nouveau Isabelle.

— J'aimerais te voir à ma place !

— Mais j'y suis depuis ma naissance, et porter les vêtements d'une femme ne peut pas te tuer !

Quels étranges échanges de propos, remarqua intérieurement Virginie en faisant quelques pas dans le couloir, et en s'approchant d'une porte ouverte à quelques mètres de la sienne.

— Jamais ! Je veux les chemises, pantalons et vestes de Maden, si je ne peux avoir les miens !

— Mère a donné aux bonnes œuvres tous les effets de père.

Virginie secoua la tête d'incompréhension et pinça les lèvres. Cette Catherine avait un comportement de sauvageonne ! En tant qu'invitée dans la demeure de sa tante, elle aurait dû être respectueuse et polie. Au lieu de cela, elle criait comme un putois et jurait à tout va.

— Alors, je me promènerai en petite tenue, chantonna la perfide Catherine.

— Tu ne ferais pas ça ! s'offusqua Isabelle.

— Je vais me gêner, admire !

Et pour admirer, Virginie le fit. Catherine était sortie dans le couloir, uniquement vêtue d'une chemise de batiste pour le moins transparente, qui s'arrêtait à mi-cuisses, et c'était tout... Elle était, à proprement parler, d'une indécence folle !

Dans le dos de Virginie, le vacarme d'un plateau chutant sur le sol et de porcelaine brisée la fit sursauter. Une main sur le cœur, elle fit volte-face pour découvrir un jeune valet, les joues en feu, agenouillé et s'affairant à ramasser les dégâts.

— Je vous apporte une autre collation, murmura-t-il d'un ton empressé avant de disparaître dans les escaliers.

— On croirait qu'il a vu le diable, s'amusa Catherine en lançant un clin d'œil à Virginie qui s'était à nouveau tournée vers elle.

— Non, juste une chipie effrontée, lui retourna sans détour Virginie.

— Effrontée ? Moi ? minauda Catherine en s'approchant de la jeune femme avec un sourire canaille.

Virginie écarquilla les yeux. Pour un peu, on aurait dit que la petite cousine lui contait fleurette. Ce que confirmèrent les paroles qui suivirent :

— Vous êtes jolie comme un cœur, au sortir du sommeil. Aussi appétissante qu'un fruit défendu.

— Me... merci, ne put que souffler Virginie déconcertée, mal à l'aise, et étonnement troublée.

— Catherine ! Cesse d'embêter Jinie et viens ici tout de suite ! s'emporta Isabelle en apparaissant à la porte de la chambre et en la saisissant par le bras. Une « *femme* » ne se comporte pas ainsi, ajouta-t-elle plus calmement en lançant à Catherine un regard lourd de sous-entendus.

Ce qui eut l'effet d'une douche froide sur cette dernière qui jura, et se détourna vivement de Virginie pour rentrer dans sa chambre.

— Pardon pour elle, ma Jinie, souffla Isabelle en faisant mine de suivre la sauvageonne.

— Pas-de-robes ! vociféra celle-ci en lui claquant la porte au nez.

Isabelle posa son front contre le battant et soupira

de lassitude. En voyant son amie aussi désemparée, Virginie s'élança et la prit dans ses bras.

— Vous devriez, Amélie et toi, la renvoyer chez elle, lui dit-elle doucement. Cette femme est insupportable.

— Si seulement c'était possible, gémit Isabelle avant de sourire, confiante. Ne fais pas attention à elle. Catherine a été élevée et a grandi entourée d'hommes. De plus, c'est une enfant gâtée pourrie et une Croz, qui plus est !

— Il y a effectivement beaucoup de caractère dans votre famille, s'amusa Virginie avec un clin d'œil complice.

— Oh que oui, nous avons assurément du sang de forbans dans les veines en sus du sang bleu ! Et je suis sûre que toi également, ma Jinie !

Les jeunes femmes se mirent à rire en songeant aux quelques bêtises qu'elles s'étaient permis de faire en douce par le passé et se quittèrent dans le couloir. L'une allant rejoindre la comtesse douairière, et l'autre s'en retournant dans sa chambre pour faire sa toilette en vue du dîner[51], à quatorze heures précises.

Après son bain, Gwendoline, la femme de chambre de Virginie, la retrouva pour l'aider à se vêtir et la coiffer d'un simple chignon torsadé.

— Il y a de l'animation au château, Mademoiselle, s'amusa-t-elle en glissant une dernière épingle dans la chevelure blond cuivré de Virginie.

— Je pense en connaître la raison : Sa Majesté Catherine !

Gwendoline pouffa.

— Oui da ! On ne parle que d'elle dans les

---

51 *Dîner : Autrefois, c'était le repas de midi, le souper étant celui du soir.*

communs, tout le monde y va de son histoire !

Il existait une tendre complicité entre Virginie et Gwendoline, qui était à son service depuis bientôt cinq ans. La femme de chambre avait la quarantaine, était bien portante et affichait un sourire invariablement jovial. Les cheveux roux, bien ordonnés sous un bonnet de coton amidonné, et les habits toujours tirés à quatre épingles.

— Certains prétendent ne pas la connaître, d'autres racontent l'avoir déjà vue sur l'île, mais ne se souviennent pas de qui est son père.

— Que veux-tu dire ? s'étonna Virginie en contemplant son reflet dans le miroir de la coiffeuse qui lui renvoya l'éclat de ses yeux gris bleuté.

— Eh bien, l'ancien comte, monsieur Maden de Croz, n'avait pas de frère, mais plusieurs cousins germains. Et personne ne sait, de ces derniers, qui est le papa de Mademoiselle la sauva... euh... Catherine, se reprit vivement Gwendoline.

Virginie s'esclaffa.

— Je sens que l'on ne va guère s'ennuyer.

— Pour sûr ! Que vous êtes jolie, s'extasia-t-elle encore en admirant sa jeune maîtresse qui se redressait. Il était temps que vous vous pariez de teintes plus vivantes, votre père n'aurait pas aimé vous voir indéfiniment vêtue de noir comme les corbeaux.

— Mon cher papa... murmura Virginie avec émotion. Tu as raison Gwendoline, et c'est pour lui que j'ai choisi ce bleu. C'était sa couleur préférée.

Virginie portait une robe de velours d'un magnifique azur aux passementeries délicates et plus claires, presque blanches, au niveau du décolleté qui s'évasait sur les épaules, ainsi que sur les finitions de ses manches ballons serrées aux poignets[52].

La somptueuse jupe en forme de cloche, raccourcie dans le bas pour révéler les chevilles bottées comme le voulait la mode, était mise en valeur par le corsage croisé et également brodé qui soulignait la taille de guêpe de Virginie. Autour de son cou, elle gardait la belle et fine chaîne en or qui avait appartenu à sa mère, et sur laquelle était accroché un saphir de Ceylan ciselé en forme de goutte. Les mêmes précieux saphirs, d'identique aspect, ornaient le lobe de ses oreilles.

Gwendoline, qui s'était éloignée vers la garde-robe, revint sur ses pas et ajusta le superbe fichu de coton et dentelle blancs, indispensable pour masquer le profond décolleté. Un des plus gros défauts, selon Virginie, de cette mode « à la romantique ». Elle était fin prête à descendre rejoindre ses hôtes au grand salon... et faire face à Kalaan.

De son côté, dans la chambre attenante, ce dernier sortait de la salle de bains, une serviette enroulée autour de son corps féminin, et se dirigeait vers le fauteuil où étaient ses habits d'homme.

Mais brusquement, il se figea, jura violemment, et se mit à hurler en direction du couloir :

— Isabelle, sale peste !

Sa sœur, car ce ne pouvait être qu'elle, avait profité qu'il fasse ses ablutions pour déverrouiller la porte de sa chambre et lui voler ses affaires et ses cuissardes de soldat ! À la place, trônaient des sous-vêtements, bas, jupons, un corset, une affreuse robe

---

52 *C'est, dès 1828, le début de la mode « à la romantique » et de la manche dite « à gigot ».*

noire en lainage épais, et des bottines qui paraissaient bien trop petites pour ses pieds : les effets de grand-mère Anna !

Bien sûr, malgré son cri, Isabelle ne se présenta pas et Kalaan blasphéma en contemplant ces horreurs qui sentaient le renfermé et la naphtaline, de la même manière qu'il l'aurait fait d'un tas de fumier.

— Tu veux jouer, ma sœur ? Alors, jouons ! lança-t-il enfin en jetant rageusement sa serviette humide n'importe où dans sa chambre.

Ce ne devait pas être sorcier d'enfiler tout ça, car après tout, il avait aimablement aidé quantité de femmes à se dévêtir. Il saisit les jupons et se mit à sautiller sur le plancher. En fait... ce fut une véritable catastrophe, et Kalaan batailla avec les tissus aussi farouchement qu'il l'aurait fait avec un ennemi anglais. Il y eut quelques bruits de déchirures, mais au final, il réussit à passer la robe.

Effectivement, sa grand-mère avait eu la même taille que lui, enfin... « *elle-Catherine* ». Pour ce qui était des bottines, l'aïeule, qui portait le surnom « d'Anna aux grands pieds », n'arrivait pas à la hauteur de son petit-fils : Kalaan avait les orteils aussi serrés que des saucisses ficelées. Il avait eu beaucoup de mal à enfiler les chaussures montantes sur ses pieds nus, car il s'était catégoriquement interdit de mettre les bas.

Kalaan marcha précautionneusement vers la porte, et faillit se tordre les chevilles une bonne dizaine de fois.

— Foutus talons ! Oups ! pesta-t-il en se raccrochant à la poignée du battant comme il perdait encore l'équilibre et allait se vautrer au sol.

Avant de sortir, il jeta un rapide coup d'œil dans

la pièce et s'aperçut qu'il avait oublié quelque chose sur le fauteuil : le corset. Un fin sourire étira ses jolies lèvres pulpeuses, et c'est avec une joie féroce qu'il quitta ses appartements pour dîner. Sa mère et sa sœur allaient être fières de lui... et lui rendraient ses habits avant la tombée de ce premier jour en famille.

De Dieu ! Il avait une faim de loup !

Tout le monde était attablé depuis dix bonnes minutes dans la grande salle à manger au rez-de-chaussée du château. La comtesse douairière présidait à un bout de table, Virginie et Isabelle étaient placées à sa droite, et Salam ainsi qu'une chaise inoccupée et un couvert, à sa gauche. Sur un signe discret d'Amélie, le majordome ordonna aux valets de pied de servir l'entrée, un onctueux velouté de poisson. Amélie savoura le liquide chaud et tous se sustentèrent silencieusement à sa suite, comme le voulait la bienséance, quand un fracas monstrueux résonna dans le vestibule.

Le cœur de Virginie fit un bond et elle maintint sa cuillère en l'air, en jetant un coup d'œil vers la porte à double battant. Il ne manquait plus que Kalaan et Catherine, même s'il n'y avait qu'une place et un couvert de disponibles. Ce qui était fort étrange, et voulait également signifier que de ces deux personnes, une seule serait présente.

Virginie pria silencieusement pour qu'apparaisse Kalaan, mais ses vœux ne furent pas exaucés : l'un des panneaux s'ouvrit sur une Catherine à la tignasse ébène ébouriffée, le feu aux joues, et dardant sur les convives et les hôtesses un regard furibond.

— Excusez mon retard ! lança-t-elle de sa voix

cristalline. Mais ces foutues bottines sont une torture et ont failli causer ma perte dans les escaliers. Mais mangez ! Ne vous préoccupez surtout pas de mon sort !

Encore une fois, et malgré elle, Virginie dut dissimuler un fou rire naissant derrière sa main et une fausse toux. Salam, de l'autre côté de la table, avait également du mal à se contenir. Il avait gardé son chèche bleu sur la tête, ainsi que ses vêtements traditionnels, mais avait baissé le tissu qui masquait le bas de son visage, ce qui permit d'apercevoir ses lèvres ourlées d'un sourire en coin. De plus, ses iris sombres pétillaient d'humour.

Quant à Isabelle et Amélie, elles ouvraient et fermaient la bouche en écarquillant les yeux, et hoquetèrent d'indignation quand Catherine tira sa chaise en la faisant volontairement grincer sur le plancher, juste à la gauche de Salam et en face de Virginie. Mais pourquoi n'avaient-elles pas songé à réinstaller un tapis ?

L'insupportable petite-cousine s'assit, s'accrocha des mains de part et d'autre de son siège, et bondit plusieurs fois en avant sur les quatre pieds en bois. Le bas du buste collé à la table, elle posa les coudes et les mains sur la nappe. À la suite de quoi, Catherine se pencha au-dessus de son assiette pour adresser un sourire exagéré à sa tante, tandis qu'un bruit de tissu déchiré se faisait entendre dans le même temps.

Virginie baissa la tête après avoir vu Salam reculer sur son siège pour inspecter le dos de Catherine et se retenir à nouveau de rire. Virginie allait étouffer à se contenir, car vraiment, la scène était désopilante et tellement inattendue ! Elle n'avait jamais vu quelqu'un se conduire ainsi, et surtout pas une femme de bonne condition.

Catherine se redressa, toujours en souriant bêtement, et fit courir son regard des uns aux autres, avant de lancer un clin d'œil à Virginie.

— Puis-je faire servir, Madame ? s'enquit d'un ton cérémonieux Clovis, le vieux majordome de la famille au crâne chauve.

— Faites, acquiesça Amélie en fusillant Catherine de ses yeux bruns.

Un jeune valet s'approcha de cette dernière et déposa précautionneusement le velouté fumant devant elle. Il fit un énorme bond de recul quand la sauvageonne lui donna une claque dans le dos et s'écria :

— Merci mon bon !

Après quoi, elle plongea sa cuillère dans l'épais liquide, la porta à sa bouche, et émit un fort bruit de succion. Cela dura jusqu'au moment où, de bon cœur, elle racla son assiette dans un incroyable tintamarre.

— Ka... *Catherine !* s'indigna Amélie, rouge de colère et ayant failli appeler son fils par son vrai prénom.

— Oui, ma tante ? s'étonna-t-elle en relevant la tête d'un air angélique.

Amélie carra les épaules, et préféra s'adresser à Salam avec un sourire poli :

— Vous êtes-vous bien reposé ?

— Je n'ai pu me résigner à m'assoupir dans l'armoire, Madame, mais vos tapis sont d'excellente qualité et font de bonnes paillasses.

— Dans... l'armoire, et vous... avez dormi sur... des tapis ? Amélie en bafouillait d'ahurissement, tandis qu'Isabelle riait doucement.

— Je pense que monsieur Salam parle du lit breton, mère.

Virginie mordit dans la pulpe de sa main, juste sous le pouce, pour rester sérieuse. Salam avait tout bonnement pris un lit-clos pour une armoire ! C'était attendrissant, mais tellement hilarant !

— Euh... oui... Ainsi donc, baragouina Amélie, vous avez partagé toutes les aventures en Égypte avec mon fils. Cela a dû être passionnant.

— Je ne me suis jamais ennuyé, Madame, répondit simplement le Touareg sans ajouter un mot de plus.

Il était apparemment très compliqué d'instaurer une discussion, et Virginie se lança à son tour :

— Le comte ne devait pas nous rejoindre ?

— Il ne peut se promener le jour, annonça Isabelle sans quitter Catherine des yeux.

— Ah bon ? persifla cette dernière en levant un fin sourcil noir et en se grattant fortement le cuir chevelu, comme si elle avait des poux.

— Oui, reprit Isabelle en grimaçant de dégoût et en s'empourprant sous le regard perçant de Salam. Il souffrirait d'un mal oculaire qui l'empêcherait de sortir le jour. Cela serait dû au soleil ardent d'Égypte. Mais il guérira, n'est-ce pas, monsieur Salam ?

— Ou pas, répondit laconiquement le Touareg qui avait en horreur le mensonge, mais aussi par malice, pour faire rougir un peu plus Isabelle, car cela lui allait si bien !

Le dîner continua ainsi, entre monologues, échanges étranges, et coups d'œil outrés ou fanfarons de Catherine en direction d'Amélie et d'Isabelle.

Virginie crut à nouveau s'étouffer de rire, quand la petite-cousine sauta sur le plateau de poulet rôti pour en arracher la cuisse et mordre dans la chair à pleines dents. Puis, faillit la sermonner copieusement alors qu'elle essuyait ses doigts gras sur le devant de son affreuse robe noire... qui moulait sa généreuse poitrine, libre de tout corsage !

Mais qui était Virginie pour lui faire la morale ? Cependant, elle pourrait peut-être prendre Catherine sous son aile et l'aider à se comporter comme une dame ? L'idée lui plut instantanément : elle allait enseigner les bonnes manières à Catherine.

Après le dessert, Amélie se leva et tout le monde l'imita... sauf la sauvageonne. Elle léchait sa petite assiette pour recueillir les dernières gouttes de chocolat fondu.

— Vous pouvez vaquer à vos occupations, les convia Amélie en posant ses doigts fins sur ses tempes.

Salam salua et prit congé lentement en coulant un regard ahuri sur son ami. Jamais il n'avait vu Kalaan se comporter avec aussi peu de dignité. Il avait sale caractère, mais ce n'était pas un cochon.

Virginie suivit ses pas et s'arrêta dans le vestibule pour attendre Isabelle. Les valets passèrent avec les plats, puis le majordome qui affichait un air sévère.

La porte s'était mal refermée derrière lui, et Virginie entendit Catherine demander d'un ton ironique :

— Dois-je continuer de porter des robes ?

— Par pitié ! s'écria Amélie. Remets tes habits d'homme, tout ce que tu voudras ! Cela ne pourrait être pire que ta conduite à cette table pour le dîner !

— C'était donc une sorte de guerre des nerfs, pour

toi ? murmura Isabelle d'une voix peinée.

— Comme si ce n'était pas de l'amusement pour toi ! lui rétorqua Catherine d'une voix cassante.

Elle soupira ensuite longuement et reprit, l'air las :

— Comprenez..., ce que je vis est déjà tellement éprouvant. Alors, laissez-moi au moins un peu de dignité. M'affubler de robes et de colifichets féminins, c'est comme me maudire une seconde fois.

— Oh... Catherine, souffla Amélie très émue.

Virginie recula doucement pour ne pas faire de bruit et monta le large escalier de pierre menant à l'étage. Après avoir saisi sa cape fourrée, elle décida de sortir se promener. La tempête avait cessé et les rayons du soleil perçaient entre des nuages moins menaçants.

Elle avait besoin de réfléchir à tout ce qu'elle venait d'entendre. Une balade sur les sentiers, vers le cercle de pierres brisé, l'aiderait à faire le point.

Chapitre 10

À la rencontre de Virginie

De retour dans la chambre de « Catherine », Kalaan se dirigea vers la salle de bains pour se défaire de la robe, des jupons et des bottines qui menaçaient sa vie. Seul, il allait pouvoir s'apaiser et faire le point sur les derniers événements.

Le dîner avait été très éprouvant pour Amélie et Isabelle, mais aussi pour lui qui avait conscience de s'être comporté comme un parfait sagouin. Ce qu'il détestait. Néanmoins, cela avait été un mal pour un bien. Car sinon, comment aurait-il pu se faire comprendre par ces têtes de mules de mère et de sœur ?

En outre, que s'était-il produit dans leur esprit pour qu'elles souhaitent l'affubler en femme et la nommer Catherine ? Kalaan aurait très bien pu rester caché dans la longère le jour, quand il était la « chose », et comme il en avait eu l'intention avant son arrivée sur l'île, pour uniquement se montrer à la nuit tombée. Il aurait profité des courtes journées de l'hiver ; les gens qui n'étaient pas au fait de la malédiction n'y auraient vu que du feu, et cela n'aurait causé aucun problème !

Mais non ! Ces dames, qui auraient dû être à Paris, en avaient *encore* décidé autrement, et avaient monté une abracadabrante histoire : celle de la fameuse « petite-cousine » !

Le choc psychique occasionné par sa transformation avait dû les perturber beaucoup plus qu'il n'y paraissait, pour qu'Amélie et Isabelle en viennent à jouer à la poupée avec lui. Enfin, ce devait être le cas pour sa mère, mais en ce qui concernait Isabelle, Kalaan subodorait une douce revanche de sa part.

Oui, mais il fallait se rappeler également que tous avaient été pris au dépourvu par l'arrivée épique de Virginie de Macy et de P'tit Loïk. Donc... Amélie et Isabelle n'étaient, en fin de compte, pas si folles que ça, et Kalaan aurait dû les remercier pour leur intervention.

— Jamais ! jura-t-il entre ses dents tout en sortant de la salle de bains où il finissait de se vêtir de son pantalon et de sa chemise d'homme, sur sa poitrine bandée.

Quoi qu'il en soit, rien ne se déroulait selon les plans qu'il avait mis au point avant son arrivée, et Kalaan se retrouvait dans un bourbier monstrueux grâce à ces dames. Elles avaient voulu se frotter à lui et elles avaient perdu !

Amélie comme Isabelle auraient dû se souvenir qu'il parvenait toujours à ses fins, et par tous les moyens possibles, sauf par la violence, acte qu'il exécrait au plus haut point. Il pourrait désormais aller et venir en habits d'homme, et ne surtout pas être coiffé de ces ridicules mèches bouclées qui pendouillaient sur les oreilles, avec une horrible raie au milieu du crâne.

Pourquoi, d'ailleurs, la plupart des femmes s'entêtaient-elles à s'enlaidir de la sorte ? Pour suivre stupidement une mode ? Kalaan préférait la beauté naturelle, si rare, comme celle de Virginie... par exemple.

La douce et gracieuse Virginie, son visage de porcelaine, ses lèvres roses, ses magnifiques yeux gris bleuté, ses somptueux cheveux dorés et torsadés en un simple chignon lâche. Si délicieuse dans sa robe azurée.

C'était un rayon de soleil à elle toute seule. Un rayon de soleil que, pour une fois, Kalaan ne maudissait pas.

— La bouboule, marmonna-t-il de cette voix cristalline qui l'horripilait, tout en enfilant ses cuissardes en cuir noir et en rabattant les hauts rebords sur ses genoux.

Il saisit ensuite sa veste sombre trois quarts, posée sur le lit, et l'endossa rapidement.

Comment avait-il pu, un jour, attribuer à Virginie cet affligeant et détestable sobriquet ? Il est vrai, pour sa défense, qu'il n'était alors qu'un gamin de quatorze ans et que la fillette enrobée, et éminemment maladroite, ne le quittait jamais. Elle avait été pire que de la glu, et l'avait étouffé à le vénérer ainsi. Sans compter qu'elle avait détruit le précieux cadeau de Maden, tout juste enterré : ses premiers papyrus égyptiens !

La jeune mademoiselle de Macy que Kalaan avait jadis rencontrée, avait laissé place à une splendide sylphide. Et cela faisait une éternité qu'il n'avait pas ressenti un tel emballement des sens pour une femme.

À bien y réfléchir, c'était même la première fois.

Mais pouvait-il seulement se fier à ce qu'il éprouvait actuellement ? Car, quand il prenait l'apparence de la « chose », sa perception des autres et ses émotions étaient insupportablement décuplées, et Kalaan se surprenait à adopter des attitudes qu'il n'aurait jamais eues en tant qu'homme. Catherine était une plaie ! Elle était soupe au lait, tirait la langue à chaque contrariété ou tapait du pied pour marquer son mécontentement. Sa sensibilité était tout bonnement ingérable ! Le contraire absolu de « Kalaan-homme ». Alors, que ressentait-il réellement pour Virginie ?

En se postant devant la haute fenêtre donnant sur l'arrière du château, pour ainsi bénéficier de la lumière du jour afin d'ajuster ses manchettes, Kalaan aperçut Virginie. Elle était enroulée dans une lourde cape de teinte grenat, et quittait le parc pour emprunter le chemin gravillonné qui menait vers le nord-ouest de l'île.

Catherine, la fougueuse, s'emballa tout de suite : une promenade ! Quelle excellente idée que de se « croiser » au détour d'un sentier pour mieux faire connaissance ! Et Kalaan, prisonnier de ce corps honni, ne put que suivre. Il s'élança hors de la chambre et ne s'arrêta que dans le hall d'entrée, en croisant le majordome qui revenait de l'extérieur avec une pile de lettres dans ses mains gantées de blanc.

— Mon bon Clovis !

— Mademoiselle Catherine, retourna ce dernier d'un ton monocorde, avec un bref regard outré vers ses habits, le tout en gardant une attitude digne d'un croque-mort.

— Auriez-vous l'obligeance de me révéler

l'endroit où se rend la marquise de Macy ?

— Je ne sais, Mademoiselle, fit Clovis du bout des lèvres, l'air prodigieusement pincé. La jeune dame s'est enquise de son courrier, comme tous les jours, puis elle est sortie.

— A-t-elle reçu une lettre ? ne put s'empêcher de demander la curieuse Catherine, au grand dam de Kalaan qui soupira intérieurement de lassitude.

Après tout, qui pouvait bien correspondre avec Virginie ? La « chose » avait bien fait de poser la question.

— Ce sont là ses affaires, mademoiselle Catherine. Autre chose ?

Il était évident que Clovis n'ajouterait plus un mot.

— Excellent travail ! lança Kalaan d'une voix haut perchée tout en tapant sur l'épaule du majordome, avant de quitter le château et de s'élancer dans le parc.

Clovis était un remarquable et dévoué serviteur. Il protégeait efficacement les Croz des gens trop curieux. Et apparemment, Catherine ne lui inspirait ni confiance ni sympathie. Un bon point à son actif !

Il mérite que je lui augmente ses gages, se dit Kalaan en marchant d'un pas vif sur l'allée gravillonnée.

Il était presque seize heures à sa montre gousset, et les journées étaient courtes en janvier. Dans peu de temps, le soleil se coucherait et Kalaan redeviendrait enfin un homme à part entière. Il aurait pu attendre ce délai pour retrouver la jeune femme, mais l'impatience de « Catherine » d'être à ses côtés ne pouvait souffrir tout ce temps. De plus, le fait que Virginie se soit dirigée vers le nord-ouest, là où se situaient le cercle brisé et les plus hautes falaises de l'île, l'inquiétait fortement.

C'était un endroit extrêmement dangereux pour les personnes qui ne connaissaient guère les lieux. Après la pluie, les sentiers creusés dans la terre, à peine à un mètre du vide, ainsi que les herbes rendues glissantes, pouvaient être la cause d'un accident mortel.

Kalaan accéléra encore l'allure, heureux de ne pas être encombré d'une robe, et évita agilement toutes les roches et ronces vicieuses qui entravaient le sillon encadré par des murets de pierre, au sortir du chemin principal. Quelque dix minutes plus tard, son cœur tressauta violemment quand il aperçut Virginie dans le demi-cercle de menhirs, bien trop proche du gouffre !

Il jura de sa voix cristalline et se mit à courir silencieusement. Il n'était pas temps de l'effrayer pour qu'elle bascule dans le vide à la suite d'un sursaut, ou en trébuchant d'étonnement. Avec dextérité, et une fois qu'il fut près de Virginie, Kalaan saisit fermement son poignet, et elle perdit effectivement l'équilibre en poussant un cri aigu, mais pour tomber dans ses bras, bien à l'abri de tout danger.

— Catherine ! Mon Dieu ! Vous m'avez fait une de ces peurs ! gronda-t-elle la main sur le cœur, tout en se défaisant de sa poigne.

Elle leva ensuite son regard gris bleuté et furibond vers lui.

— Pas autant qu'à moi-même ! attaqua-t-il à son tour. Petite folle ! Cet endroit est terriblement dangereux et vous auriez pu vous tuer en glissant !

La surprise céda le pas à la colère, et les traits harmonieux du visage de Virginie se détendirent.

— Vous avez eu peur pour moi et avez cru me sauver ? Je... eh bien... merci, bafouilla-t-elle en s'écartant pour se diriger vers un des menhirs, loin de la falaise qui faisait plus de trente mètres de hauteur, et finissait sur des rochers pointus battus par les vagues.

Merci ? Juste merci ? Kalaan aurait botté les fesses de l'inconsciente pour l'angoisse qu'elle venait de lui causer et qui osait mettre son esprit sens dessus dessous ! Une partie de lui voulait la secouer, l'autre désirait l'embrasser pour la punir. Sacrebleu ! Kalaan n'aimait pas du tout éprouver ce genre d'émotions contradictoires.

— Il ne fallait surtout pas vous faire de mauvais sang, reprit Virginie en le sortant du tourbillon de ses pensées. De plus, ajouta-t-elle en portant son regard sur son environnement et en faisant un large geste de la main pour englober le panorama, je connais très bien l'île de Croz, même si je ne l'ai pas encore découverte dans son intégralité, tant elle est immense.

— Et comment pourriez-vous la connaître alors ? ironisa Kalaan en croisant et décroisant avec agacement les bras sur sa poitrine volumineuse malgré le bandage.

— Grâce à la grande carte marine qui est encadrée et accrochée dans le bureau d'Amélie.

— Le bureau de Kalaan ! C'est lui le seigneur de Croz !

— Si cela vous fait plaisir, répéta Virginie d'un ton léger, tandis qu'elle se contenait pour ne pas prendre la mouche devant l'attitude butée et bravache de Catherine.

— Cela m'agrée fortement, lui retourna Kalaan avec un sourire en coin. Donc, cette carte ?

— Celle que Maden de Croz a méticuleusement relevée... elle est d'une telle finesse, d'une telle beauté. À chaque fois que je résidais sur l'île avec mon père, alors que j'étais enfant, je restais des heures à la contempler.

Kalaan avait fait de même. Dans son souvenir, il se revoyait à l'âge de huit ans, assis à côté de Maden à la table en chêne de son cabinet de travail, tandis que ce dernier traçait de sa plume les contours de Croz et représentait, avec ses pastels pour lavis, le moindre de ses aspects.

Il entendait encore la voix rauque de Maden qui lui décrivait l'île et lui apprenait son histoire :

« — *Tu vois, fiston, notre Croz possède une particularité des plus étranges : elle a la forme d'un gigantesque croissant qui fait plus de six kilomètres de long et trois de large à son maximum. Là, sur la carte, tu peux constater que ses deux extrémités coniques se recourbent au sud, juste en face des lointaines et magnifiques côtes de granit rose, ainsi que de Paimpol. Elles se prolongent ensuite par les hautes murailles fortifiées par tes ancêtres. Et que forment ces remparts ?*

— L'anse abritée que l'on appelle le « port-clos » !

— C'est cela, Kalaan. Ensuite, de l'anse, on remonte assez abruptement jusqu'aux hauts plateaux où se trouvent les prairies qui sont délimitées par les murets, les landes de bruyères et de genêts d'or, et la forêt. Le tout se terminant sur des falaises acérées à l'ouest, au nord et à l'est. D'ailleurs, petit galopin, je t'interdis une dernière fois de t'y rendre sans être accompagné ! C'est bien clair ?

— *Oui, père...*
— *Quel est le point culminant de l'île ?*
— *Le cercle brisé qui a été érigé sur un tertre rocheux à un peu plus de trente mètres au-dessus du niveau de la mer, et qui est situé au nord-ouest ! C'est exact, père ? Mais, papa... sont-ce également nos ancêtres qui ont posé les gros cailloux sur le tertre ?*
— *Des menhirs, fiston ! Très certainement, mais c'était il y a fort longtemps, bien avant les druides et les Romains.*
— *Les druides... comme Jaouen le fou ?*
— *Oui, et ne le surnomme point ainsi ! Il est bien plus intelligent que tu ne le penses.*
— *Il me fait peur...*
— *Tu ne devrais pas... C'est mon ami comme le tien, et le seul, désormais, à connaître la réelle histoire de Croz, depuis presque sa création.*
— *Ohhh...*
— *Revenons à ta leçon. Quel est l'autre nom de l'île ?*
— *L'Invincible ! Ou Didrec'hus pour nous, les Bretons. Ce sont nos ennemis les envahisseurs qui l'ont baptisée ainsi, car ils n'ont jamais pu poser leurs sales pieds crottés sur notre terre !*
— *Exactement et... Kalaan, parle moins fort, je n'aimerais pas que ta mère t'entende jurer ainsi. C'est juste entre toi et moi.*
— *Oh oui, papa, chut, c'est notre secret.*
— *Ces ennemis, donc, des Vikings aux Anglais, nous les avons toujours refoulés grâce à nos flèches ou nos canons. Et ceux qui ne sont jamais arrivés aux remparts ont simplement empalé leur navire sur les innombrables récifs et écueils qui entourent Croz et la*

protègent. De mauvais marins, je te dis ! Après s'être disloqués, les bateaux ont coulé. C'est également pourquoi la mer entourant l'île est un véritable cimetière marin. De nombreux bateaux, de toutes les époques, gisent au fond et, pour le coup... font d'excellents viviers à homards.

— *Parce que les homards mangent les morts ? Beurrrrk !* »

Kalaan se souvenait encore du rire chaud de Maden, au physique si semblable au sien, qui avait résonné dans le bureau à la suite de son exclamation dégoûtée, ainsi que de ses yeux pétillant d'humour quand il avait ébouriffé sa tignasse.

Cette scène s'était déroulée il y a si longtemps, et pourtant, tout était gravé dans son esprit.

— Catherine ? l'appela Virginie d'un ton inquiet en le faisant sursauter et revenir au présent.

— Oui ?

— Je vous demandais ce qui était arrivé à votre main, disait la jeune femme en lui saisissant les doigts et en désignant la cicatrice rouge et boursouflée de forme pyramidale, qui lui mangeait le creux de la paume droite.

Maudite marque ! s'exclama mentalement Kalaan qui n'y songeait plus du tout.

Cela allait encore compliquer bien des choses, comme le fait de devoir porter des gants quand il redeviendrait lui-même, et ne pas oublier ce détail. Il fallait absolument inventer une histoire, qui corresponde avec celle de sa famille. Et vite !

— Je me suis brûlé avec un tison, sur le bateau de mon père, il y a de cela deux mois.

Virginie le contempla d'un air soupçonneux, et

pinça les lèvres en reportant son regard sur la blessure, qui n'avait pas du tout l'aspect plus ou moins rond que pouvait provoquer un morceau de bois incandescent.

— C'est pour cela que, quand nous avons providentiellement croisé l'*Ar sorserez* en mer Méditerranée, mon cousin m'a prise avec lui. Pour me prodiguer des soins. Voyez-vous ?

Kalaan avait la désagréable impression de s'enliser prodigieusement, tandis que sa voix montait dans les aigus au fur et à mesure que « Catherine » s'agitait.

— Non, je ne vois pas. Vous n'aviez pas de docteur à bord ?

— Non, ou plutôt, oui. Mais pas les remèdes dont j'avais besoin. Et puis... là où nous nous rendions, ma plaie se serait infectée et j'aurais contracté la gangrène. Père m'a donc ordonné de partir avec Kalaan vers la Bretagne et de me faire traiter au plus vite. Voilà ! Ça suffira ! coupa-t-il en arrachant presque sa main de celle, trop douce, de Virginie.

Le contact chaud en était si troublant, qu'il n'arrivait plus à maîtriser ses pensées et racontait n'importe quoi. Satanées émotions à fleur de peau de Catherine !

— Comment se prénomme votre père ?

— Atticus !

Bon sang ! Kalaan se serait giflé. Il venait de lancer le nom de son vieux chien, disparu depuis longtemps. Paix à son âme. Il l'avait appelé ainsi à cause de ses puces qui ne le quittaient jamais, même après un bain et d'intensives séances de brossage. « Atticus sac à puces », pour la rime, avait été un amour de *griffon fauve de Bretagne*, complice de toutes ses bêtises de marmouset[53], jusqu'à son dernier souffle, dans les bras de son petit ami humain.

— Oh, comme le grand érudit Titus Pomponius Atticus ? s'enquit Virginie avec un joli sourire qui atteignit et illumina ses yeux gris bleuté. Il se trouvait donc des passionnés de l'histoire romaine parmi vos ancêtres ?

La jeune femme avait l'air si heureuse de parler « Histoire ancienne » que Kalaan se mordit la langue et ne répondit pas : non, des amateurs de puces. Au lieu de quoi, il claironna :

— Nous, les Croz, sommes des aventuriers dans l'âme. Comme Kalaan, mon cousin égyptologue. C'est dans notre sang, de père en fils !

— Et en fille, Catherine. Vous en êtes la preuve vivante et vous avez une fière allure, telle une lady corsaire.

Kalaan se sentit rougir comme une jouvencelle sous la caresse de la voix mélodieuse de Virginie, et fut parcouru d'un frisson quand elle lui toucha à nouveau les doigts, de façon amicale. La jeune femme sursauta pareillement et fit un pas en arrière en écarquillant les yeux, avant de se détourner vers la mer.

Kalaan en aurait mis la main au feu, Virginie avait également ressenti ce délicieux trouble qui avait circulé dans son corps. Il en avait tous les sens en éveil.

Une diversion : Kalaan en avait besoin, et tout de suite, s'il ne voulait pas commettre une bêtise ! Comme celle d'embrasser Virginie.

— Votre prénom est très joli !

---

53 *Marmouset : (vieux), Petit garçon.*

Virginie tourna à peine son profil vers lui et pencha la tête sur le côté, le vent renaissant avec la marée montante jouant dans les longues mèches cuivrées de ses cheveux libérés.

Elle était magnifique. Un peintre aurait réalisé un trésor en la croquant ici, debout entre les cinq menhirs et face à la mer et aux récifs.

— Ma mère, que je n'ai jamais connue, car elle est décédée alors que j'étais bébé, adorait ce prénom. Elle l'a découvert à la lecture du roman *Paul et Virginie* de Bernardin de Saint-Pierre. Maman aimait tant le personnage féminin que je fus baptisée comme elle.

Kalaan eut un pincement au cœur pour la jeune femme. Les émotions de la « chose » le rendaient empathique, et c'était à la limite du supportable. Il aurait voulu prendre Virginie dans ses bras et la bercer pour faire fuir toute tristesse, comme celle qui avait percé au travers de chacune de ses paroles.

Il choisit de se réfugier dans la froideur :

— Pourtant, l'histoire de Paul et Virginie est des plus tragiques. Elle meurt dans un naufrage en rentrant au pays et lui, il succombe de douleur à la perte de son grand amour. C'est vraiment une épopée romanesque pour les femmes, de quoi provoquer des pleurs dans les chaumières.

Virginie sursauta et virevolta vers lui, en fronçant ses jolis sourcils dorés. Kalaan préférait la savoir vindicative que triste.

— N'êtes-vous pas un peu sentimentale sous votre effronterie et vos manières de sauvageonne ? N'y a-t-il pas un cœur dans cette poitrine qui bat dans l'attente de rencontrer une âme sœur ? Êtes-vous donc réellement aussi insensible que vous le fanfaronnez ?

— Premièrement, je vivrai pleinement et ne patienterai pas dans l'attente d'un chimérique amour. Et s'il existait, ce dont je doute fortement, je le capturerais ! Et deuxièmement, les histoires d'âmes sœurs ne sont que des fadaises qui font bien plus de malheureuses et de mal mariées que de privilégiées.

— Catherine... je vous souhaite un jour de découvrir le véritable amour, et qu'il vous rabatte le caquet une bonne fois pour toutes ! Mais aussi, être présente ce jour-là serait l'un de mes plus grands bonheurs.

Virginie n'en revenait pas. Elle avait devant elle une fort jolie jeune femme qui se moquait ouvertement du penchant romanesque de la gent féminine. Néanmoins, comment en être réellement surprise alors que la demoiselle se comportait comme un garçon manqué ?

Uniquement entourée d'hommes, comme l'avait souligné Gwendoline en coiffant Virginie avant le dîner, Catherine avait grandi sans l'affection et la douceur d'une mère ou d'une gouvernante. Chance que Virginie avait eue, grâce à l'amour de Josephe de Macy, qui avait fait passer le bonheur et le bien-être de sa fille avant toute chose.

Un père... qui n'était plus présent.

Une nouvelle vague de tristesse la saisit, et elle se détourna encore une fois de Catherine pour la lui cacher. Elle préféra s'absorber dans la contemplation du paysage.

La tempête avait disparu aussi soudainement qu'elle s'était abattue sur l'île et la mer. La pluie s'en était allée également ; pourtant, les nuages gris étaient bas dans le ciel et donnaient une couleur mercure, presque noire par endroits, aux flots qui s'apaisaient lentement.

La centaine de hauts récifs et d'écueils, que l'on pouvait apercevoir grâce à la marée basse, surgissaient des eaux tels des pitons de montagnes englouties et invisibles. Ce paysage aurait pu paraître désolant pour certaines personnes, mais pour Virginie, c'était un magnifique spectacle de la nature et elle en était envoûtée. Il y avait une force brute dans ce décor, une puissance incroyable s'en dégageait qui lui faisait palpiter le cœur et se sentir mille fois vivante.

— J'aime être ici, souffla-t-elle à Catherine, toujours silencieuse dans son dos. De ce point de vue et en tournant sur soi-même, on peut tout admirer. Des récifs dans la mer, aux prairies et à la forêt de l'île, comme plus loin, les côtes du continent. J'ai l'impression d'être au centre du monde. En sus d'une romantique affirmée, vous allez pouvoir me traiter de rêveuse.

— Non, sur ce point-là, je vous comprends. Car j'ai toujours aimé cet endroit également, lui retourna la voix claire de Catherine.

Virginie pirouetta et croisa les yeux vert ambré de la jeune femme. Quelque chose de fort passa entre elles, une sorte de complicité, ou autre chose que Virginie n'arriva pas à identifier et qui fit battre son cœur un peu plus rapidement, comme au moment où elles s'étaient touché les doigts.

Déroutée par ce qu'elle venait de ressentir, Virginie attira l'attention de Catherine sur les pierres levées. Il fallait continuer de parler pour oublier ces déconcertantes sensations.

— Je me suis souvent demandé pourquoi on appelle cet endroit le « cercle brisé ». C'est absurde, mais je n'ai jamais posé la question à personne. Le savez-vous ?

Catherine se racla bruyamment la gorge et se força à détacher son regard de Virginie pour contempler les cinq immenses menhirs, qui formaient le demi-cercle et faisaient face au vide.

— Il existe une légende, commença-t-elle en se promenant de son allure chaloupée d'une pierre levée à la suivante. D'après les conteurs, et il y a fort longtemps, des hommes et les anciens dieux païens, ceux des Celtes, se seraient livré une grande bataille ici même. Les premiers voulaient acquérir le pouvoir des divinités, les seconds désiraient se libérer de leurs indisciplinées créations. Ce cercle était alors entier et, devant nous, il n'y avait aucune mer, mais une continuité de terres. Pour que les hommes puissent s'approprier la puissance incommensurable des déités, ils devaient franchir une porte menant au monde des Sidhes[54], et cette porte...

— Était le cercle ?

— Exactement. De colère et pour anéantir ce funeste projet, les dieux invoquèrent la magie des éléments. La terre se déchira et des flammes surgirent de son cœur percé. Dans le mouvement, le cercle des menhirs, à l'origine ils étaient dix, se brisa et la moitié manquante fut engloutie par la lave avant que la mer ne vienne prendre sa part, et transforme ce lieu en île. Ainsi, des hommes périrent en payant le prix de leur avidité et la porte menant aux Sidhes fut détruite. Ceux

---

54 *Sidhes : Tertres enchantés des dieux celtes. Leur paradis.*

qui restèrent en vie, pauvres hères, eurent beau prier et invoquer les dieux pour qu'ils reviennent et leur offrent leur pardon, jamais plus ces derniers ne les entendirent ou ne leur firent signe.

Catherine se tut et baissa la tête sur ses pieds bottés, à une vingtaine de centimètres du vide où la moitié du cercle avait été dévoré par la lave et les flots. Ses cheveux noirs reflétaient les quelques maigres rayons du soleil couchant, et sa veste sombre battait dans le vent froid qui renaissait avec la marée montante.

Virginie eut un instant le souffle coupé de la voir ainsi. De dos, Catherine avait réellement l'apparence d'un homme, mystérieux qui plus est, et son cœur se remit à palpiter inexplicablement. Pourtant, une nouvelle fois, elle se força à penser qu'il s'emballait pour autre chose, comme le fait que la jeune femme soit bien trop proche du gouffre.

Sans s'en rendre compte, Virginie vint se poster à ses côtés. Et elle réalisa avec étonnement qu'elle ne ressentait aucune peur, car Catherine était là, tel un roc, et la protégerait de tout danger.

Son chignon s'était totalement défait avec le souffle du vent porteur de l'air iodé et du sel marin. Elle écarta une mèche qui se mouvait devant ses yeux pour suivre l'envol de goélands, et prit la main que lui tendait Catherine. Là encore, à son contact, un étrange trouble saisit Virginie qui déglutit silencieusement tout en retenant sa respiration.

— Regardez, en bas, ces écueils forment également un demi-cercle, chuchota Catherine qui n'avait, apparemment, rien ressenti à l'identique de Virginie. Il est dit qu'un jour, reprit-elle, quand les dieux seront apaisés, la portion manquante surgira des flots et la porte reconstituée s'ouvrira à nouveau. Reculons maintenant. Le vent risque de nous faire tomber.

Lentement, et avec précaution, Virginie fit marche arrière, sa main toujours prisonnière de celle de Catherine. Elles se firent face, silencieuses, se dévisageant avec intensité, jusqu'à ce qu'un point mouvant attire l'attention de Virginie.

— Qui... qui est-ce ? bafouilla-t-elle en croyant être sujette à une vision, son esprit encore imprégné de la légende.

Catherine lui lâcha la main et s'écarta d'elle pour sortir du demi-cercle, avant de lui faire signe de se tenir en arrière.

— C'est Jaouen, le gardien des pierres et dernier druide de Croz.

— Vous le connaissez ? s'étonna Virginie qui ne l'avait jamais aperçu, mais en avait entendu parler.

— Je l'ai croisé une fois et non, je ne le connais pas. Les îliens assurent qu'il ne se montre jamais aux étrangers. Je suis une Croz, cela change peut-être les choses. Attendez-moi ici, on dirait qu'il me fait signe.

Effectivement, le vieil homme en robe blanche et aux longs cheveux neigeux faisait des gestes d'appel à Catherine tout en restant à bonne distance.

Encore une fois, Virginie fut intriguée. Pourquoi le druide s'intéressait-il à Catherine ? Pourquoi ne pouvait-elle l'accompagner ? Elle suivit du regard sa nouvelle amie jusqu'à ce qu'elle atteigne Jaouen. Que pouvaient-ils se raconter ?

Kalaan s'approcha de Jaouen qui le dévisageait

de ses yeux vifs et marron. Le druide ne bougeait plus, ne prononçait aucun mot. Il se contentait de contempler « Catherine » avec fixité.

— Jaouen, salua le comte.

— Kalaan, fit l'intéressé en retour.

Le jeune homme fut violemment ébranlé par la réaction du druide. Il plissa ensuite les paupières et afficha un air dur.

— Lequel de mes marins a parlé !

— Aucun, répondit paisiblement Jaouen, ses lèvres parcheminées s'étirant sur un sourire serein.

— Vous ne paraissez pas terrorisé ni affolé, vous restez aussi stoïque que si nous bavardions de la pluie et du beau temps. Comment cela se peut-il ?

Jaouen haussa les épaules avec une sorte de fatalité.

— Vous sentez la magie à plein nez, jeune Croz. Mais raccompagnez donc cette innocente demoiselle au château, et venez me rejoindre plus tard dans ma modeste chaumière. Nous discuterons de tout ça à loisir.

— J'en avais l'intention, même avant votre intervention, acquiesça Kalaan sans pouvoir masquer son ahurissement quant à l'incroyable comportement du druide, qui s'en allait déjà à travers le sentier et la lande.

— Amenez votre ami Salam avec vous, j'ai deux mots à lui dire également, jeta-t-il encore par-dessus son épaule et sans se retourner.

Bon sang ! Par quel prodige pouvait-il être au courant de la présence du Touareg ? Ce vieux fou ne sortait jamais de chez lui ! Quelqu'un avait dû parler !

— Je ne suis pas fou, vieux très certainement,

mais pas fou, répondit Jaouen en médusant Kalaan qui jura entre ses dents.

Il était sûr d'avoir pensé et de ne pas s'être exprimé à voix haute. Le druide pouvait-il lire dans son esprit ? Préoccupé et dérouté, il revint sur ses pas et s'aperçut avec horreur que la nuit s'installait peu à peu et que le soleil ne tarderait pas à se coucher.

Pourtant, et pour la première fois depuis le début de la malédiction, Kalaan n'avait ressenti aucune douleur annonciatrice de sa proche transformation. Sans plus de cérémonie, il saisit à nouveau la main de Virginie et la força à courir, plus qu'à marcher, en direction du château.

Si la jeune femme lui demanda à plusieurs reprises, et sans retour de sa part, ce qu'il s'était produit, elle abandonna très vite et s'isola dans un mutisme bougon, à la hauteur de celui de Kalaan.

— Catherine ! l'appela-t-elle furibonde, le souffle coupé, alors qu'il la laissait seule devant la porte d'entrée de la forteresse et s'élançait en direction de la longère.

Il l'ignora royalement, en apparence tout du moins. Car bien au contraire, il ne pensait qu'à elle en fuyant. Kalaan ne pourrait supporter de voir l'horreur se dessiner sur l'adorable et si expressif visage de Virginie, si par malheur, elle assistait à sa transformation. Et par Dieu, pourvu qu'elle ne le suive pas !

Chapitre 11

Le gardien des pierres

Kalaan franchit en titubant la porte d'entrée de sa longère, et la referma en s'adossant pesamment contre le battant. Étrangement, dès qu'il s'était éloigné de Virginie, les douleurs intenses dues à sa transformation l'avaient submergé, lui coupant le souffle. Elles étaient apparues d'un coup, plus insoutenables que jamais. Comment expliquer qu'en présence de la jeune femme, elles ne se soient pas manifestées ?

Les yeux fermés, et serrant les dents, alors que son corps se désarticulait et se modifiait, il ne put contenir une longue et poignante plainte. Son cri, d'abord aigu, se mua peu à peu en une tonalité rauque de baryton. Dans toute cette souffrance, Kalaan possédait au moins le bonheur ténu de recouvrer sa voix.

Avec un juron, il se dépêcha de saisir son couteau de poche et de couper la ceinture de cuir ajustée à la taille de guêpe de Catherine, avant qu'elle ne le cisaille. Après ces innombrables mutations, il oubliait encore ce détestable détail, cependant ô combien important.

Une fois le danger écarté, il soupira d'aise et

ouvrit les yeux, pour se retrouver face à Salam et P'tit Loïk, tous deux à quelques pas de lui, une dague à la main, prêts à agir.

— C'est bon, les gars, grommela Kalaan en essuyant son front moite d'un revers de manchette. Ce n'est pas encore aujourd'hui qu'une ceinture aura ma peau.

— Je te l'dis à chaque fois, pas de cuir, juste du tissu lâche ! gronda P'tit Loïk en secouant la tête de lassitude.

Kalaan haussa les épaules et afficha un sourire de garnement avant de lancer un regard étonné sur la table où trônaient de nombreux papyrus, papiers, livres et statuettes égyptiens. Que pouvaient bien faire ses deux amis avec tout ça ?

— Je constate que vous avez fait un tour dans la *chambre égyptienne.*

C'était une imposante dépendance attenante à la longère, méticuleusement entretenue, où Kalaan entreposait soigneusement, et depuis des années, tout ce qu'il avait pu ramener d'Égypte. De précieux trésors qui avaient tous une anecdote bien à eux, en sus de l'importance qu'ils avaient d'un point de vue historique. Ce qui aurait aussi été le cas de la pierre pyramidale noire, si elle n'avait pas été maudite.

Intrigué par le carnet de notes de Salam, Kalaan s'approcha de la table, tandis que P'tit Loïk y déposait une bouteille de whisky et trois gobelets en bronze. Le Touareg fit glisser son travail vers Kalaan, qui écarquilla les yeux au fur et à mesure qu'il tournait les pages.

Il découvrit ainsi les dessins, inscriptions et hiéroglyphes, à l'identique de ceux qui avaient été sculptés sur le mur d'entrée de l'édifice, sur la rive ouest d'Amarna. Mais pas seulement, car Salam avait tenu compte du moindre détail de son récit concernant la pièce aux parois d'or, et l'avait également retranscrit dans le carnet. Tout était d'une confondante précision, à croire que le Touareg avait été présent dans l'antichambre avec Champollion et lui !

Kalaan resta figé devant la page où étaient représentés le piédestal avec ses hiéroglyphes et... la pierre noire pyramidale.

— Tu as accompli un prodige, Salam, souffla Kalaan, tandis qu'un long frisson glacé parcourait son corps aux muscles tendus.

— Incroyable, pas vrai ? lança P'tit Loïk avec un grand sourire, et en se grattant la barbe de contentement. Salam y est depuis ce matin en espérant trouver des réponses à nos questions.

Kalaan était loin de ressentir la même euphorie que son vieil ami. Il avait l'impression de manquer d'air, comme si la pierre, au travers du dessin, avait gardé son emprise malfaisante sur lui.

— Tout est là, se força-t-il à parler en se remettant à feuilleter le carnet. Ainsi que la malédiction et les traductions. Tu as trouvé toutes ces informations dans mes papyrus ?

— Non, mon frère, répondit simplement Salam. Les documents antiques m'ont aidé à m'imprégner du style unique des scribes d'antan, mais tout le reste était dans ma tête, ajouta-t-il en posant son index sur le chèche bleu. J'ai la mémoire des images et je peux, ainsi, les reproduire sans difficulté.

Kalaan n'en revenait pas ; une autre facette de son ami touareg, dont il n'avait pas connaissance, venait de se révéler. Pourtant, il le côtoyait depuis des années, depuis qu'il lui avait sauvé la vie dans le désert, lors d'une attaque de mercenaires arabes qui avait décimé la totalité de son clan, ainsi que les membres de sa famille. Salam, de rage et de peine, en avait tourné le dos à la religion musulmane, et n'avait plus jamais prié son dieu.

Les deux hommes avaient enterré les morts touaregs et laissé les carcasses des assassins au sable et au soleil ardent. Ils ne s'étaient plus jamais quittés par la suite, sauf quand Kalaan repartait en France pour gérer ses affaires et revoir ses proches, avant de revenir en Égypte quelques mois plus tard. Après tout ce temps, Salam restait donc un mystère, sur bien des points. Preuve en était avec ce carnet.

— Bois un coup avec nous ! jeta P'tit Loïk d'un ton volontairement enjoué, pour rompre le pesant silence qui s'était installé, et après avoir tendu un gobelet à Salam qui l'accepta, en bon athée qu'il était devenu.

Kalaan ne se fit pas prier ; mais au lieu de saisir son propre gobelet, il porta directement le goulot de la bouteille à ses lèvres et avala plusieurs rasades d'affilée.

— *Dousik*[55], fiston ! C'est du très fort !

— Je confirme, approuva Salam en masquant un toussotement, alors qu'il avait encore la bouche et le ventre en feu.

Kalaan resta de marbre et afficha son sempiternel sourire canaille, tandis que ses yeux vert ambré pétillaient d'amusement.

— Bande de chochottes, se moqua-t-il, avant de

---

55 *Dousik : Doucement (en breton).*

se diriger vers sa chambre et de disparaître un moment.

Il revint après s'être intégralement changé. Ses cuissardes, son pantalon et sa veste trois quarts étaient noirs, ce qui faisait ressortir la blancheur de sa chemise à jabot largement ouverte sur son torse. Le charismatique comte de Croz, corsaire et égyptologue-aventurier, refaisait surface, dans toute sa splendeur et sa force.

— Il est temps de retrouver le druide Jaouen ; d'ailleurs, il nous attend, annonça-t-il d'un ton léger en nouant ses cheveux brun doré sur la nuque, avant d'enfiler une paire de gants en cuir sombre pour masquer la marque qu'il avait au creux de la main, tout en épiant la réaction de ses amis avec malice.

Salam resta impassible, mais P'tit Loïk pâlit fortement.

— Tout d'suite ? couina-t-il.

— Le plus tôt sera le mieux, acquiesça Kalaan en allant préparer une lampe à huile. Jaouen est venu à ma rencontre tout à l'heure, alors que je me promenais en compagnie de Virginie, et que j'étais... la *chose*. Pourtant, il a tout de suite su qui j'étais réellement.

— *Satordellik*[56], jura le vieil homme, en remontant nerveusement son pantalon qui glissait sur son ventre proéminent.

— Jaouen a cité ton nom, Salam. Il souhaite également te connaître.

Les yeux sombres du Touareg se figèrent un instant dans le vague, puis il se dirigea lentement vers une petite besace en peau de chèvre, qui ne le quittait jamais, et y mit son carnet de notes.

---

56 *Satordellik : Diable (en breton).*

— Tu n'apportes pas tes armes ? l'asticota Kalaan.

— Devant la magie, nulle arme n'est utile, répondit Salam de son sempiternel ton docte.

Décidément, rien ne pouvait le déstabiliser.

— Je me remets à peine de m'être fait tirer les oreilles par dame Amélie, pleurnicha P'tit Loïk. Et v'là que j'dois vous suivre chez le vieux fou ?

Kalaan eut pitié de son ami, la taquinerie avait assez duré :

— Non, tu ne viens pas. Je préfère que tu ailles faire un tour au phare pour voir si les frères Godik ne sont pas ronds comme une queue de pelle, et faire en sorte que le fanal soit correctement illuminé. Nous n'avons pas besoin d'un naufrage cette nuit. Ensuite, tu iras te reposer, tu l'as largement mérité.

— Vrai ? s'écria P'tit Loïk avec un sourire hésitant.

— Mais oui, affirma Kalaan en lui faisant un clin d'œil.

Le vieux loup de mer se rembrunit brusquement.

— Bah ! Tu m'as fait marcher depuis l'début ! Tu savais que je n'avais pas besoin de vous accompagner chez Jaouen !

— Oui, et toi, tu sais combien cela m'amuse de te bonimenter.

P'tit Loïk marmonna des paroles incompréhensibles, et enfila son lourd manteau en secouant la tête.

— Tu disais ? lança Kalaan en riant.

— T'es un sale gosse, répondit P'tit Loïk, sans pouvoir dissimuler un sourire paternaliste. Mais j't'aime comme tu es.

L'instant d'après, il disparaissait dans la nuit et le vent, laissant la porte de la longère ouverte, et Kalaan bouche bée. Les quelques mots du vieil homme l'avaient touché au cœur, et il s'en voulut de lui avoir joué un mauvais tour.

— Hum... hum, fit Salam pour le sortir de ses pensées.

— Allons-y ! lança Kalaan, ses pieds bottés martelant le plancher, avant de rejoindre la cour pavée, et de guider son ami vers les sentiers chichement éclairés par la lanterne.

Le vent froid cinglait leurs corps sans ménagement et, au loin, on percevait le bruit fracassant des vagues qui s'abattaient au pied des falaises. Heureusement pour les deux hommes, la pluie n'était pas de la partie.

Kalaan remplissait avidement ses poumons de l'air salin, tout en marchant entre les hauts murets de pierre, Salam le suivant aussi silencieusement qu'à son habitude.

D'ici à quelques minutes, ils parviendraient chez Jaouen. Kalaan avait hâte d'y être, et en même temps, il éprouvait de l'appréhension. Le druide pourrait-il l'aider, voire le libérer de la malédiction ? Maden avait toujours cru en ses pouvoirs, et allait souvent discuter avec lui, avant de partir en mission.

— Nous arrivons, prévint inutilement Kalaan, tandis qu'une faible lueur apparaissait au travers de la fenêtre d'une antique maison en pierre, encerclée d'arbustes et de hautes herbes.

Seuls un fin chemin de terre régulièrement emprunté, ainsi que la lumière de l'habitation, prouvaient que l'endroit était occupé. À peine les deux hommes s'approchèrent-ils de l'entrée, que le lourd battant s'ouvrit en grinçant sur le druide, qui s'effaça pour les laisser passer avant de refermer la porte sur la nuit.

— Vous êtes en retard, maugréa-t-il en retournant vers la cheminée pour saisir une louche en bois, et tourner un liquide fumant dans un chaudron. Mais prenez place, leur enjoignit-il encore, en leur désignant deux vieux tabourets branlants près de l'âtre.

Salam hésita un instant, puis obéit sagement, tandis que Kalaan préférait rester debout pour inspecter les lieux. Il était déjà venu près de la demeure de Jaouen avec son père, alors qu'il était enfant, mais jamais il n'était entré.

La maison était constituée d'une unique pièce de vie, avec un lit dans un angle, des étagères le long d'un mur, tout aussi bancales que les tabourets, qui croulaient sous le poids de pots et de livres. Ce qui ressemblait à une table, assemblée de bric et de broc, trônait au milieu de l'endroit, surchargée d'autres récipients en terre cuite, de bouquets d'herbes séchées, et différentes choses que Kalaan se refusait à analyser. Le sol était fait de terre battue recouverte par des plantes odorantes et de la paille.

Au-dessus de sa tête, à toucher Kalaan, se trouvaient de nombreuses vieilles poutres de soutien auxquelles étaient également suspendues différentes gerbes de feuillages variés. Il reconnut la plante qui constituait l'une d'elles : du gui.

C'était vraiment l'antre d'un sorcier, enfin, celui que l'on pouvait imaginer quand on était encore un enfant. Cependant, malgré le peu de confort et le décor hétéroclite, l'endroit paraissait propre – il n'y avait aucune toile d'araignée et aucun rongeur en vue –, et fleurait bon le foin de printemps.

— Quand tu auras fini de faire l'état des lieux, tu pourras venir nous rejoindre autour du feu ! lança Jaouen qui s'était également assis sur un troisième tabouret.

Kalaan reporta son attention sur lui, ainsi que sur Salam, et ne put s'empêcher de rire de ce dernier ; les quatre pieds de bois du siège menaçaient de céder sous son poids, et pourtant, il restait le dos bien droit, avec l'attitude d'un sage écolier devant son professeur.

Si le ridicule ne l'avait pas tué, Kalaan pouvait alors l'imiter… et s'asseoir avec plus ou moins de dignité.

— Cet objet est plus vieux que moi, et il est beaucoup plus vaillant que tu ne le crois, murmura Jaouen, ses yeux bruns pétillant de malice sous ses sourcils aussi blancs que neige. Cesse de juger, et aie confiance, ajouta-t-il tandis que Kalaan testait, de ses fesses, la solidité du meuble.

— Je ne juge pas, mais mon instinct me met tout de même en garde.

— Ton instinct t'a souvent été d'un grand secours, et tu aurais, justement, dû l'écouter un peu plus, au lieu de faire la sourde oreille. En ce moment, ce n'est pas lui qui te parle, mais ta peur !

Kalaan tiqua, touché dans son orgueil. D'autant plus quand il vit un sourire sournois se dessiner sur les lèvres de Salam.

— Je n'ai peur de rien ! rétorqua-t-il dans un grondement rauque.

— Il faut croire le contraire, sinon tu ne serais pas là, dans mon humble demeure, à me demander de l'aide.

Encore une fois, Jaouen avait visé juste.

Le vieux druide prit un bol en bois, et le remplit d'une louchée du liquide épais qui bouillonnait dans le chaudron. L'instant suivant, il le présentait à Kalaan qui le contempla d'un air méfiant.

— Que te dit ton instinct ?

— Qu'il se pourrait que ce soit du poison !

— Ahhh… s'amusa Jaouen. Peut-être, ou peut-être pas. Seras-tu assez courageux pour goûter ?

C'était un défi, et Kalaan les relevait toujours ! Il saisit le récipient que le druide lui tendait, souffla la fumée curieusement inodore qui s'en échappait, et but en fronçant les sourcils. Un goût de sucre et de fruits emplit son palais, avec un retour plus amer, une fois la gorgée avalée. Kalaan en fut plaisamment surpris et allait boire une nouvelle fois, quand Jaouen lui arracha littéralement le bol des mains.

— Suffit ! À Salam maintenant ! gronda le vieil homme.

Kalaan se redressa et tenta de ne pas faire la grimace à son ami touareg, qui ne masquait plus du tout son amusement, et qui but à son tour l'étrange liquide. Le jeune comte sourit, complice, quand l'étonnement s'afficha également sur le visage de Salam. Lui aussi allait s'abreuver une seconde fois, mais là encore, Jaouen fut plus rapide et lui reprit le récipient.

— À moi, et ainsi, vos pensées, vos souvenirs, fusionneront avec les miens.

— *Quuoooiiii* ? s'étrangla Kalaan qui fit un geste vers le druide pour saisir le bol, et ne réussit qu'à se déséquilibrer et chuter au sol.

La tête lui tournait, la chaleur des flammes du foyer paraissait augmenter, et Kalaan se mit à loucher en se redressant pesamment sur les coudes. Devant lui, assis sur son tabouret, Jaouen tendait la main, puis la posait sur son front, tandis que Salam semblait brusquement plonger dans une sorte de transe ; il dodelinait de la tête de droite à gauche, et de haut en bas.

— J'savais bien... que c'était un... foutu... pourri... tabouret..., marmonna Kalaan, tandis que sa voix de baryton résonnait encore et encore à ses oreilles, et que sa langue se faisait pâteuse.

— Non, jeune homme, rétorqua Jaouen qui, dans le délire de Kalaan, avait le nez qui s'allongeait et rapetissait constamment, tout comme sa tête qui grossissait et rétrécissait. Le bois n'a pas plié, contrairement à toi, qui t'es affalé par terre en un clignement de paupières. Commençons... permets-moi de toucher la magie qui s'est emparée de toi.

Kalaan avait-il le choix ? En quelques secondes, il plongea avec le druide dans le mauvais rêve peuplé de harpies ricanantes. Mais pour cette fois, au moins, était-il assuré d'avoir un peu d'aide au combat, grâce à la présence de Jaouen à ses côtés, et ils allaient botter le cul de ces furies !

Kalaan bascula effectivement dans son pire cauchemar, mais contrairement à ce qu'il avait pensé, le druide n'était pas là. Il se retrouva à nouveau en train d'affronter les harpies déchaînées, dans cet univers froid et glauque qu'il avait pris pour l'enfer. Là encore, il succomba à ses multiples blessures ; cependant, au lieu de revenir à la « vie », pour batailler encore, il fut propulsé dans la pièce aux murs tapissés d'or.

Kalaan était allongé sur le sable blanc de l'antichambre, curieusement chaud, et il se redressa pour jeter un coup d'œil autour de lui. Tout était là, intact, des hiéroglyphes à l'hymne pour Aton, à un détail près : Champollion n'était pas présent. Il se mit debout et évolua comme au ralenti, faisant l'inventaire de chaque dessin, chaque inscription, tandis que les voix lugubres, qu'il avait déjà perçues dans l'édifice en Égypte, revenaient assaillir ses tympans. Elles se firent de plus en plus puissantes, agressives, et Kalaan se boucha les oreilles de ses mains, puis se courba en deux, comme s'il subissait des coups invisibles.

Une nouvelle fois, brusquement, le décor changea, et il bascula dans le temps. Quand il rouvrit les yeux, il n'était plus l'acteur principal d'une scène, mais un spectateur caché, tétanisé par ce qu'il voyait : lui, à l'âge de quatorze ans, agenouillé sur le pont de l'*Ar sorserez*, devant le corps sans vie et ensanglanté de son père.

Cet événement avait réellement existé, et Kalaan, durant des années, avait mis tout en œuvre pour l'occulter de ses souvenirs. Cela s'était passé au mois d'octobre 1812, au large des côtes anglaises, lors d'un accostage entre un navire de la *Royal Navy,* et l'*Ar sorserez* du comte de Croz, alors dépêché en mission secrète pour le compte de Napoléon 1er.

Kalaan n'aurait pas dû se trouver à bord, mais n'en avait fait qu'à sa tête, et s'était dissimulé sous les haillons d'un mousse jusqu'à ce que les premières déflagrations des coups de canon résonnent dans les cales de la frégate.

Tout avait été si rapide... Maden avait manœuvré pour empêcher l'autre bateau de le prendre de flanc et l'abordage, à un moment donné, avait été inévitable. Sur le pont, le bruit des épées qui s'entrechoquaient, celui des balles de mousquets tirées, l'odeur cuivrée et écœurante du sang, comme le cri des hommes, avaient décidé Kalaan à sortir de sa cachette pour se lancer dans la bataille.

C'était un jour gris, où la pluie s'abattait en rafales sur les combattants des deux camps, et diluait le sang poisseux qui coulait sur les lattes des pontons. Kalaan avait tout d'abord été paralysé par les scènes effroyables des hommes transpercés par un sabre, ou tués par balle. C'était là son premier affrontement, lui qui avait été protégé de la guerre par un père aimant et responsable. Il avait cherché Maden des yeux et l'avait vu se mesurer au sabre à un Anglais, avant de le pourfendre. C'est à ce moment-là que leurs regards s'étaient croisés, et Kalaan avait vu l'horreur s'inscrire sur le visage de Maden. Il ne savait pas, alors, qu'il était dans la ligne de mire d'un soldat anglais, mais il avait remarqué, comme au ralenti, que Maden courait dans sa direction en hurlant des mots incompréhensibles, jusqu'à se jeter devant lui... et recevoir la balle qui lui aurait été fatale.

Dans la frénésie du combat qui se poursuivait, Maden était doucement tombé sur le ponton, et Kalaan s'était agenouillé à ses côtés, le secouant par les épaules, l'implorant de le pardonner, le regard vert ambré de son père se détachant peu à peu de lui avant de se figer dans la mort. La balle l'avait atteint en pleine poitrine...

Kalaan était à l'origine du trépas de Maden. Là

encore, en spectateur, il vit le jeune garçon qu'il était alors hurler à pleins poumons, le visage levé vers un ciel en berne, et serrant Maden dans ses bras tremblants.

Autour de l'adolescent, les hommes de Croz, galvanisés par le chagrin et la perte de leur capitaine, reprirent la main sur le conflit, anéantirent leurs ennemis, et finirent par couler le navire de la *Royal Navy*.

— J'ai tué mon père... j'ai tué mon père, se mit à psalmodier Kalaan dans son délire, sans se rendre compte qu'il était revenu dans la demeure du druide Jaouen, et que ce dernier lui parlait en une langue gutturale et ancienne : le gaélique.

Peu à peu, Kalaan se calma, essuya d'une main tremblante les larmes qui coulaient sur ses joues rugueuses d'une barbe naissante. Il était toujours allongé sur les herbes odorantes du sol en terre battue, et son cœur pulsait furieusement dans sa poitrine.

— La magie s'est nourrie de ta douleur, murmura Jaouen en détournant le regard vers les flammes du foyer. Ta douleur est devenue ta pire ennemie, car elle a fait de toi un être froid et peureux.

Kalaan déglutit, se redressa en chancelant, et s'assit à nouveau sur le tabouret. Son corps était parcouru de frissons nerveux, qu'il avait du mal à refréner. À côté de lui, Salam le surprit par son silence, et il remarqua que ce dernier était toujours plongé dans une sorte de transe.

— Que lui arrive-t-il ? voulut savoir Kalaan, en fronçant les sourcils et en tendant une main vers son ami.

Jaouen intercepta son geste et fit non de la tête,

ses longs cheveux blancs glissant avec légèreté sur ses épaules voûtées.

— Il n'est pas encore temps pour lui de revenir au présent. Quant à toi, la malédiction, bien que ce soit un terme donné par les hommes, loin d'être celui des dieux, et qui serait plutôt une « épreuve », s'est alimentée de ta peur.

— Rien ne m'effraie ! gronda sourdement Kalaan.

— Mensonge, tu as peur d'aimer et d'être aimé. La mort de ton père, dont tu te rends responsable, te pousse à te détacher des tiens et de tous ceux qui pourraient te conduire à la faiblesse. C'est pour cela que tu ne restes pas auprès de ta famille et que tu fuis au bout du monde. C'est pour cela également que les femmes t'insupportent, car l'une d'elles pourrait faire fondre ton cœur de glace et détruire la muraille bâtie autour de toi, et que tu penses imprenable.

Kalaan serra les dents et accusa le coup. Car oui, le druide avait fait mouche, et sacrément ! Un déluge d'émotions s'abattit sur lui, des émotions qu'il ne voulait pas éprouver, tandis que le vieil homme continuait de parler, indifférent au tourment que subissait Kalaan.

— Tu t'es mis en tête que les femmes sont une menace pour toi, et le charme de protection qui entourait l'édifice égyptien s'est nourri de ça. Il ne s'intéresse pas à ce que tu ressens, à tes choix, à ce que tu es en réalité. Non…, il s'en tient à l'épreuve que tu dois subir pour grandir et ouvrir les yeux.

— Je ne comprends pas, grommela Kalaan en mentant délibérément.

Jaouen lui lança un vif regard et secoua à

nouveau la tête.

— Mensonge, encore. Cesse de lutter contre ce qui t'effraie, fais de cette angoisse une force. Maîtrise-la, et ouvre ton cœur. Il faut aimer et te pardonner, ce que ton père avait fait avant son dernier souffle.

— Comment peux-tu le savoir ? s'emporta Kalaan en se mettant debout et en envoyant son tabouret valdinguer près de la table.

Jaouen resta imperturbable devant sa colère.

— Inverse les rôles, mon enfant. Mets-toi à la place du père, et pense au fils que tu aurais protégé comme Maden l'a fait. Aurais-tu détesté ton petit parce qu'il t'aurait conduit au trépas alors que tu désirais le sauver ? Aurais-tu maudit ce garçon et lui en aurais-tu voulu, même après, dans le royaume de la mort ? Ton père savait ce qu'il faisait, il a privilégié l'amour à la mort.

Kalaan se mit à trembler ; il avait l'impression que, petit à petit, on retirait l'énorme poids qui pesait sur ses épaules, comme sur son cœur. Oui, il aurait fait de même à la place de Maden, et il le ferait encore aujourd'hui, si sa mère ou sa sœur, voire les deux, étaient en danger.

— Si je l'admets… serai-je affranchi de la malédiction ?

Cela paraissait si simple, que Kalaan en douta en même temps qu'il énonçait sa question. Ce que vint confirmer Jaouen :

— Non, seule la mort te libérera, telle que c'est écrit là, dit-il en désignant une page du carnet de Salam.

Kalaan ne l'avait pas vu prendre le petit cahier, et son étonnement s'accrut quand il s'aperçut que le vieux druide lui avait enlevé le gant qui masquait la marque de sa main.

— J'ai profité de ton voyage aux confins de ton esprit pour lire les notes, et ausculter ta blessure.

— Donc, en résumé, je resterai prisonnier de cette… épreuve des dieux… tant que je vivrai ; et même si je viens à aimer quelqu'un, cela ne me libérera pas.

— L'amour te sauvera de toi-même ; pour ce qui est de la malédiction…

— J'ai compris, soupira Kalaan, en passant une main lasse dans sa chevelure et en défaisant le lien en cuir sur sa nuque. Je me pose une autre question, Jaouen.

— Oui ?

— Qu'en est-il pour Champollion ? D'après Salam et P'tit Loïk, il n'aurait pas été victime de la pierre. Est-ce vrai ?

— Tu as été touché de plein fouet, car c'est toi qui as pris la tourmaline noire dans la main. Néanmoins, tes amis ont tort, car le savant est également sous l'emprise de la magie. Salam a noté ici, sur cette page, que Champollion divaguait comme toi, quand ils vous ont trouvés, mais il vociférait après la mort. C'est donc sa peur, celle qui tenaille son être depuis des années. Si toi tu te transformes en femme au premier rayon du soleil, lui… fait face à la mort à chaque minute qui passe. Il va tomber malade, gravement, c'est certain. Là encore, seul le trépas le libérera.

Kalaan retint son souffle. Il ne pouvait se résoudre à imaginer que Jean-François puisse disparaître d'ici peu. C'était un homme important pour le monde, tandis que lui, il n'était rien ! Cette perte, qui se profilait à l'horizon, épouvantait Kalaan.

— Il faut le prévenir !

— À quoi bon ? Au fond de lui, il est déjà au courant de tout ça, tempéra le vieux druide en haussant les épaules avec fatalité. Rentre chez toi, reprit-il. Laisse le remords derrière toi, n'aie plus peur d'aimer et d'être aimé. La vie est courte.

Kalaan hocha la tête et se tourna vers Salam.

— Non, il reste avec moi ! lança Jaouen. Ton ami a également besoin de mon aide. Il t'en parlera très bientôt, coupa encore le vieux druide, alors que Kalaan allait rétorquer. Vous êtes complémentaires, les dieux font toujours bien les choses.

C'est sur ces paroles mystérieuses que Kalaan sortit dans la nuit. Il était étourdi par tout ce qui venait de se produire, toutes ces révélations, et apaisé, car ses maux avaient enfin trouvé un baume dans les paroles de Jaouen. Il lui tardait maintenant de rentrer au château et de prendre Amélie et Isabelle dans ses bras. Non, plus jamais il ne partirait. Plus jamais il ne mettrait la moitié du monde entre elles et lui. Il fallait qu'il rattrape tout ce temps écoulé.

Lentement, avec une délicatesse presque révérencieuse, Jaouen fit sortir Salam de sa transe. Le Touareg battit des paupières, sursauta en constatant que Kalaan avait disparu, et plongea son regard sombre dans celui du druide.

— Que… où est Kalaan ?

— Ton ami a écouté la vérité qui le libérera de sa peur, mais pas de l'épreuve des dieux. C'est toi qui le sauveras.

Salam cilla et ses lèvres s'entrouvrirent de surprise.

— Tu viens de voyager dans le passé, tu sais désormais qui tu es, alors que tu avais tout oublié, souffla Jaouen, très ému, et les larmes aux yeux. J'attends dans le cercle brisé depuis si longtemps un signe, un événement, n'importe quoi de la part des déités… et te voilà enfin, Dorian.

Salam tressauta violemment et, l'espace d'un centième de seconde, ses iris s'illuminèrent d'un vif éclat intérieur.

— Oui, Dorian… enfant des dieux.

Jaouen repoussa le chèche bleu sur la tête de Salam-Dorian, et une magnifique chevelure sombre aux reflets acajou s'anima à la lueur des flammes. L'homme n'avait aucune origine touareg, même s'il avait vécu en Égypte depuis ses plus tendres années.

— Il faudra te cacher encore un moment, le temps pour toi de tout réapprendre à mes côtés. Mais bientôt, tu retrouveras les tiens, je te le promets.

Chapitre 12

Entrevue nocturne

— Vous me paraissez tracassée, Virginie, dit Amélie qui présidait une table à moitié désertée, pour un souper des plus silencieux.

La jeune femme reposa sa petite fourchette à dessert, après avoir dégusté la dernière bouchée de son *kouign-amann*[57], se tamponna les lèvres de sa serviette, et lança un sourire rassurant à son hôtesse.

— Non pas, Madame. Je dois être fatiguée. La journée a été longue et riche en émotions.

— C'est un fait, murmura Amélie, en portant son attention sur les chaises vides et les couverts alignés, intacts.

Il manquait à l'appel le fils bien-aimé, son ami Salam, ainsi que la tempétueuse Catherine. Elle était bien loin, l'animation qui avait régné dans la salle à manger pour le dîner.

Virginie ressentait la mélancolie de la comtesse douairière, qui s'était apprêtée avec soin pour recevoir Kalaan avec honneur. Quant à Isabelle, elle fixait d'un

---

57 *Kouign-amann : Une des plus grandes spécialités de la Bretagne. Un gâteau fait à base de pâte à pain, beurre salé, beaucoup de sucre, et travaillé à la manière d'un feuilleté, le tout servi encore chaud au sortir du four. Un délice.*

air méditatif la place qu'avait occupée Salam quelques heures plus tôt, un doux sourire se dessinant sur ses lèvres, tout en caressant du bout des doigts, et avec légèreté, son beau collier de perles.

Ainsi donc, ce soir, il y avait de la tristesse, de la rêverie, et un esprit en pleine ébullition pour chacune de ces dames. Car oui, Virginie était loin d'éprouver de la fatigue, mais plutôt de la nervosité. Ses pensées revenaient sans cesse sur Catherine, leur étrange rencontre au cercle brisé, la légende, et le retour au pas de course.

Si cela s'était arrêté là, mais non... Comment expliquer cette sensation de vide quand Catherine l'avait laissée devant l'entrée du château ? Comme abandonnée ?

Mais à la fin, qu'est-ce qui ne tourne pas rond, chez toi ? se demanda intérieurement Virginie en poussant un soupir d'exaspération.

— Merci, Clovis, fit Amélie, tandis que le majordome faisait signe aux valets de pied de débarrasser les assiettes.

— Nous garderons le souper au chaud pour Monsieur le comte et ses invités, dit-il en tenant le siège d'Amélie, tandis qu'elle quittait la table, suivie par Isabelle et Virginie.

— Très bien. Apportez-nous la tisane à côté, je vous prie.

— Bien, Madame.

Les trois femmes se dirigèrent vers le petit salon, dont la porte communiquait avec la salle à manger, leurs jupes froufroutant à leur passage, et allèrent s'asseoir aux places qui leur étaient désormais dévolues ; les bergères et la banquette.

Virginie aurait opté pour quelque chose de plus fort que de la tisane, boisson qu'elle exécrait en fait, mais, par politesse, elle n'osa en faire la remarque. Avec son père, il leur arrivait souvent de finir la soirée en discutant longuement autour d'un bon vieux cognac *Hennessy*. Josephe de Macy s'amusait alors, avant de le déguster, à imiter la phrase que Talleyrand aurait soi-disant prononcée au sujet de la boisson de cette Maison : « *On le porte à ses narines, on le respire... et puis, Monsieur, on pose son verre et on en cause.* »

Papa..., non, ne pas y songer maintenant, s'admonesta Virginie, en serrant les dents et en refoulant une brusque envie de pleurer, tout en prenant place sur son fauteuil.

Avec un peu de chance, la jeune femme aurait enfin la lettre au courrier du lendemain, celle du détective qu'elle avait embauché après le brutal décès de son père. Elle attendait cette missive depuis si longtemps, que sa déjà très présente nervosité monta de plusieurs crans. Si on ajoutait à cela les émotions troublantes qu'elle ressentait en songeant à Catherine... Oh oui ! Bon sang, elle avait bien besoin d'une boisson forte !

— S'il vous plaît, pourrais-je avoir un cognac ?

Amélie et Isabelle, prises au dépourvu, lui lancèrent un regard vivement étonné, avant que la plus jeune de ses amies ne sourie et ne demande la même chose à sa mère.

— Après tout, nous avons à fêter le retour de Kalaan, non ? s'amusa Isabelle, tandis que Clovis préparait les verres, après avoir eu l'acquiescement d'Amélie.

Oh non ! Que l'on ne me parle pas de Kalaan, se

plaignit in petto Virginie, avant de remercier le majordome et de boire une bonne gorgée d'alcool, sans respecter les huit minutes nécessaires pour réchauffer le cognac dans sa main.

— Eh bien, tu avais soif ! se moqua gentiment Isabelle en lui lançant un clin d'œil.

— Hum…, oui, toussota Virginie.

— Serait-ce notre chère Catherine qui vous aurait mise dans cet état d'anxiété ? S'est-elle montrée grossière avec vous ? s'inquiéta Amélie.

— Pas du tout ! s'écria Virginie avant de se reprendre, et de parler d'une voix plus posée. Bien au contraire, elle a été tout à fait charmante. Elle m'a raconté la légende du cercle brisé, et nous avons également évoqué son père, Atticus.

Isabelle faillit recracher le cognac qu'elle avait dans sa bouche, tandis que Clovis faisait tomber un plateau d'argent qui rebondit bruyamment sur le plancher.

Le vieil homme dévisageait Virginie comme si elle avait prononcé la pire des injures. Quant à Amélie, elle avait porté la main à sa gorge, et la fixait les yeux écarquillés.

— Qu'ai-je dit ? murmura Virginie en se redressant sur sa bergère et en posant son verre sur la petite table.

— Je vous prie de m'excuser, Madame, souffla Clovis en ramassant le plateau, tandis qu'Isabelle sirotait à son tour son cognac, avec un inexplicable air de chipie.

— Ce n'est… rien, le rassura Amélie. Vous pouvez disposer maintenant.

— Bien, Madame.

— Oh ! Prévenez le personnel qu'il pourra s'installer au château dès demain, dit encore Amélie. Les travaux de réfection de la toiture sont terminés.

— C'est une excellente nouvelle, Madame. Bonne soirée, Madame.

L'instant d'après, le majordome disparaissait, non sans avoir lancé un ultime et étrange regard sur Virginie.

— Atticus, alors ? questionna Isabelle, sans plus pouvoir se retenir de rire.

— Oui, le père de Catherine, insista Virginie en fronçant les sourcils d'incompréhension.

— Ne faites pas attention à ma fille, gronda Amélie en fixant cette dernière d'un œil noir. A… Atticus est un… homme très spécial, ajouta-t-elle en bafouillant, comme si elle éprouvait du mal à en parler.

— L'on peut le dire, jeta Isabelle qui s'amusait trop pour tenir compte des avertissements silencieux d'Amélie. Il a surtout un excellent flair… pour les affaires !

— Isabelle ?

— Oui, mère ?

— Dans votre chambre, tout de suite !

— Avec plaisir.

Isabelle embrassa la joue d'Amélie et salua chaleureusement son amie, avant de sortir de la pièce au pas de course. Peu de temps après, ses gloussements formèrent écho dans le vestibule, et vinrent taquiner les oreilles de Virginie.

— Il y a des jours où les trois années qui nous séparent sont comme un immense gouffre ! marmonna ouvertement la jeune femme en secouant la tête, et en portant son regard vers les flammes dans la cheminée.

— Je vous comprends, Isabelle est encore assez fillette, sur nombre de points. Cependant, vous êtes également si jeune, Virginie. De plus, je vous sens réellement tracassée, et ce depuis plusieurs mois. C'est comme si la joie de vivre qui vous animait s'était quelque peu éteinte.

Virginie se mordit les lèvres pour contenir la vague de tristesse qui l'envahit subitement.

— Mon père me manque beaucoup, Madame, souffla-t-elle.

— Certes, la mort d'un être aimé est toujours insupportable pour ceux qui restent. Je ne vous dirai pas les boniments de coutume « le temps effacera la douleur », etc. Sachez seulement que l'on apprend à survivre sans leur présence à nos côtés, en gardant uniquement à l'esprit les meilleurs moments vécus auprès des disparus. Les bons souvenirs ont cette importance cruciale, mon enfant.

Virginie hocha la tête et essuya discrètement une larme qui s'était échappée pour couler sur sa joue. Si seulement elle pouvait parler à Amélie. Lui confier son tourment ; mais cela pourrait la mettre en danger. Il fallait que la jeune femme y réfléchisse.

Elle se força à canaliser son angoisse en songeant qu'ici, sur cette île, et entourée de ses amis, ni elle ni personne ne craignaient rien.

— Kalaan a dû être retardé par Jaouen, notre vieux druide, murmura Amélie en rompant le silence qui s'était installé. Il m'avait prévenue qu'il se rendrait chez lui avec Salam, information que j'avais oubliée.

Virginie sourit avec compassion. La comtesse douairière cherchait à excuser son insensible fils. Cette femme était remarquable, elle était une vraie mère au cœur bien trop tendre.

— Cela arrive, Madame.

— Bien, je vais me retirer également. M'accompagnez-vous à l'étage ?

— Euh…, si cela ne vous ennuie point, j'aimerais rester ici encore un instant.

— Faites, mon enfant. Je vous souhaite une bonne nuit.

— Moi de même, Madame.

Ainsi, Virginie se retrouva de nouveau seule avec ses pensées. Néanmoins, pour une fois, cela ne la dérangeait guère, bien au contraire. Seule, enfin non, pas vraiment ; elle avait, pour lui tenir compagnie, son verre de cognac dont elle sirota une nouvelle gorgée.

Virginie souleva les paupières d'un coup, après avoir ressenti la présence d'une personne à ses côtés. Elle venait d'émerger des brumes du sommeil, qui avait eu raison d'elle, avec l'aide complaisante des trois verres d'alcool qu'elle avait ingurgités.

Elle se trouvait toujours allongée sur la banquette où elle s'était installée plus confortablement, sa tête reposant sur un moelleux coussin, et son instinct la mit en garde tout de suite. Ce dernier ne la trompait jamais ; en effet, entre elle et la cheminée, se tenait une immense silhouette masculine et sombre, penchée sur elle.

Dans un cri de terreur, Virginie se laissa rouler par terre et attrapa le seul objet qui était à sa portée pour se défendre.

— Sérieusement ? Vous voulez vous battre contre moi avec un verre ? se moqua une voix de baryton, aux connotations sensuelles. Mademoiselle de Macy, reprit l'homme, sachez que c'est perdu d'avance !

Virginie, toujours assise sur le plancher, le bras tendu en l'air, le verre dans la main et le cœur palpitant, en resta bouche bée. Non ! Ce n'était pas possible ! Ce n'était pas ainsi qu'elle avait rêvé de revoir Kalaan ! Et pourtant, c'était le cas, car l'homme qui la jaugeait de ses yeux vert ambré aux éclats rieurs était bel et bien le comte.

Soudain, ses paroles percèrent son esprit et Virginie réalisa qu'il avait tout de suite deviné son identité. Cela la toucha à tel point, que son cœur se mit à tressauter plus encore.

— Vous m'avez reconnue ? souffla-t-elle avec, elle en était certaine, un air de stupide béatitude.

— Évidemment, vous n'avez que très peu changé, lui retourna Kalaan, un sourire en coin ourlant ses lèvres charnues, au-dessus de son menton carré et volontaire.

Oh, le mufle ! s'insurgea mentalement Virginie en fronçant violemment les sourcils.

Cet homme n'était décidément pas différent de celui qu'il avait été dans le passé ! Pourtant, l'espace d'une seconde, la jeune femme y avait cru ! Elle n'avait pas changé ? Le monstre ! La dernière fois qu'ils s'étaient vus, elle avait bien trente kilos en trop !

Kalaan se rendit compte tout de suite de sa bévue, comment en aurait-il été autrement ? La belle sylphide venait de se transformer en dragon sous ses yeux. Pour lui, elle était encore plus charmante que quand il l'avait quittée en fin d'après-midi, à la porte du château. Mais pour elle, la dernière fois qu'ils s'étaient croisés, cela devait remonter à des années.

— Vous… vous…

— Je vous ai aperçue de loin dans la journée, coupa nonchalamment Kalaan en levant les mains, comme pour calmer un félin furieux au poil hérissé. P'tit Loïk a eu la gentillesse de me révéler votre identité. Permettez, vous allez vous blesser…

Les doigts gantés, et pourtant chauds de Kalaan, entrèrent en contact avec ceux de la jeune femme, s'attardèrent un instant, et lui prirent le verre à cognac.

— Oh…, souffla Virginie, à la fois apaisée par les mots du comte, mais aussi chamboulée par son contact.

Un long frisson lui parcourut le dos, et sa respiration se bloqua. C'était exactement ce qu'elle avait ressenti quand Catherine lui avait pris la main. Oh, Dieu ! Virginie allait devenir folle ! Comment pouvait-elle comparer ce qu'elle ressentait avec Kalaan à ce qu'elle avait éprouvé auprès de la sauvageonne ?

— Vous en avez bu beaucoup ? s'amusa le comte en secouant la bouteille d'alcool ambré, puis en allant vers la cave à liqueurs[58] pour saisir un verre, et se servir.

— Si peu, mentit effrontément Virginie tout en se mettant debout, profitant que le jeune homme ait le dos tourné pour restituer, en hâte, un peu d'ordre dans sa coiffure.

Quand il lui fit face de nouveau, elle se tenait aussi sage et lisse que devait l'être une fille de bonne famille. Sauf que sa robe en coton vert foncé était horriblement froissée, et que le nœud de son fichu, censé masquer le profond décolleté, s'était défait.

---

58 *Cave à liqueurs : Petit coffret à compartiments dans lequel sont rangés des verres et des flacons à liqueurs et alcools divers.*

Évidemment, ce dernier point attira tout de suite les yeux fureteurs de Kalaan, qui se figea instantanément. Virginie éprouva réellement la brûlure de son ardent regard, baissa la tête sur sa poitrine à moitié dénudée, pour ensuite pousser un petit cri et se hâter de renouer le fichu.

Kalaan vida d'un trait son alcool et alla s'asseoir sur une bergère, laissant Virginie libre de choisir la banquette ou l'autre fauteuil, qu'elle prit littéralement d'assaut pour se tenir aussi loin que possible de lui. Cependant, elle n'était pas protégée des sensations qui l'envahirent à sa vue ; le jeune homme qu'elle avait connu avait mûri et s'était enforci. Il était encore plus beau que dans ses souvenirs : les muscles de ses cuisses tendaient l'étoffe noire de son pantalon, comme l'était également sa veste sombre au niveau de ses larges épaules. Il était athlétique et éminemment attirant. Ses cheveux bruns étaient parsemés de mèches dorées, certainement acquises sous le soleil d'Égypte, et tombaient de part et d'autre de son visage de manière indisciplinée.

Kalaan, dont l'attention se portait sur les flammes, tourna la tête et s'aperçut du vif intérêt de Virginie. Elle rougit violemment et détourna les yeux… vers l'horloge-bateau qui affichait presque une heure du matin.

Dieu ! Ce qu'il était tard… ou tôt.

— Je souhaitais vous présenter mes plus sincères condoléances pour la perte de votre père.

Pour le coup, et parce qu'elle ne s'y attendait pas, Virginie sentit son sang se glacer et son corps se tendre.

— Merci, ne put-elle que souffler.

— Il était un ami précieux à mes yeux. Puis-je vous demander ce qui lui est arrivé ?

On l'a assassiné ! aurait voulu hurler Virginie.

Cependant, elle se retint, et déglutit plusieurs fois en serrant nerveusement les accoudoirs de sa bergère.

— Le médecin a dit que son cœur avait lâché.

Kalaan fronça les sourcils et nota la blancheur de la jointure des doigts de la jeune femme. Quelque chose n'allait pas, il le sentait et le voyait. Ce qui le poussa à questionner un peu plus Virginie, même si, bizarrement, il ressentait sa douleur comme si celle-ci faisait partie de lui.

— Pourtant, il avait l'air de bonne constitution.

— C'était le cas, répondit-elle sèchement, avant de tourner son joli visage vers lui, les traits tendus par le chagrin encore trop vif.

Kalaan la comprenait très bien. Il avait pleuré la perte de son père durant si longtemps, d'autant plus qu'il s'était mis en tête que c'était lui la cause de son trépas. Mais Virginie ? Pourquoi n'avait-elle pas commencé à guérir ?

— Vous…

— Pourrions-nous parler d'autre chose ? trancha-t-elle, avant de jeter un coup d'œil à ses mains gantées et de pointer vers lui, un peu hargneusement, son petit menton volontaire.

— Vous seriez-vous mutilé en sus de vos soucis oculaires ?

— Plaît-il ? fit-il, interdit, avant de rire chaudement.

Voilà qui était attrayant : derrière le masque de la charmante marquise, se dissimulait un chat sauvage qui sortait les griffes pour cacher ses blessures. Il n'aurait pas été plus amusé si elle s'était enquise de savoir s'il avait des problèmes de fuites urinaires !

— Ce n'est rien, assura tranquillement Kalaan, en croisant les jambes et en balançant son pied botté, dans un geste de détente absolue. Le soleil du désert est terriblement ardent, pour les peaux sensibles de nous autres, Occidentaux.

Oui, il était vraiment bien en compagnie de la jeune femme. Du reste, il ne s'était jamais aussi bien porté qu'en cet instant, et il ne voulait pas que ce moment magique s'interrompe. Une heure à peine en arrière, après ce qui s'était produit chez le druide, il se sentait perdu, vidé, cassé... Mais plus maintenant, grâce à Virginie, dont il souhaitait la présence tant qu'il était un homme, et non la « chose ». D'ailleurs, à ce sujet...

— Vous avez fait la connaissance de ma cousine Catherine, il me semble ?

— Tout à fait, et c'est une charmante personne.

Kalaan faillit s'étrangler, décroisa les jambes, et avança le buste vers Virginie en posant les coudes sur ses genoux.

— Charmante ? Catherine ?

— C'est ce que je viens d'affirmer, soutint la jeune femme, ses joues rosissant curieusement, ce qui interpella Kalaan. Elle a de la culture, m'a raconté une très jolie légende, et je plains la vie qu'elle a eue en grandissant au milieu de gros balourds... Euh... pardon, je voulais dire...

Kalaan éclata d'un rire chaud et captivant. Virginie se sentit fondre instantanément.

— Ne vous excusez pas, vous avez sans doute raison.

Il se tut, soudain hypnotisé par la couleur bleu gris des iris de la jeune femme, les flammes animant ces derniers d'éclats presque surnaturels. Il y avait quelque chose entre eux, Kalaan avait déjà ressenti cette sensation en sa présence au cercle brisé, alors qu'ils étaient main dans la main, juste au-dessus du vide. À ce moment-là, ils formaient un tout et paraissaient invulnérables. En tout cas, tant qu'ils étaient ensemble, Kalaan avait l'impression que rien ne pourrait leur arriver.

Se rendant compte de là où le menaient ses réflexions, il se rembrunit brusquement et essaya de chasser ces étranges pensées. Mais Virginie ne l'aidait pas : la voilà qui mordillait ses lèvres en forme de cœur et de la couleur rose d'une framboise.

Inconsciemment, Kalaan s'était redressé. Certainement dans l'intention de goûter au fruit pulpeux qui s'offrait à lui. Cependant, Virginie fut plus rapide et se dépêcha de s'abriter derrière le dossier de la bergère, même si la petite table du salon faisait déjà office de barrage. Il lui fallait de la distance, et beaucoup !

Dieu ! A-t-il voulu m'embrasser ? se demanda-t-elle, le cœur tambourinant, encore une fois et comme un fou, dans sa poitrine.

— Je... il est très tard, et je..., bafouilla-t-elle en faisant soudain mine de bâiller et mettant sa main sur la bouche. Je vous dis bonne nuit.

Virginie battit rapidement en retraite vers le vestibule et se retourna avant d'actionner la poignée de la porte. Elle se retrouva le nez dans la chemise à jabot du comte, son odeur musquée et envoûtante la pénétrant tout entière. Il était bien trop près d'elle !

— Faites de beaux rêves, murmura-t-il en se penchant vers son visage, son souffle suave caressant les joues de Virginie, tandis que ses yeux ne quittaient pas ses lèvres.

— C'est ça ! lança-t-elle en se faufilant vers le hall et en courant dans les escaliers, pour atteindre sa chambre dont elle verrouilla l'accès.

Je lui ai dit « C'est ça » ? s'interrogea-t-elle en se frappant le front de la paume de sa main. Mais quelle nigaude !

Il allait l'embrasser, Virginie en était certaine ! Elle avait rêvé de ça si longtemps, et quand ce moment se réalisait enfin... elle laissait en plan Kalaan et s'enfuyait comme une petite souris ?

Sans l'aide de Gwendoline, qui, la bienheureuse, devait dormir à cette heure-ci, la jeune femme s'éternisa à se défaire de sa robe, mais surtout de son corset noué dans le dos. Par la suite, elle fit sa toilette, se coiffa et alla se coucher en espérant que le sommeil la cueille rapidement.

Que nenni...

Elle somnola, tourna encore et encore sous sa couette, se retrouva plusieurs fois allongée en travers de sa couche. Trop de fatigue empêchait le repos. Trop d'émotions intenses également.

Alors que l'aube s'installait, que la chambre de Virginie s'éclairait tout doucement avec les premiers rayons du soleil, elle s'extirpa du lit en grommelant, enfila sa robe de chambre et alla se poster à la grande fenêtre.

Son regard fut tout de suite attiré par une haute silhouette qui se déplaçait avec célérité dans le parc. Curieuse, mais soucieuse de ne pas se faire remarquer, elle se glissa derrière le pan des tentures pour mieux épier la personne qui s'approchait désormais des murs du château.

C'était Catherine ! Vêtue des mêmes habits d'homme que la veille et ses cheveux noirs flottant dans son dos. Mais d'où pouvait-elle venir, de si bon matin ? La voilà qui levait les yeux vers la fenêtre de la chambre attenante, comme pour jauger sa hauteur. L'instant suivant, la sauvageonne grimpait agilement la paroi, en s'aidant des creux entre les pierres, pour gagner ses appartements.

Virginie, le nez collé au carreau, ne pouvait plus l'apercevoir. Elle tourna doucement la poignée de la fenêtre, ouvrit sans bruit les deux battants vitrés, et se pencha au moment où Catherine se faufilait lestement dans la pièce voisine, ses jambes bottées disparaissant en une seconde.

Elle n'avait donc pas passé la nuit au château ! Décidément, la petite-cousine était un mystère à elle toute seule ! Avec qui était-elle ? Virginie se rendit compte que tout cela l'agaçait prodigieusement. Elle éprouvait soudain une émotion qui s'apparentait dangereusement à de la jalousie. Mais pourquoi ? Catherine avait le droit de faire ce qui lui plaisait et avec qui elle voulait !

C'était là un événement de plus, à ajouter à tous ceux qui empoisonnaient désormais l'esprit et l'existence de la jeune femme.

Chapitre 13

Douce promenade

Comment pouvait-on éprouver une sensation de solitude, dans un château qui grouillait d'un personnel qui s'installait dans ses quartiers, et un va-et-vient incessant ? Eh bien, par exemple, en prenant un petit déjeuner tardif, parce qu'on s'était endormi après une nuit agitée ?

Tel était le cas de Virginie, par sa faute, il fallait qu'elle l'admette. Elle ne pensait pas du tout replonger dans un sommeil de plomb après avoir vu Catherine regagner la forteresse au petit matin. Pourtant, c'était bel et bien ce qu'elle avait fait.

À peine fit-elle mine de se lever que Clovis, en majordome zélé, vint tirer sa chaise.

— Merci, Clovis.

— Je suis à votre service, Mademoiselle, répondit-il avec un salut révérencieux de la tête.

Virginie sourit gentiment, mais avant de quitter la salle à manger, elle se dirigea vers les hautes fenêtres, et s'abîma dans la contemplation du beau ciel bleu qui égayait le paysage de cette fin de matinée. C'était un temps idéal pour une petite promenade vivifiante.

Comme à son habitude, et en retenant son souffle,

elle demanda si le courrier était arrivé, et pareillement que les derniers jours, voire les semaines, depuis sa venue sur l'île, Clovis l'informa que non. Virginie en ressentit une vive inquiétude.

Il fallait absolument qu'elle s'aère l'esprit. Elle opta donc pour la promenade. Un valet de pied lui tendit son manteau et ses gants dans le vestibule, puis garda sa capote à rubans[59] lorsqu'elle la refusa. Ensuite, et d'un pas rapide, la jeune femme quitta la demeure en direction du parc.

Virginie atteignait la limite de ce dernier, près des chemins encadrés par les hauts murets de pierre, quand un martèlement de sabots fit bruyamment résonner le sol et crisser le gravier dans son dos. Elle se retourna vivement, pour se retrouver presque nez à nez avec un... monstre, que chevauchait une Catherine toute pimpante et hilare.

Se moquait-elle de la peur de Virginie ? C'était bien là le trait principal d'une sauvageonne sans cœur ni loi ! Et sur quoi était-elle montée ? La jeune femme avait déjà vu des chevaux, mais alors, celui qui soufflait des naseaux devant son visage était prodigieusement déviant !

— C'est... c'est quoi ? couina-t-elle en sortant un mouchoir de sa manche cintrée pour s'essuyer les joues, car non content d'être hideux, le mammifère postillonnait copieusement.

— Un cheval breton, et il s'appelle Tulipe ! claironna Catherine, assise bien droite sur le large dos de l'animal.

— Je sais que c'est un cheval, et breton, puisque nous sommes en Bretagne. Non, je souhaitais

---

59 *Capote : Chapeau à brides pour femmes.*

apprendre ce qui a bien pu lui arriver pour qu'il soit déformé ainsi... le pauvre.

— C'est la dénomination de sa race : cheval breton ! répéta Catherine en riant, puis en donnant du talon pour que Tulipe avance et se mette de flanc par rapport à Virginie. Il n'est pas mutant, ni malade ; il est juste jeune et adore galoper, même si les siens sont plutôt employés au travail de labourage.

Virginie écarquilla les yeux en découvrant l'immense et imposant derrière de la bête, tout aussi volumineux que l'étaient son poitrail... et le reste. Son ébahissement alla crescendo, en constatant que Catherine chevauchait à cru : elle avait les cuisses largement écartées de part et d'autre du cheval. Nonobstant cela, la petite-cousine n'avait pas perdu un iota de charisme.

— Venez-vous avec moi ? proposa-t-elle à Virginie, en se penchant, et en lui tendant la main gauche.

Virginie hoqueta et fit un pas en arrière. Elle ? Monter sur le dos de cette bête ? Encore un exemple d'idée farfelue que pouvait avoir Catherine !

— Oh... non, merci ! Euh... enfin, je ne suis pas du tout habillée pour chevaucher, bafouilla Virginie, tout en cherchant une bonne excuse pour cacher sa peur, sous le regard goguenard de Catherine.

Virginie ne pouvait pas avouer, devant cette fière lady corsaire, que les chevaux l'effrayaient depuis toujours. Les chevaux normaux... car Tulipe était l'antithèse de la normalité !

Un jeu de jambes de la cavalière, l'animal s'approcha de Virginie ; et l'instant suivant, elle était soulevée de terre. Catherine s'était penchée et l'avait saisie à la taille, pour l'enlever dans les airs, et l'asseoir devant elle avec une incroyable facilité.

Virginie poussa à la fois un cri d'étonnement et de peur. Cette dernière émotion s'en allant aussi vite qu'elle était arrivée, tandis que la jeune femme se demandait, avec ahurissement, par quel miracle Catherine avait trouvé la force de la porter ainsi. Elle avait, à proprement parler, celle d'un homme !

De solides muscles également, découvrit encore Virginie qui se cramponnait à ses avant-bras, tandis que Tulipe s'élançait joyeusement le long des sentiers, sa lourde crinière caramel battant au vent.

Pour un énorme cheval, constata avec surprise Virginie, il possédait l'agilité d'un de ses congénères arabes, et bientôt, sans s'en rendre compte, la peur la quitta pour faire place à une douce euphorie.

Elle ressentait, plus que jamais, une forte impression de liberté ; son chignon s'était défait et ses cheveux dansaient sur ses épaules à chaque mouvement du galop de Tulipe. Sa jupe de velours se soulevait avec le vent de la vitesse, faisant apparaître ses blancs jupons, comme ses bottines, et quelquefois le bas de ses jambes gainées de soie. Mais là encore... Virginie s'en moquait prodigieusement. Elle joignit son rire à celui de Catherine, qui la ceinturait d'un bras protecteur, et tenait les rênes de son autre main. Les deux femmes fusionnaient avec les éléments et se laissaient envoûter par la vision du paysage verdoyant malgré l'hiver, tandis qu'elles chevauchaient en direction de la forêt.

Bientôt, Catherine ralentit l'allure du cheval pour le mettre au pas, ce qui le fit hennir de mécontentement, alors qu'il aurait encore voulu galoper.

— C'est la première fois que je m'aventure dans cette partie de l'île ! s'exclama Virginie avec joie.

Elles quittèrent le sentier et les hauts murets, pour suivre un autre chemin, de toute évidence peu emprunté, au vu des nombreuses fougères qui venaient s'accrocher à leurs jambes.

— Comme quoi, vous avez bien fait de m'accompagner, murmura la voix cristalline de Catherine à l'oreille de Virginie.

Le frisson qui parcourut le corps de la jeune femme, par la suite, lui coupa le souffle et la fit se tendre. La béatitude du moment s'évanouit, tandis que Virginie se remettait à lutter intérieurement contre les émotions et sensations contradictoires qui renaissaient en elle. Ce qu'elle ressentait était mal, car oui, plus de doute, cela ressemblait à de l'attirance physique... pour Catherine.

Une femme ne pouvait en aimer une autre, pas de cet amour-là ! C'est ce que se dit in petto Virginie en raidissant son dos, et en se redressant pour ne plus toucher son amie.

— Tout va bien ? demanda cette dernière, qui s'inquiétait de son brusque changement d'attitude.

— Oui ! lança un peu trop rapidement Virginie, avant de reprendre : Où sommes-nous, et où allons-nous ?

Catherine poussa un lourd soupir ; néanmoins, la jeune marquise se força à ne pas tourner la tête vers elle. Il ne fallait surtout pas qu'elle puisse lire son trouble sur son visage.

— Nous venons de quitter les terres qui servent à la production agricole, mais aussi à l'élevage des moutons et des vaches. Maintenant, et à la demande de mon petit-cousin Kalaan, nous allons inspecter la forêt. Il veut savoir si les bois ont subi des dégâts suite à la tempête.

— Et c'est vous qu'il envoie ? s'étonna Virginie, en finissant par basculer la tête sur le côté pour plonger ses yeux dans ceux de Catherine.

Qu'elle est belle ! Virginie se détourna rapidement, après ce constat inapproprié et malsain.

— Mais oui ! rit Catherine. Il sait qu'il peut compter sur moi, comme sur un homme.

Si seulement cela pouvait être le cas, si seulement vous pouviez être un homme, soupira intérieurement Virginie, car là au moins, elle aurait compris pourquoi Catherine la captivait autant.

Alors qu'elles approchaient de l'orée de la forêt, le regard de la jeune femme fut attiré par une rangée de six petites cabanes en bois au toit plat.

— Oh ! Je ne savais pas qu'il y avait des ruches, sur l'île ! s'écria Virginie, enchantée, avant de sentir Catherine se tendre dans son dos.

— Elles ont été installées à l'époque de Maden, juste après ses noces avec Amélie. Il adorait le miel, autant par gourmandise que pour les bienfaits qu'il apportait, car il est également utilisé pour ses propriétés cicatrisantes et antiseptiques. Sans compter que la cire sert à produire des bougies. Maden et Kalaan, jadis, étaient les seuls à s'en occuper.

— Et aujourd'hui ?

— C'est le vieux druide Jaouen qui a pris le relais, avec l'aide de villageois qui sont tout aussi passionnés par l'apiculture.

— Bien sûr, votre cousin n'a plus eu le temps

d'en prendre soin….

— Il avait d'autres choses à faire ! rétorqua un peu agressivement Catherine.

— Pardonnez-moi, s'excusa Virginie. Vous m'avez mal comprise, ou je me suis maladroitement exprimée ! Je voulais dire, qu'avec ses affaires à Paris et ses nombreux déplacements en Égypte, il devait lui être difficile, voire impossible, de trouver un moment pour s'occuper des abeilles.

Là encore, Catherine soupira lourdement, mais comme de lassitude, et stoppa Tulipe à une trentaine de mètres des ruches.

— Je pense que Kalaan s'est détourné de tout ça, fit Catherine en désignant les cabanes d'un geste de la main, parce que cela lui rappelait trop son père. Il s'est comporté ainsi avec les abeilles, comme avec ses proches, et de même avec toutes les inventions qu'Amélie, Isabelle, et certainement vous, avez redescendues du grenier. Les souvenirs des moments heureux peuvent faire mal, surtout quand on cherche à les occulter.

Virginie s'étonna de tout ce que pouvait savoir Catherine de son cousin, comme de la justesse de ses mots. Kalaan et elle devaient être aussi liés qu'un frère et une sœur.

— Je crois me rappeler qu'il n'avait que quatorze ans lors du décès de Maden, cela a dû être un choc pour lui, murmura Virginie en songeant au chagrin de l'adolescent. Je peux également comprendre qu'il ait cherché à se protéger.

— Douce Virginie, souffla Catherine, en secouant la tête de dérision. Oui, cela est cohérent, d'autant plus quand on sait qu'il s'est mis dans le crâne que son père est mort par sa faute.

— Quoi ? s'écria Virginie, ébranlée, en se retournant vers Catherine, et en faisant sursauter le cheval.

Catherine se laissa agilement glisser le long du flanc de Tulipe, et prit la taille de Virginie pour ensuite la poser au sol. Cette fois-ci, trop surprise par les révélations de la petite-cousine, la jeune femme ne songea pas une seconde au contact qui venait de se faire, et encore moins au fait que Catherine l'avait, une nouvelle fois, soulevée sans difficulté.

— Si je vous raconte un secret, le garderez-vous ?

— Je vous en fais la promesse, lui assura Virginie, en marchant lentement à ses côtés, tandis que Catherine tenait les rênes, et les entraînait vers un chemin ombragé, droit vers le cœur de la forêt.

Ainsi, pour la seconde fois de sa vie, Kalaan se libéra du poids qui pesait sur ses épaules, et relata la sanglante bataille qui s'était déroulée sur l'*Ar sorserez*, ainsi que l'épisode de la mort de son père.

Virginie l'écouta sans jamais chercher à lui couper la parole. Par son silence, elle communiait avec lui, et sa présence à ses côtés agissait comme un baume miraculeux. D'un autre côté, Kalaan se rendait compte que la douleur s'atténuait au fur et à mesure qu'il acceptait enfin de faire face à ce sombre passé. Néanmoins, alors qu'il terminait son triste récit, sa voix cristalline se brisa et ses yeux s'embuèrent de larmes, avant qu'elles ne coulent sur ses joues.

Il sursauta quand Virginie lui saisit la main pour la serrer avec chaleur, son magnifique regard gris bleuté exprimant une douceur des plus pures, et en aucun cas de l'apitoiement. À ce moment-là, Kalaan aurait tout donné pour être en homme, la prendre dans ses bras, et l'embrasser passionnément.

— Vous êtes très attachée à Kalaan, et c'est une bonne chose. Au moins, il a pu compter sur votre présence, alors qu'il se détachait de tout le reste, murmura Virginie qui s'était détournée, fouillant distraitement des yeux les sous-bois, ignorante du feu qui animait son « amie ».

L'instant suivant, elle sortait de sa manchette un petit mouchoir de coton blanc, aux finitions de dentelle, et portant ses initiales brodées. Elle lui sourit, et lui tendit le carré de tissu en penchant la tête sur le côté. Ainsi, et ses longs cheveux cuivrés glissant sur ses épaules, elle avait un charme fou.

— Vous connaissant un peu mieux maintenant, reprit-elle, je ne pense pas que vous aimeriez que je vous tamponne les joues. Je vais donc vous laisser agir seule. Après tout, vous êtes une grande fille, en sus d'être une rebelle.

Kalaan rit, s'empara du mouchoir, et le passa brièvement sur son visage. En quelques mots désinvoltes, Virginie avait réinstauré un peu de gaîté dans le présent. Elle se détourna à nouveau, sans soustraire sa main gantée – qu'il ne lui aurait de toute façon pas rendue –, et s'abîma encore dans la contemplation des feuilles mortes qui tapissaient la terre, la vision des arbres plus que centenaires dont les branches s'élevaient vers le ciel, et du chemin, qui soudain... se transformait en une longue mare de boue noirâtre. Derrière eux, Tulipe hennit, comme pour se rappeler à leur bon souvenir, puis souleva la tête, les naseaux grands ouverts pour respirer l'air chargé d'humus de la forêt.

Kalaan récupéra les rênes qu'il avait abandonnées sur le cou du cheval, s'accrocha à sa crinière et, d'un bond agile, il sauta sur son dos avant de tendre une nouvelle fois les doigts à Virginie. Elle lui adressa un grand sourire qui lui toucha le cœur et fit pulser plus rapidement le sang dans ses veines, puis saisit sa main pour qu'il puisse l'aider à monter à son tour.

C'était si simple cette communion, si beau, tellement parfait. Kalaan savourait chaque instant passé en la compagnie de Virginie ; elle lui était devenue aussi vitale que l'air qu'il respirait, et il aurait souhaité que tout cela ne se termine jamais.

D'une contraction des cuisses et en jouant des talons, il donna l'ordre au cheval d'avancer, ce qu'il fit, mais de manière très mouvementée. Comme un poulain qui découvre le monde, l'animal bondit, et atterrit pratiquement des quatre fers dans la mare de boue, avant de taper du sabot droit, plusieurs fois, très content de lui.

Sur son dos, Virginie et Kalaan crièrent en se protégeant le visage comme ils le pouvaient, et furent copieusement arrosés de bourbe gluante. En fait, ils en avaient également dans les cheveux et sur leurs habits. La pauvre jupe de velours vert de Virginie en avait grandement pâti !

Kalaan se mit à rire à gorge déployée, après avoir évacué la boue de ses paupières, car Virginie, devant lui, n'était plus du tout un ange de beauté, mais ressemblait à s'y méprendre à un mineur sortant d'une houillère. On ne voyait plus que ses yeux gris et ses dents blanches.

De son côté, la jeune femme ne se gêna guère

pour se moquer également de Kalaan. À cause des caprices du cheval, ils étaient tous deux dans un triste état !

— Ce n'est pas Tulipe, qu'on aurait dû l'appeler ! s'écria Virginie entre deux éclats de rire, mais Canaille !

— Nous allons le rebaptiser, va pour Canaille ! s'amusa Kalaan, en donnant du talon pour que ce dernier veuille bien avancer.

Ainsi, l'animal continua son chemin, bien décidé à crever, de ses sabots, la surface de toutes les mares qui se trouvaient devant lui. À un moment, il fit même mine de se baisser pour se rouler dedans, mais Kalaan l'en empêcha d'une main de maître et le poussa au galop.

Au bout de quelques minutes, ils arrivèrent dans une immense clairière, au centre de laquelle se situait un lac. Virginie laissa échapper une exclamation d'émerveillement et, à peine le cheval mis à l'arrêt, glissa le long de son flanc pour courir vers les rives de terre brune.

— Comment est-ce possible ? Un lac sur une île ?

— C'est le *Lenn Emrodenn*, le lac Émeraude, en breton, murmura Kalaan, fasciné par Virginie qui pétillait de joie.

Elle dansait sur le tapis végétal, telle une fée, à peine à un mètre de l'eau presque verte – d'où le nom du lac –, et lui communiquait son allégresse. Kalaan aurait souhaité faire comme elle, d'ailleurs, la « chose » le fit... puisqu'il était bel et bien en train d'imiter Virginie. Au diable le ridicule ! Il était, après tout, dans la peau d'une femme, alors, autant s'amuser !

Ce que Tulipe-Canaille voulut faire aussi ; il hennit – pour se moquer ou pour participer, personne n'aurait été en mesure de le dire –, trotta jusqu'aux deux amies qui continuaient de chahuter comme des gamines, et fonça se baigner dans le lac. Là encore, et au passage, en envoyant de belles gerbes scintillantes sur Virginie et Kalaan.

— Oh ! s'écria Virginie, les cheveux dégoulinants. Ce qu'elle est froide !

Le jeune homme s'étonna de sa réaction ; elle ne rouspétait pas après le cheval, non, mais après la basse température de l'eau ! Cette femme était incroyable !

— Elle n'est pas salée ! lança-t-elle encore, au plus grand amusement de Kalaan.

L'instant suivant, elle s'agenouilla sur la rive, sa jupe trempant allègrement dans l'eau, se défit de ses gants, et se pencha en mettant les mains en coupe devant elle. Virginie se débarrassa d'abord de la boue qui coulait sur son visage, puis, curieuse, goûta du bout des lèvres le liquide, et écarquilla les yeux, avant de les poser sur Catherine.

— Je vous assure !

— Je le sais bien, pouffa Kalaan, cette eau n'a rien à voir avec la mer qui nous entoure, elle provient d'une nappe phréatique qui se trouve sous l'île. Il y a d'ailleurs de nombreux puits sur Croz, et grâce à eux et la pluie, les gens ne manqueront jamais d'eau potable.

— Vous avez, décidément, une formidable connaissance des lieux ! admira Virginie, dont le sourire disparut quelque peu quand le visage de Catherine se ferma. C'est un compliment, ajouta-t-elle doucement, étonnée d'avoir provoqué ce changement chez son amie.

Kalaan s'en voulut in petto et se força à sourire à nouveau. Oui, lui, le comte, connaissait tout de cette île, jusqu'aux plages de galets au bas des falaises, et à la crique de récifs à trente mètres en dessous du cercle brisé. Mais pas la « chose »... À force de trop en dire, il courrait le risque d'éveiller la curiosité de Virginie, qui ne manquait pas d'intelligence, bien au contraire. Il leva le nez vers le ciel, s'aperçut de la position avancée du soleil, et s'écria :

— Vite, nous devons retourner au château ! Il est très tard et nous allons manquer le dîner !

— Je n'ai pas vu les heures passer ! s'affola à son tour Virginie en se redressant, et en gloussant comme l'eau dégoulinait abondamment de sa jupe sur ses bottes.

Mais bientôt, elle se mit à frissonner et claquer des dents. Elle tourna son joli visage vers Kalaan qui fronça les sourcils d'inquiétude.

— J'ai froid...

— Bordel ! jura-t-il en sifflant Tulipe, qui répondit à son appel en sortant du lac.

En deux temps trois mouvements, ils se retrouvèrent tous trois à galoper dans la boue du sentier forestier, puis sur le chemin au sortir du sous-bois, et filèrent à toute allure le long des hauts murets. Dans le vent et la vitesse, Kalaan perçut la voix de Virginie qui s'exclamait :

— N'est-ce pas monsieur Salam, près de la petite maison en pierres ?

Kalaan jeta un rapide coup d'œil au loin, derrière les parcs à moutons, vers la demeure de Jaouen.

— Oui !

Deux secondes plus tard, Virginie s'étonna encore :

— Et là, on dirait Isabelle !

La sœur de Kalaan avait bien suivi Salam, mais de loin, et se cachait derrière des genêts d'or pour ne pas être aperçue du Touareg.

Kalaan pesta. Que pouvait bien vouloir cette petite fouineuse ? Ce soir, il allait avoir une discussion animée avec elle ! Cependant, pour l'instant, l'urgence était de ramener au plus vite Virginie au château, la pauvre tremblait de froid contre lui. Il ne fallait pas qu'elle attrape la fièvre.

À peine arrivaient-ils près des écuries qu'un palefrenier se dépêcha de venir les aider, et s'occupa du cheval. Kalaan se délesta avec rapidité de son manteau trois quarts et le posa sur les épaules de Virginie.

— Vous avez les lèvres bleues ! gronda-t-il en la poussant vers l'entrée de la forteresse.

— Oh ! Ça suffit ! Nous n'allons pas nous quitter une nouvelle fois ainsi !

— Pardon ? s'étonna-t-il en écarquillant les yeux.

— Hier déjà, vous m'avez plantée là, en faisant la tête ! Alors non, je vous interdis de recommencer ! Pas après les bons moments que nous venons de passer ! Nous sommes amies désormais, oui ?

Kalaan sourit à la petite furie et lui ébouriffa les cheveux. C'était la seule chose qu'il pouvait faire pour la toucher, en tout cas, en tant que Catherine. S'il avait été lui-même, il l'aurait soulevée dans ses bras, lui aurait transmis sa chaleur, et aurait effacé son irritation par un baiser langoureux.

— Virginie, je ne fais que m'inquiéter pour vous.

Vous êtes glacée, il faut que vous alliez prendre un bain chaud. Tout de suite !

— Oh… oui... dans ce cas.

— Filez ! À moins que vous vouliez que je vous donne votre bain ?

Virginie émit un petit cri de souris, rougit violemment, et se détourna de Catherine pour courir vers l'entrée du château où elle disparut en un instant.

Kalaan se mit à rire, avant de recouvrer brusquement son sérieux. Il était en ce moment « Catherine », mais à ses paroles, Virginie avait réagi comme si c'était un homme qui lui avait fait une proposition indécente… Pourquoi ? Après tout, il était de coutume que les femmes s'entraident pour procéder à leurs ablutions. Enfin, plus vraiment de nos jours, mais autrefois, oui.

Les cloches de l'église du village, comme le cor du phare de l'île, se mirent brusquement à sonner. Kalaan s'élança vivement vers sa longère, d'où il avait une vue sur le port en contrebas, car tout ce vacarme annonçait la venue d'un bâtiment étranger.

Effectivement, un bateau entrait dans l'anse après avoir dépassé les remparts. C'était un petit navire de transport, qui d'ordinaire desservait le continent et les autres îles de la Côte de Granit Rose, mais jamais Croz. Que pouvait-il bien faire là ?

Le temps que Kalaan rentre chez lui pour chercher une longue-vue, et qu'il revienne se poster sur le haut plateau, des passagers avaient déjà embarqué dans une chaloupe, en direction de la grande digue.

— Fiston ! T'es là ! cria la voix essoufflée de P'tit Loïk, qui avait remonté le chemin du village, et se dirigeait vers lui de son pas lourd.

— Où voulais-tu que je sois ?

— J'sais pas ! Chez l'vieux Jaouen avec Salam ?

— Tiens, tu ne l'appelles plus le fou ?

P'tit Loïk marmonna dans sa barbe et préféra ne pas répondre. Kalaan porta une nouvelle fois la longue-vue à son œil.

— Alors ? C'est quoi c'barouf ? demanda encore son second. Au fait, t'es sale, t'es au courant ? On dirait que t'as imité un cochon, et que t'es roulé dans la fange, l'odeur en moins...

— De Dieu... des ennuis ! cracha soudain Kalaan, en coupant la parole à son ami.

Devant l'ébahissement de ce dernier, il reprit d'un ton dur :

— C'est la duchesse Delatour qui s'amène, la plus grande commère du royaume ! De plus, elle est accompagnée de deux hommes. Celui en soutane, je présume que c'est son petit-fils qui est au séminaire pour devenir curé ; quant à l'autre... celui qui a les cheveux presque blancs, c'est Darius Borgas !

— C'te diable ? souffla P'tit Loïk, en étrécissant les paupières, et ses lèvres s'ourlant d'un pli amer.

— Oui.

— Que fait-il ici ?

— Je doute que ma mère l'ait invité. Quant à Sa Grâce... je n'en ai pas entendu parler. Nom de Dieu ! jura encore Kalaan, qui reprit, après un coup d'œil de P'tit Loïk : Il faut que j'aille me changer, mettre une robe et tout l'attirail. Si jamais la duchesse aperçoit une femme de la famille habillée en homme, c'en est fini de la réputation des Croz !

Kalaan jeta la longue vue à P'tit Loïk qui la

rattrapa au vol ; l'instant suivant, il s'élançait vers le château et laissait le pauvre second perdu dans ses pensées. Décidément, le gamin n'avait pas de chance. Il était venu sur l'île pour trouver un refuge, et c'était tout l'inverse qui se produisait.

— J'va faire une prière à l'église, moi, murmura P'tit Loïk en redescendant vers le village.

Mais au lieu de se diriger vers la maison de foi, il obliqua en direction de l'auberge de Rachel. Après tout, une bonne boisson revigorante valait mieux que toutes les oraisons du monde.

Chapitre 14

Peur au ventre

Quelqu'un frappa avec force à la porte de la chambre de Virginie, qui sursauta violemment car elle ne s'y attendait pas.

Assise au pied de son lit, les mains sagement croisées dans son giron, elle était tout bonnement perdue dans ses pensées tourmentées, et ce, depuis le départ de Gwendoline.

La femme de chambre lui avait préparé son bain, puis l'avait frictionnée avec de l'onguent pour être sûre que Virginie n'attrape pas la fièvre, et l'avait ensuite aidée à s'apprêter pour un dîner qui s'annonçait désormais tardif.

Durant le laps de temps que Gwendoline avait passé à ses côtés, Virginie ne l'avait écoutée que d'une oreille distraite. La seule chose qu'elle avait retenue était que des « gens de la très haute » s'étaient inopportunément invités au château – d'où le bruit des cloches et des cors –, et que dame Amélie en était très préoccupée.

— Oui ? s'écria-t-elle vers la porte, pour autoriser la personne à entrer, avant de se mettre debout en priant secrètement que ce ne soit pas Catherine.

Virginie n'était vraiment pas en état de la recevoir.

Elle poussa un long soupir de soulagement quand Isabelle pointa le bout de son nez, lui sourit, et referma le battant derrière elle.

— Jinie ! Il faut que je te parle de toute urgence avant de descendre ! lança-t-elle d'un ton surexcité, en la rejoignant, et en l'obligeant à se rasseoir sur le lit.

— Moi aussi, gémit Virginie d'une petite voix torturée, ce qui alarma tout de suite son amie, faisant disparaître sa bonne humeur.

— Que se passe-t-il ?

— Je... ne sais... en fait, bafouilla Virginie.

Soudain, Isabelle fronça ses fins sourcils bruns et pinça les lèvres, avant de pester :

— C'est Catherine, c'est ça ? J'ai entendu dire que tu étais rentrée de votre promenade dans un triste état ! Elle s'est encore mal comportée avec toi !

— Non ! Euh... oui, enfin... non ! Oh, Isabelle ! Ce n'est pas du tout ce que tu crois.

Isabelle écarquilla les yeux et secoua la tête d'incompréhension, les longues mèches bouclées qui pendaient sur ses oreilles rebondissant assez comiquement. Mais pas assez pour égayer Virginie.

— Raconte-moi tout, Jinie ! Tu m'inquiètes, et tu sais que tu peux avoir toute confiance en moi.

La jeune femme ouvrit plusieurs fois la bouche pour parler, mais ne le put, car les mots se bloquaient dans sa gorge, et finissaient en gémissements ténus.

— Jinie ! s'exclama Isabelle, agacée par ce manège qui lui portait sur les nerfs.

— Je crois que j'ai des sentiments pour Catherine ! cria Virginie d'un coup, et en fermant fortement les paupières pour ne pas voir le dégoût s'afficher sur le visage de son amie.

Il y eut un silence, très court, et Isabelle se mit à pouffer. Virginie ouvrit vivement les yeux, pour effectivement découvrir une Isabelle hilare, la main sur la bouche pour contenir son rire.

— Rhooo ! s'offusqua Virginie, avant de se redresser d'un bond. Tu te moques de moi !

— Mais, non ! mentit effrontément Isabelle, en essayant de reprendre son sérieux. Bien, alors, tu aurais des sentiments pour Catherine. Mais…, de quel genre de sentiment parles-tu ? Amical, sororal[60]… ?

— Non, les autres, souffla rapidement Virginie.

Si vite, qu'Isabelle crut avoir mal entendu, tandis qu'elle suivait ses allées et venues, entre le lit et la grande fenêtre.

— Qu'est-ce qui te fait dire ça ? s'enquit-elle d'un ton plus calme.

— Je… ressens… des choses très perturbantes quand Catherine me touche, ou me parle à l'oreille, mais aussi à chaque fois qu'elle me regarde. J'ai des frissons qui me parcourent le corps, mon cœur s'emballe, et ma respiration se fait saccadée. J'en suis même arrivée à espérer qu'elle m'embrasse ! Oh, juste l'espace d'une affolante seconde, je me suis vite reprise par la suite. Isabelle ! Serais-je en train de devenir folle ?

— Oh là là, ne put que marmonner cette dernière, en secouant la tête, puis en se levant pour aller à la rencontre de Virginie et s'emparer de ses mains tremblantes. Dans quel pétrin Ka… Catherine t'a mise, et en à peine deux jours !

---

60 *Sororal : (vieux) Relatif à une sœur.*

— Mais ce n'est pas de sa faute ! se récria Virginie. C'est moi qui ai des pensées impures envers elle, et elle…

— Ne peut pas faire semblant de n'avoir rien remarqué, gronda Isabelle. As-tu déjà ressenti ce genre de penchant pour une autre femme ? ajouta-t-elle soudain.

— Non !

— En es-tu certaine ? Et si je m'approchais un peu plus de toi, que je me mettais à te caresser la main, ou même, si je posais mes lèvres sur les tiennes…

— Isabelle ! couina Virginie, l'air choqué, en prenant du recul, et en libérant ses doigts, comme son amie se faisait trop pressante.

La jeune Croz sourit jusqu'aux oreilles, et adopta une attitude canaille, tellement similaire à celle de Kalaan.

— Tu vois, tout va bien, finalement !

— Mais non ! Rien ne va plus !

— Bon, et comment peux-tu être au fait de ce que sont des « sentiments d'ordre charnel », en as-tu seulement éprouvé pour une autre personne ?

Virginie s'empourpra violemment, et se détourna de son amie pour, encore une fois, éviter son regard.

— Oui, pour ton frère…

— Incroyable, murmura Isabelle.

Elle ne gloussait pas ; bien au contraire, elle était ébahie par les révélations de Virginie ! Cela signifiait que le cœur et le corps de cette dernière avaient tout bonnement reconnu Kalaan sous les traits de Catherine, mais pas son esprit !

Comment Isabelle pouvait-elle expliquer tout cela à son amie ? Elle-même, si elle n'avait pas assisté à la transformation de son frère, aurait ri au nez de quiconque lui aurait raconté l'histoire de la malédiction !

— Jinie, dit-elle enfin, après réflexion, et suite à un long silence. Tu sais, ce n'est pas un mal d'être attirée par une personne du même sexe. Dans l'Antiquité, en Égypte et en Grèce, par exemple, ces appétences sont largement attestées. Dans le premier pays que je viens de te citer, des philtres, ou élixirs, étaient destinés à développer l'amour entre des femmes. Quant à la Grèce, tous les érudits sont au fait de la liaison d'Alexandre le Grand avec le général macédonien Héphaestion ! Les Grecs étaient, à cette période, pour la plupart bisexuels. Plutarque disait même à ce sujet : *« Celui qui aime la beauté humaine sera favorablement et équitablement disposé envers les deux sexes, au lieu de supposer que les hommes et les femmes diffèrent sous le rapport de l'amour comme sous celui du vêtement »*. Je pourrais te donner mille autres exemples, si tu le souhaites. L'amour n'a aucune frontière, et se moque du fait que cela se passe entre uniquement des hommes ou des femmes. Quand deux âmes sœurs se trouvent, elles se reconnaissent.

Virginie contemplait sa jeune amie avec admiration et tendresse.

— Ce que tu dis, Isabelle, est très juste, et tout cela me fascinait quand je feuilletais les livres sur l'Antiquité. Néanmoins, entre lire et ressentir… Comment te faire comprendre ce malaise qui m'habite ?

— Il n'est dû qu'à la doctrine de notre religion chrétienne, coupa Isabelle en pinçant les lèvres. Fie-toi à ton cœur, comme je le fais également.

— Comment cela ? s'étonna Virginie.

Isabelle rougit à son tour.

— C'est à propos de Salam… c'est pour ça que je suis venue te voir...

Là encore, quelqu'un frappa à la porte, interrompant les paroles de la jeune femme.

— Oui ? fit Virginie.

— Madame Amélie vous invite à la rejoindre, elle et ses hôtes, dans le grand salon, annonça un valet à travers le battant.

— Nous arrivons, répondit vivement Isabelle comme si, tout d'un coup, elle était soulagée par cette intervention.

— Que se passe-t-il avec monsieur Salam ? voulut tout de même savoir Virginie.

— Plus tard, Jinie, nous sommes attendues !

— J'appelle cela : une défilade ! Alors que je t'ai tout narré ! se moqua Virginie en la suivant vers la sortie. Surtout, garde bien ce que je t'ai divulgué…

— Ne t'en fais pas. Je serai muette comme une carpe. Cependant… nous devrons en reparler. Car il faut que je te révèle quelque chose.

Isabelle venait de décider qu'elle n'avait pas le droit de laisser Virginie se torturer l'esprit ainsi. Dès qu'elles se retrouveraient au calme, et en tête à tête, elle raconterait l'histoire de la malédiction à son amie.

À peine arrivaient-elles dans le couloir, qu'elles se figèrent en tombant nez à nez avec Catherine, et en restèrent bouche bée : cette dernière portait les effets, très colorés et démodés, de la grand-mère Anna. C'étaient des vêtements qui dataient d'avant son veuvage, et qu'une femme de chambre aux doigts de fée avait réajustés. La petite-cousine en était tout simplement charmante et si différente ! Sa coiffure en chignon lui donnant un air sage, presque angélique, à l'opposé de ce qu'elle était réellement.

— La première qui se moque de moi, je lui botte les fesses !

Encore aurait-il fallu, pour mettre sa menace à exécution, qu'elle tienne debout dans ses escarpins ornés de dentelle et bordés d'un galon de soie.

— Oups ! lança-t-elle, après avoir fait une enjambée, et failli se tordre la cheville, pour finir contre le mur du couloir.

— Un pas après l'autre ! s'exclama Virginie, en se portant à son secours. Lentement, et non en une longue foulée !

— Merci, grommela Catherine, ronchon, en suivant tout de même les indications de la jeune femme, et en faisant la grimace à une Isabelle bien trop silencieuse.

Pour une fois, la sœur étonnait le frère par son manque de réaction et de moquerie. Isabelle paraissait soucieuse. Catherine retint son bras et laissa Virginie les devancer. Quand celle-ci fut assez éloignée, elle souffla à son oreille :

— Il va falloir que tu me racontes pourquoi tu espionnais Salam, ce matin !

— Quoi ? couina Isabelle en se dégageant de sa poigne.

Le petit cri alerta Virginie, qui se retourna et fronça instantanément les sourcils. Mince, cette dernière allait croire qu'elle était en train de parler de leur conversation ! Preuve en fut de son air soudain pincé, et de sa raide démarche quand elle reprit son chemin sans les attendre.

— Kalaan, espèce d'abruti ! Je vais me brouiller avec Jinie, à cause de toi !

— J'aimerais bien savoir pourquoi ! Et, s'il te plaît, ne fais pas d'impair ! Devant les indésirables qui sont en bas : je suis Catherine !

Isabelle haussa les épaules en faisant la grimace, courut, et disparut à son tour dans les escaliers.

— Reviens ici ! pesta Catherine, avant de perdre une nouvelle fois l'équilibre.

Elle aurait bien voulu savoir ce que sa sœur traficotait avec Salam, mais aussi... pourquoi le fait qu'elle parle avec la petite-cousine pouvait créer un froid avec Virginie.

— Lentement, un pas à la fois..., grommela-t-elle pour elle-même et en adoptant les conseils de cette dernière. Et merde !

L'instant d'après, elle marchait pieds nus, d'une démarche très peu féminine, un escarpin dans chaque main. Voilà qui était mieux ! Elle se rechausserait avant d'affronter la duchesse Delatour. Ce n'était pas aujourd'hui que le déshonneur s'abattrait sur la famille ! Foi de Croz !

Virginie laissa Isabelle entrer dans le grand salon sans elle, car, avant de rejoindre le petit monde qui y était, et faire connaissance avec les personnes nouvellement arrivées, elle voulait s'assurer que son courrier n'était pas venu par le bateau qui les avait amenées sur l'île.

Par chance, elle croisa Clovis dans le vestibule.

— Y aurait-il du cou...

— Non, Mademoiselle, l'informa le majordome d'un air pressé. Je vous l'aurais fait parvenir à la seconde, ajouta-t-il d'une voix plus douce, devant le désarroi de la jeune femme.

Il fronça ses sourcils blancs et s'enquit, avec une pointe d'inquiétude :

— Excusez ma familiarité, mais auriez-vous des soucis ?

— Non, Clovis. Et vous êtes tout excusé. Je vous remercie pour votre sollicitude.

Virginie fit demi-tour et se dirigea vers le grand salon, juste au moment où Catherine soulevait ses jupons largement au-dessus de ses genoux gaînés de soie, et remettait ses escarpins.

Clovis claqua la langue dans son dos, et Virginie sourit, gagnée par la fraîcheur de la désinvolte sauvageonne. Le majordome les devança ensuite, ouvrit la porte, et s'effaça pour les laisser passer.

— Ah ! Les voilà ! s'exclama Amélie avec une joie feinte, tandis qu'elle jetait un regard chargé de gratitude vers Catherine et sa tenue. Votre Grâce, vous connaissez déjà la jeune marquise de Macy.

— Votre Grâce, souffla Virginie en faisant la révérence devant la duchesse Delatour, une octogénaire ventripotente et hautement désagréable, engoncée dans une robe rose bonbon.

— Votre temps de deuil serait-il achevé, pour que vous vous permettiez de vous vêtir d'une tenue colorée ? lança sèchement la vieille Delatour.

Le sage ensemble de Virginie, d'un tendre ton bleuté, n'avait rien d'aussi tapageur que celui de Sa Grâce. La méchanceté de cette femme n'avait aucune limite, sans compter son manque de tact quant à la mort du père de Virginie.

— Effectivement, répondit cette dernière

simplement, en lui faisant face, et en souriant poliment alors qu'elle aurait souhaité l'étriper.

Dans son dos, elle ressentit plus qu'elle ne vit, Catherine se tendre comme une corde de violon.

— Qui est donc cette... personne ? jeta encore la duchesse, avec une moue de mépris en direction de la seconde jeune femme.

— Catherine de Croz, la fille d'un cousin de feu mon mari, Maden. Elle nous fait la joie de sa présence et...

— N'a-t-elle pas les moyens de se payer un couturier ?

Kalaan se redressa d'une révérence malhabile et fit face de toute sa hauteur.

— Vous excuserez ma piètre apparence, Votre Grâce, attaqua-t-il tandis qu'Amélie secouait la tête en signe de dénégation, les yeux écarquillés par la peur de ce qu'il allait dire. Elle ne vous rend certainement pas honneur, reprit-il, mais la malle qui contenait toutes mes soieries, ainsi que mes bijoux les plus précieux, est tombée à la mer. Voyez-vous, la tempête, lors de notre arrivée, ne nous a pas fait de cadeau. Peut-être est-ce également un signe de Dieu, pour me punir de tant de frivolité. Ne croyez-vous pas ?

La duchesse hoqueta en faisant tressauter son triple menton, et posa la main sur sa gorge, là où scintillaient les diamants d'une ostentatoire parure. Kalaan jubila intérieurement à la réaction de la vieille dondon, certain qu'elle avait assimilé le message. Si on le titillait trop, le retour de bâton était inévitable, et foudroyant.

Amélie se racla la gorge et elle allait terminer les présentations, quand Salam fut annoncé à son tour. Là encore, la vieille aristocrate fut des plus abjectes, n'hésitant pas à se moquer des habits du « païen », tandis que ce dernier avait revêtu son ensemble de Touareg.

Virginie, trop accaparée par l'odieux comportement de la femme, qui croyait pouvoir tout se permettre, vu qu'elle était une cousine éloignée de l'actuel roi Charles X, n'avait pas prêté attention aux deux autres personnes qui l'accompagnaient. On présenta donc l'un d'eux, le quatrième petit-fils de la duchesse, destiné à devenir curé et très certainement évêque par la suite, grâce à la colossale fortune de la famille Delatour. Il avait une vingtaine d'années, le corps efflanqué sous son habit de novice – une soutane sombre avec un rabat noir ourlé de blanc –, les traits lisses, le teint cireux, et les cheveux châtains coupés très court.

— Charles-Louis est ma joie de vivre, disait la Delatour en roucoulant.

Le pauvre petit-fils avait l'air plutôt mélancolique qu'épanoui ! Pas un seul sourire ne venait animer son visage, et dans ses yeux, transparaissait une étonnante lassitude. En fait, il avait déjà l'attitude d'un homme usé par les ans, et indifférent à tout. Ou alors, se cachait-il derrière cette façade pour fuir la présence envahissante de sa grand-mère ?

Enfin, le troisième personnage, dissimulé par la haute stature de Salam, s'avança, et Virginie crut que son cœur allait cesser de battre. Son sang se glaça, un vertige la saisit, et sans le secours discret de Catherine, elle serait probablement tombée à la renverse.

— Voici Darius Borgas, minauda la vieille toupie en posant une main gantée sur l'avant-bras de ce dernier. Un gentilhomme et ami proche de la famille. Il est aussi le conseiller particulier du roi, dans le domaine de la santé, car c'est le plus grand apothicaire du royaume, et ses connaissances médicinales restent inégalées. Voyez-vous, il a toujours une potion miraculeuse pour guérir n'importe quel mal qui se présente. C'est Dieu qui nous l'envoie !

Ou le diable ! cria une voix dans l'esprit de Virginie, qui subissait chaque roucoulade destinée à Darius comme une gifle.

Elle ne pouvait détacher son regard du monstre souriant, comme s'il l'hypnotisait de ses yeux gris, si clairs qu'ils en paraissaient presque blancs. Il était de haute taille, mais pas autant que Salam, et habillé d'un ensemble veste et pantalon marron, d'une chemise beige, et d'un foulard de soie crème autour du cou, parfaitement noué. Darius était d'une élégance incroyable, et il aurait pu être beau, si les traits de son visage n'avaient pas été aussi durs et ses mimiques cruelles.

Bon sang, suis-je la seule à voir cette aura de malfaisance qui l'entoure ? se dit encore Virginie en essayant de paraître détachée et hors d'atteinte du misérable.

Peut-être pas, car Salam semblait également sur la défensive, et jaugeait le gentilhomme qui fixait toujours Virginie, comme s'il voulait aspirer son âme. Ainsi que Kalaan, qui pinçait les lèvres et fronçait les sourcils, signe qu'il était très irrité.

En fait, si Kalaan était contrarié, c'était du fait qu'il avait la certitude absolue que ce Darius connaissait Virginie, et peut-être de manière intime. Étaient-ils amants ? Ils se comportaient tous deux de manière très étrange ; Virginie presque pétrifiée, et Darius ne la quittant pas des yeux, comme s'il lui passait un message silencieux, qu'elle comprenait très bien.

Une vive et poignante jalousie le saisit, et ses doigts, naguère protecteurs autour du bras de la jeune femme, se resserrèrent en la faisant sursauter de douleur. Elle le contempla, étonnée, et son regard gris se fixa sur son visage… ou plutôt celui de Catherine. Pouvait-elle lire la colère qui l'habitait en cette seconde ?

Non, car Virginie était à mille lieues des pensées de Kalaan. Elle luttait avec ses propres démons et sentait la peur prendre le contrôle de son esprit. Elle était tout simplement effrayée du fait que Darius ait localisé sa cachette, et qu'il ait eu l'audace de venir la rejoindre chez ses amis. Elle avait pourtant tout fait pour que cela soit impossible ! La seule personne qui avait connaissance du lieu où elle se trouvait, n'était autre que le détective qu'elle avait embauché pour enquêter sur la mort de son père. Est-ce que le vieux baroudeur l'avait trahie ? Avait-il tout dit à Darius moyennant un meilleur salaire ? Ce qui pourrait expliquer le fait qu'elle n'ait jamais reçu son courrier.

Un nouveau vertige la saisit ; pourtant, elle resta droite, piochant dans ses dernières forces et sa volonté pour ne rien laisser voir.

Amélie donna le signal pour passer à table, et tous la suivirent en écoutant déblatérer la seule personne qui, apparemment, avait le monopole de la parole : la duchesse Delatour.

C'est à ce moment-là qu'une sorte de chien, assez imposant, au poil blanc et gris et aux oreilles pointues, grogna et montra les crocs à leur passage. Il s'approcha du vieux bonbon rose, se mit debout sur les pattes arrière, celles de l'avant posées sur chaque épaule, et mordilla la base de sa nuque.

— Oh ! Vilain garçon ! s'exclama-t-elle en gloussant stupidement. Sage !

Kalaan n'attendit pas plus longtemps pour agir. Il sauta sur la bête, la saisit d'une poigne de fer à la gorge, et la coucha au sol sur le dos, en maintenant sa pression tant qu'elle montra ses dents pointues.

— Est-elle folle ? hurla la duchesse. Ne touchez pas à mon chien, stupide fille !

Kalaan, agenouillé dans ses jupons, ne se laissa pas faire, et attendit un signe de soumission de l'animal pour le relâcher. Ce qui arriva enfin, car il cessa de grogner et d'être agressif, jappa et lécha ses babines en urinant abondamment sur lui-même.

— Voilà, tout doux, murmura calmement Kalaan en desserrant davantage son étau, avant de caresser le flanc duveteux.

La seconde d'après, la bête roulait sur le ventre pour ramper à ses pieds, le museau bien à plat sur le plancher, tout en gémissant comme un chiot.

— Mais, qu'avez-vous fait ? vociféra de nouveau la duchesse, en tapant sur l'épaule de Catherine avec une serviette qu'elle avait dérobée sur la table.

— Si vous ne voulez pas suivre le même chemin que cet animal, je vous conseillerais de ne plus me frapper, gronda Kalaan en se redressant et en utilisant toute sa hauteur pour écraser la harpie, qui, effectivement, se tassa.

— Savez-vous ce qu'est cette bête ? demanda-t-il encore en pointant l'index dans la direction de la boule de poils.

— Mon chien ! C'est un cadeau de mon fils aîné, à son retour de Sibérie !

— Faux, c'est un husky, et son comportement s'apparente à celui du loup. D'ailleurs, les Tchouktches[61], peuple qui côtoie ces animaux depuis plus de deux mille ans avant Jésus Christ, ont une légende, ils disent qu'ils sont nés de l'amour d'un loup et de la lune. De plus, c'est un mâle, très jeune qui plus est, et il cherche sa place. De ce fait, comme un loup, quand il vous mord le cou, ce n'est pas un jeu, mais une démonstration de force et de domination, car il veut être l'alpha.

— L'alpha ?

— Le maître, fit Kalaan de sa voix haute, et en soupirant devant autant de stupidité.

— Et vous aviez besoin de brutaliser ce... susky... pour cela ?

— Husky... et non, je ne l'ai pas brutalisé, je lui ai simplement appris qui était le meneur, ici.

Pour confirmer ses propos, Kalaan claqua des doigts et ordonna au husky de s'asseoir, ce qu'il fit en jappant, avant de lécher sa main, et de plonger son magnifique regard bleu azuré dans celui vert ambré du comte.

— Ka... Catherine ! appela Amélie en se rattrapant vivement. Passons à table, mon enfant.

Suite à ces mots, et discrètement, elle fit un signe approbateur à son fils, et reprit son attitude détachée pour présider le dîner. Ce dernier fut un calvaire pour tout le monde, sauf pour la duchesse qui discutait et

---

61 *Tchouktches : Peuple paléo-sibérien habitant le nord de l'Extrême-Orient russe, sur les rives de l'océan Arctique de la mer de Béring.*

mangeait à la fois. Elle n'était avenante qu'avec les personnes qui étaient venues avec elle, un peu, également, avec Amélie. Cependant, tous les autres avaient droit à son royal dédain. Sauf peut-être Catherine, qu'elle ignorait, à n'en pas douter par peur de se faire jeter par terre comme le husky, jusqu'à ce qu'elle se fasse pipi dessus. D'ailleurs ce dernier, allongé aux pieds de la chaise de Catherine, ne la quittait plus.

Vers le moment du dessert, et certainement poussée par une curiosité morbide, la duchesse se tourna en direction de Salam :

— Monsieur le païen, avez-vous dû affronter des scarabées dévoreurs d'hommes ? À ce qu'il paraît, c'est horrible ! Ces bestioles s'insèrent sous la peau et grimpent jusqu'au cerveau pour le manger ! Tout cela, alors que les gens sont encore vivants !

Si seulement ils avaient pu manger la cervelle de cette enquiquineuse, et sa langue qui plus est ! se dit in petto Salam, qui préféra rester stoïque, et sourit avec flegme, avant de lui couper la parole en profitant d'un instant où elle se gavait de gâteau :

— Ce sont des bousiers sacrés, Votre Grâce. La seule chose qu'ils mangent est des fibres, pour ensuite les rejeter comme excréments, avec lesquels ils forment des boulettes pour pondre leur œuf à l'intérieur.

Salam eut la joie de voir la duchesse s'étouffer à moitié avec ce qu'elle avait dans la bouche ; c'est-à-dire la moitié d'une part de gâteau, dont la crème dégoulina sur son menton.

Pour le coup, Kalaan rit à gorge déployée en tapant du poing sur la table, et le petit-fils séminariste ne put s'empêcher de faire de même, mais avec plus de discrétion. Cette attitude plut tout de suite à Isabelle, qui accorda sa sympathie au jeune homme et le fit rougir comme un jouvenceau en lui jetant un clin d'œil. Acte qui n'échappa guère à Salam, qui se rembrunit subitement.

Virginie aurait bien aimé partager leur humour, mais le constant et lourd regard de Darius la tétanisait. Elle n'avait qu'une envie : s'enfuir de cette grande pièce, courir dans sa chambre, faire ses malles, et partir loin, très loin. Mais où ?

Il y eut un long silence, et Amélie, désireuse de rétablir une bonne ambiance, posa la question qui la hantait depuis l'arrivée des intrus :

— Je suis heureuse que vous vous soyez enfin décidée à nous rendre visite sur Croz. Mais qu'est-ce qui vous a poussée à le faire en plein hiver ?

— Oh, ma chère, une horrible affaire ! Il se passe de terribles choses à Paris, et cela m'a fait tellement peur, que je n'ai vu qu'une seule option : vous rejoindre ! Au moins ici, avec la mer autour de nous, et même si ce pays m'horripile parce qu'il est humide et triste, me sentirai-je un peu à l'abri !

Kalaan allait lui montrer si son « pays » était humide et triste ! Il allait la noyer, ou faire d'elle de la *boued*[62] à casiers pour les homards !

Il ne put mettre ses menaces à exécution, car la duchesse reprit théâtralement son monologue :

— Rendez-vous compte, pauvre de moi ! La police a retrouvé les restes d'un corps d'homme démembré, dans la Seine, juste en face de ma belle demeure ! C'est d'ailleurs le chef de la sûreté lui-

---

62 *Boued* : Nourriture, en breton.

même, le célèbre monsieur Vidocq[63], qui est venu constater l'affaire, et m'a demandé la permission de questionner mon personnel par la suite.

— Vidocq se serait déplacé pour un simple homicide ? coupa Kalaan, en s'attirant l'étonnement de la duchesse et de Darius Borgas, qui plissa les yeux et le détailla minutieusement.

Zut ! Catherine ne devait pas s'exprimer comme Kalaan, mais le mal était fait et Borgas, qu'il avait déjà croisé de loin à de nombreuses reprises à Paris, et qu'il n'appréciait guère, car il le soupçonnait de félonie, ne pouvait pas le reconnaître sous les traits de la « chose ». Et après tout, Catherine pouvait très bien connaître le personnage de Vidocq, qui était à lui seul une légende nationale.

— Il paraîtrait que l'homme, horriblement découpé, serait l'un de ses amis. Il le sait, car le bras repêché par l'un de ses policiers portait un tatouage unique. Oh ! Voilà que le nom du mort m'échappe ! Le choc de voir ça devant ma porte, pensez-vous… Mais quel nom m'a-t-il donné ?

— Georges Maltinard, annonça la voix sombre de Darius Borgas, qui prenait la parole pour la première fois depuis son arrivée sur l'île, tout en replongeant son regard froid de tueur dans celui de Virginie.

Le choc psychique de la silencieuse menace fut si intense, et tellement brutal, qu'un voile noir brouilla la vision de la jeune femme, et elle tomba, inconsciente, dans un puits sans fond.

---

63 *Eugène-François Vidocq : (1775-1857) Père de la police judiciaire parisienne et fondateur de la toute première agence de détectives privés de l'histoire.*

Chapitre 15

Protection rapprochée

Virginie gémit dans son sommeil, tandis que de fortes douleurs lui vrillaient le crâne, l'empêchant de reprendre contact avec la réalité. Des élancements au niveau de ses tempes allaient en bourdonnant jusqu'à ses oreilles ; pourtant, ce n'était pas cela qui l'avait réveillée, mais plutôt la douceur d'un linge humide que l'on passait délicatement sur son front.

Où était-elle ? Petit à petit, Virginie prit conscience du poids d'une couverture et d'un drap sur son corps, comme de la fermeté d'un matelas sous elle, et comprit qu'elle était alitée.

Lentement, en papillonnant des paupières, elle ouvrit les yeux, et distingua une imposante silhouette. Cette dernière était assise près d'elle sur le lit et, à cause de la lumière provenant de la cheminée de sa chambre, se découpait en ombre chinoise. Il était impossible de savoir qui se trouvait là, mais ce n'était certainement pas une femme : les contours de la silhouette étaient typiquement masculins !

Darius !

Ce prénom honni s'imposa à l'esprit de Virginie, et la réaction fut instinctive : elle bondit en arrière contre son oreiller, tout en remontant les genoux à sa poitrine, et poussa un cri de terreur.

— C'est la deuxième fois que je vous fais peur, s'amusa une voix rauque. Hier, vous m'avez menacé avec un verre. Ce sera avec quoi, cette nuit ? Votre déshabillé ? Remarquez, ce ne serait pas pour me déplaire.

Virginie tremblait toujours d'effroi, mais peu à peu, son corps se détendit au son de cette tonalité unique de baryton, qui ne pouvait appartenir qu'à un seul homme : Kalaan.

— Que... où suis-je ?
— Dans votre chambre.
— Et vous ?
— Apparemment, aussi ! rit Kalaan, en plongeant le linge, qu'il avait passé sur le visage de la jeune femme, dans un bac en porcelaine contenant de l'eau froide.

Elle soupira en se massant les tempes, ferma les paupières, et compta jusqu'à dix avant de parler, le temps de reprendre ses esprits face au fanfaron. De son côté, et profitant qu'elle ne fasse pas attention à lui, Kalaan se dépêcha d'enfiler ses gants en cuir noir pour masquer la marque sur sa paume.

— Vous vous êtes cogné la tête en glissant de votre chaise au dîner, l'informa-t-il d'un ton plus sérieux, avant de lui mettre d'office un verre sous le nez, quand elle ouvrit les yeux. Vous avez été inconsciente depuis cet accident, jusqu'à maintenant, et il est deux heures du matin passées.

— Qu'est-ce ? marmonna Virginie, tout en jetant

un coup d'œil suspect à ce que lui tendait Kalaan.

— Ce n'est pas du cognac, il ne faut pas rêver, ma mignonne, s'amusa encore Kalaan, sa mèche brune et rebelle lui tombant sur le front, tandis que ses lèvres sensuelles s'ourlaient d'un magnifique sourire.

Virginie, conquise par son humour, sourit également, remonta le drap sur sa poitrine que dissimulait heureusement sa chemise de nuit, et saisit le verre d'une main tremblante.

— Ce n'est qu'un calmant, une préparation de notre druide Jaouen. C'est lui qui s'est occupé de vous. On peut dire que vous avez fait peur à tout le monde !

— Oh... j'en suis désolée, souffla Virginie en goûtant du bout des lèvres la boisson.

Elle était amère et elle grimaça.

— C'est à base de pavot, juste la dose nécessaire pour endiguer la douleur, ce qui vous donnera peut-être envie de dormir. Vous avez une belle bosse sur le front, la taquina-t-il encore.

Virginie se força à ingurgiter le remède jusqu'à la lie, puis palpa du bout des doigts, et précautionneusement, la boursouflure qu'elle avait sur son front, à la base du cuir chevelu.

— Outch ! s'écria-t-elle.

— Nom de nom ! Ne touchez pas, je vous dis ! Sans compter que vous souffrez certainement d'une commotion ! Ah, les femmes, dites-leur quelque chose et elles feront exactement l'inverse !

Maintenant qu'elle avait tous ses esprits, Virginie prit conscience que le comte était assis vraiment trop près d'elle sur le lit. Toujours aussi séduisant dans ses habits noirs et sa chemise à jabot blanche, ses cheveux mi-longs dansant sur ses larges épaules. Devant tant de charisme, la jeune femme ressentit un profond trouble, et son cœur se mit à battre la chamade.

— Que faites-vous ici ? répéta-t-elle plus fortement, tout en se redressant et en fouillant du regard la pièce, pour constater qu'ils étaient vraiment seuls.

— Je veille sur vous.

— Mais, un homme dans la chambre d'une dame, cela ne se fait pas ! Gwendoline aurait pu s'occuper de moi !

Kalaan poussa un soupir faussement attristé, alluma une bougie sur la table de chevet, et posa ensuite une main gantée sur son cœur, tandis ses yeux vert ambré pétillaient d'humour.

— Je me dévoue corps et âme, et voilà comment vous me remerciez ? Petite ingrate ! Blague à part, des indésirables ont envahi le château ; je veux dire par là la duchesse Delatour, ainsi que ses domestiques. De ce fait, votre femme de chambre, et nombre de notre personnel, ont dû retourner s'établir au village. Quant à votre réputation, n'ayez crainte, elle est sauve... du moins pour cette nuit, ajouta Kalaan, heureux de la voir rougir suite à son sous-entendu. Isabelle vient de sortir à l'instant pour quérir une collation. Elle et moi nous relayons à votre chevet.

— Et monsieur Borgas ? lança Virginie en retenant sa respiration, alors que les mots lui avaient échappé.

Le visage de Kalaan se ferma et, subitement, il se rembrunit. Un muscle nerveux battit sur sa mâchoire et il serra les poings, avant de se lever en lui tournant le dos.

— Il est à l'auberge, et le petit-fils séminariste est

au presbytère. Cela a-t-il beaucoup d'importance pour vous ?

— Non ! tiqua Virginie, déroutée par le changement d'humeur du comte.

— Ce Borgas, vous le connaissez depuis longtemps ? grommela-t-il de sa voix de baryton, qui n'avait plus rien de sensuel tant elle s'était durcie.

— Depuis plus d'un an... Nous avons été présentés quelques mois avant la mort de mon père, souffla Virginie, en se mettant à triturer nerveusement l'ourlet brodé du drap.

Elle se souvenait d'un bal, de Darius, et de comment Josephe de Macy l'avait soustraite à ses avances éhontées et peu dignes d'un gentilhomme. Par la suite, il était plusieurs fois venu dans leur demeure parisienne, jusqu'au jour de la dispute qui avait opposé les deux hommes dans le bureau de son père.

Josephe était décédé au petit matin de la nuit qui avait succédé à l'algarade, à la suite de terribles souffrances ; il avait été pris de convulsions et de crampes, de douleurs abdominales, de nausées et vomissements, et avant de mourir, il avait basculé dans une sorte de délire, où il parlait confusément de Darius et d'une guilde.

Le médecin de famille qui avait été à son chevet tout ce temps, et avait argumenté d'un empoisonnement une heure après son arrivée, avait brusquement changé de comportement quand Josephe s'était mis à parler de Darius et de la guilde. Au petit matin, et avant de partir précipitamment, il avait radicalement modifié son avis et avait écrit dans le certificat de décès : mort par arrêt du cœur.

C'est là que Virginie, certaine que son père avait

été assassiné par Darius, avait convoqué Georges Maltinard. C'était d'ailleurs Josephe, quelques mois plus tôt, qui lui avait donné son adresse : *« Si un jour il se passe quelque chose de grave, contacte cet homme, il est de toute confiance, et saura te venir en aide ».*

— Êtes-vous amants ?

La voix agressive de Kalaan sortit abruptement Virginie de ses douloureux souvenirs. Elle crut avoir mal entendu, et interrogea le comte dans un souffle effaré :

— Pardon ?

— Avez-vous une liaison avec cet homme ? s'enquit encore une fois Kalaan, mais en faisant volte-face pour la regarder droit dans les yeux.

La colère et l'horreur que déclencha cette impertinente question en Virginie la firent trembler de la tête aux pieds.

— Comment osez-vous ? gronda-t-elle en se redressant, indifférente à la douleur qui lui vrillait à nouveau le crâne à chaque mot prononcé durement. De quel droit ? Vous ne savez pas qui est ce Darius Borgas ! Ce dont il est capable ! C'est… c'est…

L'attitude de Kalaan changea instantanément : d'inquisitrice, elle devint prévenante, tandis que les traits de son visage se détendaient peu à peu, mais pas totalement.

— Il vous fait peur ! lança-t-il comme la vérité lui sautait aux yeux. Vous êtes terrifiée, Virginie !

C'en était trop pour la jeune femme, et les larmes qu'elle retenait depuis des mois se mirent à couler sur ses joues, sans qu'elle puisse les endiguer. Le chagrin la faisait suffoquer, et Kalaan se précipita à son chevet pour la prendre dans ses bras. Il lui caressa le dos de ses grandes mains, tout en la berçant comme un petit enfant, et lui murmura des mots rassurants à l'oreille.

Là enfin, dans le cocon chaud et robuste de son étreinte, Virginie se sentit en sécurité. Ce sentiment était aussi puissant que celui qu'elle avait déjà éprouvé avec Catherine, au bord de la falaise, et c'était... une incroyable sensation d'invulnérabilité. Ce dont elle avait besoin par-dessus tout en cet instant.

— J'ai conscience que nous ne sommes pratiquement que des inconnus l'un pour l'autre ; cependant, il serait préférable que vous me racontiez tout.

Virginie secoua vivement la tête en signe de dénégation, et se força à respirer à pleins poumons, lentement, en focalisant son esprit sur la fragrance qui se dégageait du corps musculeux tout contre le sien. Cette odeur suave, épicée, typiquement masculine, celle de Kalaan... Elle était si intense, si envoûtante, que Virginie se détendit complètement. Elle était si bien, la joue reposant sur son épaule, ses mains gantées lui caressant le dos.

— Virginie ! Ne vous endormez pas ! Bon sang de bois, foutue potion !

La jeune femme gémit de contentement au travers des vapeurs qui envahissaient son esprit, pour ensuite faire la grimace comme Kalaan la secouait.

— Virginie, nous devons parler de Borgas !

— Non, non..., souffla-t-elle en laissant sa tête aller en arrière tant elle était soudain lourde. Il vous... fera... du mal...

La potion de Jaouen agit tant et si bien que Virginie s'endormit comme une masse, sous le regard incrédule de Kalaan. Après un moment, il haussa les épaules, retira ses gants, et du bout des doigts fit disparaître ses dernières larmes, tout en l'allongeant précautionneusement.

Elle était si belle dans le repos, si paisible. Kalaan ne pouvait, et ne voulait pas, la replonger dans un monde de tourments. De plus, elle était blessée, et devait reprendre des forces. Demain, Virginie lui raconterait tout, il en avait la certitude. Et si elle ne le faisait pas ? Eh bien, il demanderait à Jaouen une potion de vérité, et sans soporifique de préférence !

Cédant à une impulsion, Kalaan se pencha, posa doucement ses lèvres sur celles de la jeune femme, et émit un feulement rauque comme un feu ardent naissait au creux de ses reins à ce simple contact. Virginie soupira, son souffle sucré caressant le visage de Kalaan qui ferma les yeux et se redressa en grognant. Dieu ! Qu'il avait envie d'elle !

— Que fais-tu ?

La voix d'Isabelle dans son dos, alors qu'il ne l'avait pas entendue entrer dans la chambre, le fit sursauter. Pourtant, il se détacha très lentement de Virginie, et resta là à la contempler.

— Je crois que je tombe amoureux, avoua Kalaan dans un murmure, détaillant le doux visage de Virginie, sublimé par ses longs cheveux cuivrés qui l'auréolaient.

Isabelle vint lui poser une main sur l'épaule.

— C'est la première fois que tu m'ouvres ton cœur et que tu me parles aussi librement, souffla-t-elle avec émotion.

— Et désormais, je le ferai plus souvent, répondit Kalaan en plaçant tendrement ses doigts sur les siens, avant de croiser son regard. Je n'ai pas été le grand frère que tu souhaitais, mais je vais rattraper tout ce temps perdu, je te le promets !

— Oh ! Kalaan ! lança Isabelle avant de se jeter dans ses bras et de le serrer fort contre elle.

Virginie, légèrement bousculée par le mouvement, grommela dans son sommeil et leur tourna le dos en marmonnant. Kalaan et Isabelle se mirent à rire doucement et de concert.

— Tu m'avoues ton attachement pour Jinie, alors, je dois te révéler qu'elle aussi est attirée par toi, murmura encore Isabelle en plongeant son regard dans celui de son frère, et avant de lire son étonnement.

— Comment ?

— Enfin, elle m'a surtout confessé avoir des sentiments pour Catherine.

— Catherine ? hoqueta Kalaan. Mais, c'est une femme !

— Dadais que tu es, chuchota Isabelle d'un ton attendri et amusé à la fois. Ce qu'elle ressent, c'est pour toi, l'homme, celui que son corps et son âme ont reconnu. Mais elle en est profondément troublée, car quand elle te voit le jour…

— Elle regarde la « chose », termina Kalaan. Dieu, que j'aimerais que cette malédiction s'achève à l'instant !

— Moi aussi, mon frère, cela nous rendrait à tous un grand service. Bien que je commence à m'attacher à la part féminine qui est en toi !

— Il n'y a rien de féminin en moi ! se récria Kalaan, faussement touché dans son amour-propre, et heureux de la nouvelle complicité qui s'établissait entre sa sœur et lui.

Isabelle rit et lui ébouriffa les cheveux.

— Je te taquine. Néanmoins, il va falloir qu'un jour, et sous peu, tu parles à Virginie, reprit-elle plus sérieusement.

— Elle ne comprendra pas.

— Mère et moi, comme tes amis Salam et P'tit Loïk, ne t'avons pas tourné le dos ! Il en sera de même pour Virginie, j'en suis certaine. Parle-lui avant qu'elle ne le découvre par elle-même.

— Ce n'est pas le moment, grommela Kalaan. Elle est déjà assez ébranlée comme cela.

— Que veux-tu dire ? fit Isabelle en fronçant les sourcils.

— Que nous avons un gros problème, un énorme, et qu'il se nomme Darius. C'est un être dangereux, je le sais d'autant plus que j'ai eu des échos sur ses agissements quand j'étais au service du roi. Borgas trempe dans des affaires louches, et Virginie est au courant de quelque chose le concernant.

— Oh ! s'écria Isabelle. Et ce serait à cause de lui qu'elle se serait évanouie ? Je pensais que c'était l'affreuse histoire de l'homme démembré qui lui avait causé un malaise !

— Il y a de fortes chances que ce soit les deux, murmura sombrement Kalaan. Reste à savoir pourquoi et ce qu'il lui veut. Rien de bon, en tout cas, quand on connaît l'individu. Il va falloir garder l'œil ouvert, ne pas quitter Virginie ; et de toi, je souhaite la plus grande discrétion, comme je veux et t'ordonne de te tenir loin de cet homme. C'est bien compris, Isabelle ?

— Le frère despotique est de retour, marmonna Isabelle en faisant la moue.

— Non, le frère aimant plutôt, et qui prend soin

des siens, comme il aurait dû le faire depuis des années au lieu de vous abandonner. Alors, jure-moi de te tenir loin de lui !

— Je te le jure.

Gwendoline mettait une touche finale au chignon de Virginie, quand la porte de la chambre s'ouvrit à la volée, sur une Catherine des plus énergiques, le husky de la duchesse la suivant en jappant.

— Oh ! Mademoiselle Virginie n'est pas prête à recevoir de la visite ! rouspéta Gwendoline, se moquant cordialement de manquer d'égard envers une femme titrée, et de la famille des Croz qui plus est.

Ce qui lui importait avant tout, c'était la tranquillité de sa jeune maîtresse.

— Tout va bien, Gwen, murmura Virginie en se redressant et en lissant le velours de sa jupe bleu marine de ses mains fines.

— Comment vous portez-vous ce matin ? lança Catherine en détaillant la blessure sur le front de son amie. C'est encore bien rouge et boursouflé, et d'ici quelques jours ça tournera au mauve, ainsi qu'au jaune verdâtre, mais je vous rassure : actuellement, cela ne vous défigure que très peu !

Virginie lâcha un éclat de rire ; décidément, Catherine n'avait pas sa langue dans sa poche, comme son cousin Kalaan ! La jeune femme s'empourpra involontairement en se rendant compte du chemin que prenaient à nouveau ses pensées.

— Hum, merci ! fit-elle en affichant un sourire. Je vois que vous vous êtes fait un nouvel ami, ajouta-t-elle en désignant le husky.

— Oui, nous sommes désormais inséparables,

« Fous-le-camp » et moi, d'autant plus que la mégère n'en veut plus. Elle a trop peur des loups ! L'imbécile !

Virginie, cette fois, rit à gorge déployée, comme Gwendoline, qui quitta la chambre en gloussant.

— Comment l'avez-vous appelé ?
— L'imbécile ?
— Non ! Le husky !
— Oh ! Eh bien, « Fous-le-camp » !

Virginie se rassit sur la chaise, près de sa coiffeuse, saisie par un fou rire irrépressible. Le husky vint même gémir à ses côtés et lui lécher les mains, ne comprenant pas ce qui se passait. Croyait-il qu'elle était blessée ? Enfin oui, mais c'était un mauvais souvenir, car la jeune femme se sentait mieux grâce à la potion du druide Jaouen.

— Catherine, si vous n'existiez pas, il faudrait vous inventer ! Que me vaut l'honneur de votre visite ? reprit-elle en essayant de recouvrer son sérieux.

— Je viens vous chercher pour aller à la messe, pardi ! Avez-vous au moins déjeuné ? dit encore Catherine en inspectant le plateau avec le reste du café et des tartines que Virginie n'avait pu finir, et que Gwendoline avait oublié d'emporter en partant.

— Ne vous faites pas de souci, je me sens vraiment mieux.

— Au pire, on se servira copieusement dans le calice à hosties, pour couper notre faim durant l'office.

Virginie écarquilla les yeux d'ahurissement, se demandant une seconde si Catherine était sérieuse, et rit quand celle-ci lui lança un clin d'œil canaille.

— Je ne souhaite pas vous accompagner, fit-elle avec plus de gravité. D'ailleurs, je pense garder la chambre… quelques jours.

Aussi longtemps que Darius sera là, se dit-elle pour elle-même.

Catherine haussa ses fins sourcils noirs et secoua la tête, avant de prendre la main de Virginie et de l'obliger à se mettre à nouveau debout.

— Hors de question ! Je compte sur vous et vos conseils pour ne pas m'emmêler les pinceaux devant les invités de ma tante. Vous ne pouvez pas me faire faux bond !

Kalaan voulait la jeune femme à ses côtés jour et nuit, dans le but de pouvoir la protéger de Darius ou de ses manigances, et ce n'était guère dans cette chambre qu'elle serait à l'abri de ce monstre.

Virginie ne lui refuserait jamais son aide, le comte en était certain. Ce que confirmèrent les paroles de cette dernière :

— Très bien, souffla-t-elle en baissant les yeux et en pâlissant légèrement.

Kalaan aurait tant souhaité lui dire qu'elle ne craignait rien avec lui ! Qu'il serait là à jamais, en toute occasion. Mais il se contint, et reprit son rôle de « Catherine » :

— Venez, ne faisons pas attendre Sa Grâce plus longtemps, elle est déjà assez nerveuse à l'idée de nous montrer son petit-fils à l'œuvre, dans sa future fonction de curé.

— Magnifique, j'en trépigne d'avance, maugréa Virginie en faisant la moue et en traînant les pieds à sa suite.

Ils descendirent tous deux et se rendirent dans le petit salon où tout le monde patientait, sauf Salam qui devait être avec Jaouen – comme à son habitude désormais –. Se trouvait là, également, l'immonde Darius qui sourit cyniquement en voyant apparaître Virginie. La jeune femme prit sur elle et, courageusement, l'ignora avec superbe.

— Les cloches sonnent, nous allons être en retard à l'office ! s'écria la duchesse de sa désagréable voix. Et je veux que tout le monde chante en l'honneur de mon Charles-Louis !

— Ah, dans ce cas ! s'exclama Kalaan, en passant devant la vieille aristocrate pour s'emparer d'une statuette de la Vierge Marie, posée sur le haut d'une petite bibliothèque.

— Oh non…, gémit Amélie, sans pouvoir arrêter son diable de fils déguisé en femme.

Car elle savait très bien ce que ce dernier avait en tête : imiter les pitreries de Maden ! Feu l'ancien comte faisait ça à chaque fois qu'elle l'obligeait à le suivre à la messe : pour faire rire son fils en priorité, mais aussi pour la taquiner. Après avoir saisi la statuette, Kalaan lui tordit le cou dans un « poc » sonore et l'afficha, sous les yeux effarés de la duchesse Delatour.

— Doux Jésus ! Elle a décapité la Sainte Vierge ! hurla-t-elle, visiblement prête à s'évanouir.

— N'exagérons pas ! répondit Kalaan un brin moqueur. La tête n'est qu'un bouchon, et si je dois chanter, je vais devoir prendre des forces ! ajouta-t-il encore en buvant le contenu, qui n'était autre que de l'eau-de-vie.

— La statuette… est une… bouteille ? bafouilla la duchesse.

— Bien évidemment,

— C'est… c'est honteux ! C'est un sacrilège !

— Mais non, juste exquis, rétorqua le comte en se dirigeant vers Virginie pour lui saisir la main, et ensuite rejoindre le vestibule où Clovis, et les valets de pied, les attendaient avec leurs manteaux et leurs gants.

Virginie jeta un coup d'œil discret au majordome qui lui répondit en faisant non de la tête. Toujours pas de courrier... La jeune femme se dit que, de toute manière, son détective étant mort, elle n'en recevrait jamais, et qu'il était désormais impossible de prouver que Darius était un assassin.

Le cœur lourd, et pressant le pas pour ne pas être trop proche de l'immonde personnage, Virginie s'engagea sur le chemin menant à l'église du village. À ses côtés, Kalaan restait aux aguets. L'échange silencieux entre la jeune femme et Clovis ne lui avait pas échappé, pas plus que la déception, puis la tristesse, qui s'étaient affichées sur son visage. La journée allait être longue jusqu'à ce qu'il puisse tirer tout cela au clair en tant que Kalaan à part entière.

Dès qu'il le pourrait, il irait parler à Salam, Jaouen et P'tit Loïk, car il avait besoin de leur aide pour mettre un plan de surveillance en place. Le loup était déjà dans la bergerie... et pour une fois, Kalaan voyait la malédiction comme une bénédiction ; sous les traits de Catherine, il pourrait agir en toute discrétion.

— « Fous-le-camp » ! File au château, tout de suite ! s'écria-t-il de sa voix cristalline, en se rendant compte que le husky les suivait en trottant joyeusement.

L'animal jappa, pleurnicha, mais finit par obéir à moitié à son maître : il se coucha dans l'herbe près de l'église et se mit à gémir lamentablement.

Virginie, à ses côtés, émit un rire léger et leva son beau regard sur lui :

— Vous savez vous faire écouter, Catherine ; si vous pouviez en faire autant.

Kalaan en resta bouche bée, et rit à son tour en entrant dans la maison du Seigneur... qui était bondée ! Tous ses marins étaient là, ceux qui avaient connaissance de la malédiction, et tous se mirent à glousser à son passage. Dans sa robe ajustée, et avec sa coiffure aux boucles pendantes sur les oreilles, Kalaan devait être ridicule au possible. Mais de là à les autoriser à se gausser de lui ? Ah ça non !

Discrètement, il les fixa un à un, bien tranquillement, afficha une mimique sadique, et glissa son doigt de part et d'autre de son cou en signe de représailles. Les marins se turent instantanément, et se mirent à prier comme jamais ils ne l'avaient fait de leur vie.

Quelques minutes plus tard, non loin de la nef, Kalaan se mit à chanter fort, et extrêmement faux, en l'honneur de Charles-Louis, tout en souriant de toutes ses dents à une duchesse Delatour ulcérée, rouge de colère. Voilà ce qu'il en coûtait de s'inviter à Croz !

La journée continua ainsi, Kalaan et Virginie formant un duo inséparable, le husky les suivant partout. Darius fit plusieurs tentatives pour approcher la jeune femme, qui furent à chaque fois déjouées sans aucune difficulté, et il disparut de la vue de tous durant un long moment, avant de revenir au château en fin d'après-midi.

La colère qui animait désormais cet homme était irréfutable, cela transparaissait dans son allure nerveuse et tendue. Il voulait quelque chose de Virginie, c'était une certitude.

Le soleil se coucha et, inéluctablement, Catherine redevint Kalaan qui chargea Isabelle de veiller sur Virginie, au cours de la soirée et du souper.

— Pas longtemps, assura-t-il. Reste près de mère avec Virginie, ne la quitte pas, ne la laisse jamais seule en présence de Darius, et tiens-toi loin de lui toi aussi ! Je rentre au plus vite, ajouta-t-il avant de franchir la porte d'entrée de la forteresse, et d'être englouti dans le brouillard qui s'était abattu sur l'île.

Là encore, « Fous-le-camp » courut après son maître et disparut également à la vue d'Isabelle.

— À quoi bon dire à ce chien de revenir ici, s'il se nomme « Fous-le-camp », marmonna-t-elle, avant de secouer la tête et de rire doucement des bêtises de son frère.

Quelque part dans l'ombre du vestibule, quelqu'un avait assisté à toute la scène, et avait noté avec stupeur l'attitude du husky avec le comte. C'était un détail de plus, le doute n'était désormais plus permis.

Chapitre 16

De félicité en révélations

Kalaan, grâce à son don de vision nocturne, et malgré le fort brouillard iodé qui l'entourait, arriva sans encombre à la demeure du druide Jaouen. Il poussa la porte et la referma derrière lui en soupirant de bien-être, tant la chaleur diffusée par le feu dans la cheminée était délectable, après l'humidité et le froid pénétrants de l'extérieur.

— Te voilà enfin ! lança Jaouen, assis comme à son habitude près de l'âtre, Salam et un P'tit Loïk très peu loquace, et visiblement intimidé, à ses côtés sur d'autres tabourets.

— J'ai fait au plus vite, s'excusa Kalaan d'un ton sec en cherchant du regard une chaise, et n'en trouvant pas, choisissant de se jucher sur le bord de la table.

— Mauvais choix, s'amusa Jaouen, après avoir vu basculer le meuble sous le poids du comte.

— Je croyais que ton mobilier ne se brisait jamais, railla Kalaan en finissant de traîner un vieux coffre vers le trio.

— Je parlais alors de mon tabouret, pas de cette

table composée de bric et de broc. Pourquoi nous as-tu réunis ce soir ?

— Parce que nous devons mettre en place un plan de protection et de surveillance, contre un dénommé Darius Borgas. L'homme est ici, à Croz, et il est extrêmement dangereux.

Jaouen lissa sa longue barbe blanche d'un air détaché, les yeux dans le vague, puis saisit sa pipe qu'il alluma à l'aide d'une brindille enflammée.

— La protection... c'est pour qui ? s'enquit-il après avoir soufflé un énorme panache de fumée épaisse, qui n'avait pas la même fragrance que celle du tabac.

— Tu fumes de la menthe ? ne put s'empêcher de s'exclamer Kalaan avant de rire.

Jaouen tira une grande bouffée sur sa pipe avant de le regarder de haut, même si Kalaan était toujours debout devant lui.

— Oui, et quelques autres ingrédients, marmonna-t-il. Avec ce temps humide, c'est un très bon mélange pour faire disparaître la douleur provenant de mes vieux os.

À ce moment-là, un grattement à la porte, suivi de jappements continus, attira l'attention des quatre hommes.

— Nom de nom, un vrai pot de colle, ce husky ! gronda Kalaan avant d'aller ouvrir à l'animal. « Fous-le-camp » ! Je t'avais ordonné de rester au château !

— « Fous-le-camp » ? dirent ensemble P'tit Loïk et Jaouen, avant de glousser et d'éclater de rire.

— T'as vraiment le don, gamin, d'trouver des noms ridicules à tes sacs à puces ! plaisanta P'tit Loïk en retrouvant son souffle. T'es le portrait craché d'ton père !

Le vieil homme recouvra son sérieux d'un coup à la suite de ces paroles, en voyant les traits du visage de Kalaan se figer.

— *Va digarez, c'hwiltouz*[64], marmonna-t-il à nouveau en baissant la tête. J'voulais pas te faire d'peine.

— *N'eo ket strikt*[65], lui répondit bienveillamment Kalaan. Je suis fier que tu me compares à mon père, j'en suis même honoré.

— Hum… donc, nous parlions de protection, intervint Jaouen, l'air de rien, en lançant un regard circonspect à Salam qui hocha la tête en retour.

— Elle concerne Virginie de Macy. Nous devons l'entourer et la tenir à l'écart de Darius Borgas. P'tit Loïk, tu préviendras nos hommes : qu'ils soient discrets, et qu'ils le gardent à l'œil. Pour les jours à venir, organise des sorties en mer et embarque-le à bord d'un des bateaux de pêche.

— Ce s'ra fait, mon gars !

— Qui est ce Darius, et que devons-nous faire, Salam et moi ? s'étonna Jaouen.

— Darius est suspecté de traîtrise envers le royaume, et d'autres actes crapuleux. C'est un homme particulièrement nuisible, mais nous n'avons jamais pu le prouver ; de plus, il a l'amitié du roi pour lui. Il est venu ici dans l'unique but d'être au plus près de Virginie de Macy. Pourquoi ? Je ne le sais pas encore, mais je compte en être informé ce soir, de la bouche de la jeune marquise. Quant à ce que vous devez faire, Salam et toi, Jaouen…, en fait, rien. Je voulais surtout

---

64 *Va digarez, c'hwiltouz : Excuse-moi, gamin (en breton).*
65 *N'eo ket strikt : Ce n'est pas grave (en breton).*

apprendre ce que vous maniganciez tous les deux, dit Kalaan en faisant courir un regard aiguisé du druide à son ami touareg.

Les deux hommes adoptèrent une attitude détachée, bien trop marquée pour qu'ils n'aient rien à cacher.

— Alors ? relança Kalaan d'un ton plus pressant.

— Nous cherchons le moyen de lever la malédiction, répondit enfin Jaouen.

— C'est cela, confirma Salam.

Kalaan en resta pantois deux secondes. Ainsi, ses amis ne l'avaient pas abandonné !

— Avez-vous découvert quelque chose ?

— Des indices, mais rien de concret, fit le druide en agitant sa main dans le vide. Mais nous ne désespérons pas, n'est-ce pas Salam ?

— Certainement, dit le Touareg en replongeant dans son mutisme.

— C'est tout ? s'écria Kalaan, éminemment déçu. Tout ce temps passé ensemble, comme des conspirateurs, pour ne trouver que quelques indices insignifiants ? Vous faites bien la paire, tiens !

— Bien plus que tu ne le crois, marmonna Jaouen, si bas que Kalaan ne perçut pas le sens de ses propos.

— Que dis-tu ? s'enquit-il.

— Rien d'intéressant. Mais compte sur nous, et ton dévoué second, reprit Jaouen en désignant P'tit Loïk, pour garder un œil sur ton âme sœur.

Kalaan en resta bouche bée un instant. Le druide avait dit « âme sœur » en parlant de Virginie ? De sa bouche, c'était une révélation, quelque chose qui se concrétisait soudain, car Jaouen voyait toujours clair.

La jeune femme et lui étaient donc prédestinés. Cela ne faisait plus aucun doute.

Les quatre hommes décidèrent d'établir un plan de surveillance autour de Darius, et tous se séparèrent. Enfin, presque ; Kalaan et P'tit Loïk, comme « Fous-le-camp », étaient devant la porte ouverte, quand le comte remarqua que son ami touareg n'avait pas bougé d'un iota.

— Tu ne rentres pas à la longère ?

— Non, mon frère. Je me suis installé ici ce matin. C'est plus pratique pour nos... recherches, termina-t-il avec l'assentiment silencieux de Jaouen.

— Bien, à demain donc.

— *Kenavo*[66], Kalaan ! lança le vieux druide. Et reste sur tes gardes. Le dénouement approche à grands pas.

Sur ces paroles mystérieuses, Kalaan s'en retourna dans la noirceur poisseuse de la brume, son second marchant dans ses pas, une lanterne à la main, et le husky trottant à leur suite.

— L'est étrange, ce druide... t'as compris ce qu'il voulait dire avec son dénouement ?

— Non, marmonna Kalaan. Mais pour comprendre le sens de ses mots, il faudrait tout d'abord connaître réellement le personnage. Je ne sais pas ce que Salam et lui trament, mais je subodore que cela ne concerne pas que la malédiction. On va garder un œil sur eux également, ajouta-t-il d'un air décidé.

— M'ouais, grommela à son tour P'tit Loïk.

Soudain, le bruit d'une course et d'un souffle précipité les figea sur place. Cela venait de quelque part, droit devant eux, et si Kalaan ne se trompait pas

---

66 *Kenavo : Au revoir ou adieu (en breton).*

dans son orientation, quelqu'un se dirigeait vers le cercle brisé et la falaise. Il aurait pu savoir de qui il s'agissait, s'il n'y avait pas eu autant de brouillard.

— Rentre au village, ne m'attends pas. Je vais voir de quoi il retourne.

— Prends ça, mon gars, dit P'tit Loïk en lui tendant son pistolet.

— *Trugarez*[67] !

Kalaan s'élança, « Fous-le-camp » filant près de lui et le dépassant à un moment pour disparaître dans les volutes humides et épaisses. Quelques secondes plus tard, le hurlement d'effroi d'une femme lui fit presser le pas. Le cœur de Kalaan marqua un douloureux battement, quand il comprit que la personne n'était autre que Virginie.

Enfin il l'aperçut, le husky la retenant par la jupe, les crocs plantés dans le bas de sa robe, tandis qu'elle était allongée, le haut du corps basculant au-dessus du vide. La bête venait de la sauver, et Kalaan se précipita pour la tirer par les jambes et sans ménagement, sur la terre ferme, avant de s'agenouiller et de la prendre dans ses bras.

— Virginie, *ma kariadez*[68], ne pleurez plus, je suis là, chuchota-t-il en répétant ses mots jusqu'à ce qu'elle se calme.

— Ka… Kalaan ? hoqueta-t-elle en s'accrochant à sa chemise de ses doigts tremblants. Je… j'ai eu si… peur…

— Tout va bien, vous êtes en sécurité maintenant.

Poussé par un instinct primaire, le comte pencha la tête et prit les lèvres de Virginie en un baiser tout

---

67 *Trugarez : Merci (en breton).*
68 *Ma kariadez : Ma chérie (en breton).*

d'abord tendre, puis passionné quand elle répondit à son geste.

Il plongea sa langue à la rencontre de la sienne, et fut instantanément envoûté par le goût sucré, aphrodisiaque de sa bouche. Virginie agrippa plus encore sa chemise et s'offrit avec une ardeur qui dérouta Kalaan, ce qui alluma en lui un fulgurant et impérieux désir.

Oubliant la nuit, le brouillard, et l'humidité qui imbibait leurs habits, il étendit Virginie sur le tertre du cercle brisé. D'un genou, il écarta ses cuisses et s'allongea à demi sur elle, lui faisant sentir l'ampleur de son attirance, en appuyant sa virilité tendue contre son ventre.

Elle gémit, puis poussa un petit cri. Attentif à ne pas lui faire mal et à ne pas aller trop vite, Kalaan voulut prendre un peu de distance, mais Virginie l'en empêcha en glissant agilement une jambe autour de ses hanches.

— Dieu, Jinie, feula-t-il en interrompant leur baiser, et en percevant son souffle précipité, comme une ensorcelante musique à ses oreilles. Ne me tentez plus, ou…

Il ne put continuer, car Virginie lui avait saisi la tête à deux mains et s'était jetée à nouveau à l'assaut de sa bouche.

C'en était trop pour Kalaan, qui dit adieu au gentilhomme qu'il désirait désormais être, et bonjour au libertin qu'il avait toujours été. Cependant là, à cet instant précis, dans les bras de Virginie, il n'était plus un débauché qui voulait prendre son plaisir égoïstement, pour s'en aller après quelques heures de bagatelle. Non, Kalaan souhaitait tout partager avec elle, il ne pensait qu'à elle, et à ce qu'elle devait ressentir. Il tremblait de tout son corps tant il avait peur de se montrer brutal, et de perdre le contrôle dans cette tempête de désir qui était plus puissante que jamais.

— Kalaan, l'appela Virginie dans une plainte ténue, en bougeant sous lui, son corps se mouvant en un va-et-vient instinctif qui lui fit serrer les dents, tant il était proche de succomber, comme un adolescent lors de sa première nuit de volupté.

Cette femme le rendait fou ! D'habitude, il pouvait passer des heures au jeu des préliminaires sexuels, mais là… si Virginie continuait ainsi, il allait se libérer dans son pantalon.

D'une main, il remonta la jupe sur les dessous de la jeune femme, et avec avidité, laissa courir ses doigts vers le haut de sa culotte, à la jointure de ses cuisses, où il déchira le tissu sans ménagement. Dans le même temps, il reconquit sa bouche avec ardeur, plongeant en elle sans relâche, tandis que ses doigts partaient à la rencontre de sa chaude et humide intimité.

Il aurait pu la prendre tout de suite, car elle était prête à le recevoir. Néanmoins, Kalaan puisa dans sa volonté pour se ressaisir tout en gémissant et en mordillant son cou, là où pulsait frénétiquement son sang dans la veine jugulaire. Mais très vite, il revint à l'assaut de ses lèvres enflées de ses baisers, en manque de son goût unique et captivant.

Virginie soupira longuement de félicité et tressauta comme il commençait à la caresser. Elle était en feu, et Kalaan avait soudain l'impression d'être le dieu de la lave, souhaitant la faire sienne et la consumer de plaisir, avant qu'elle ne renaisse dans ses bras.

Virginie l'enlaça plus encore, cambra le bassin, et bougea lentement, puis de plus en plus langoureusement, à la rencontre de sa caresse qui se faisait plus pressante. Il se rehaussa un peu, voulant la découvrir grâce à sa vision nocturne, tandis que de son côté, elle ne pouvait le voir, juste le toucher.

Sa peau était lumineuse de blancheur, presque surnaturelle, ses yeux gris, dilatés par la passion, brillaient telle Vénus au firmament, tandis que ses longs cheveux ressortaient, quasi orangés sur un tendre lit d'herbe et de terre sombre.

— Ma petite déesse, murmura Kalaan, le cœur gonflé d'amour, avant de l'embrasser avec plus de douceur. Sais-tu où nous allons, tous les deux ?

— Au paradis, Kalaan. Emmène-moi là-bas, souffla-t-elle en adoptant comme lui un langage plus familier.

— Est-ce vraiment ce que tu souhaites ?

— Plus que tout…

Kalaan l'embrassa à nouveau, puis suivit un sillon invisible de ses lèvres à son menton, jusqu'à son cou gracile et plus bas, vers sa ronde poitrine à moitié dénudée par leurs ébats.

Il mordilla délicatement un téton et Virginie lâcha un cri altéré par le désir, tout en se tortillant plus encore sous lui et en passant les mains sous sa chemise pour lui effleurer le dos. Une nouvelle caresse intime de Kalaan la fit se tendre comme une corde de violon, alors qu'il savait pertinemment qu'elle approchait de l'extase, et c'est ainsi qu'il la voulait ; aux portes de la jouissance, ivre de sensualité.

Kalaan dégrafa les boutons de son pantalon et

libéra son membre durci avant de se positionner entre ses jambes fuselées. Quand il ne put plus se contenir davantage, il poussa doucement et s'enfonça à peine dans son ventre. Virginie se raidit tout d'abord sous l'intrusion, ouvrant de grands yeux étonnés, et s'accrochant à ses biceps contractés, tandis qu'il prenait appui au-dessus d'elle. Tremblant de tous ses membres, il lui laissa encore le temps de se rétracter ; mais alors, elle ondula du bassin, vint à sa rencontre, et il plongea totalement en elle, d'un mouvement souple des reins, loin, profondément.

Il resta là, jusqu'à la garde, dans cet étau brûlant qui se resserrait frénétiquement autour de lui, donnant quelques à-coups tout en se frottant contre Virginie. Elle poussa de petites plaintes, frissonna, et arqua son corps à plusieurs reprises. Cependant, ce n'était pas ainsi que Kalaan voulait la voir céder. Alors, il se redressa et s'agenouilla sans se défaire de la jeune femme, et tenant ses hanches, il se mit à bouger en elle, de plus en plus vite, de plus en plus fort, jusqu'à ce que l'extase les emporte tous deux dans un monde de volupté absolue, où plus rien ne pouvait les atteindre.

Là, dans le cercle brisé, les chants d'amour de deux âmes sœurs venaient de fusionner, pour ensuite résonner et monter vers les Sidhes, sous le regard de dieux bienveillants.

Virginie n'éprouvait aucun regret de s'être donnée à Kalaan, c'est ce qu'elle avait souhaité, et de tout temps, car il avait toujours été l'homme de ses pensées comme de son cœur.

Il ne lui avait pas fait la cour, la romance n'avait

rien à voir ici, et Virginie savait que tout cela ne déboucherait pas sur un mariage. D'ailleurs, ce n'était pas ce qu'elle désirait. Le destin s'était chargé de tout et avait placé Kalaan sur son chemin, au moment où le monde basculait dans l'horreur autour d'elle.

Faire l'amour avec cet homme, c'était comme de revenir à la vie, remonter d'un puits sans fond, se sentir vivante. Elle lui avait fait cadeau de sa virginité, mais cela n'avait aucune importance ; et si c'était à refaire, elle n'hésiterait pas un seul instant.

Kalaan, la sentant trembler sous lui, se dépêcha de se retirer pour la recouvrir de sa jupe, boutonna son pantalon, et prit Virginie dans ses bras pour la mettre debout. Après quoi, il se délesta rapidement de son manteau pour le déposer sur ses épaules.

Comment peut-il faire tout cela avec autant de précision, alors qu'il fait nuit noire ? C'est comme s'il pouvait me distinguer avec netteté, tandis que je ne peux que le deviner à mes côtés, se demanda Virginie.

— Je t'emporte à la longère, murmura-t-il en lui effleurant le front d'un doux baiser et en la soulevant dans ses bras musclés.

— Tu peux voir dans le noir ? chuchota-t-elle, poussée par la curiosité, la joue contre son épaule, et les yeux fermés pour ne pas être étourdie par les mouvements de la marche.

Kalaan rit, et le son de sa voix atteignit Virginie comme une sensuelle caresse. Dieu, était-ce seulement possible ? Elle avait à nouveau envie de lui !

— Disons que je connais cette île comme ma poche.

— Merci, souffla soudain Virginie, et Kalaan ralentit sa foulée, étonné.

— De quoi ?

— Pour tout. Ce soir, tu m'as sauvé la vie.

— Tu te trompes, c'est « Fous-le-camp » qui t'a empêchée de basculer dans le vide. Je n'ai fait que saisir tes si jolies jambes et te ramener à terre.

Le husky, qui s'était fait gentiment discret jusqu'alors, jappa joyeusement comme s'il avait compris les paroles de son maître. Mais soudain, Virginie se figea, car l'animal ne suivait que Catherine depuis qu'elle l'avait « dompté » devant la duchesse Delatour. Dans ce cas... que faisait-il avec Kalaan ?

— Il a dû te talonner ce soir, dit alors Kalaan, comme s'il avait suivi le chemin de ses pensées. Le husky ressent beaucoup de choses, comme les fortes émotions des personnes qui l'entourent. Nous arrivons à la longère, tu vas pouvoir te réchauffer et me raconter tout ce qu'il s'est passé.

Virginie se détendit, mais une partie d'elle était focalisée sur l'étonnant comportement de la bête, sans compter qu'il y avait un je-ne-sais-quoi qui la préoccupait, comme si une évidence lui échappait, à l'instar d'un mot que l'on connaissait, avait sur le bout de la langue, mais que l'on ne parvenait pas à retrouver.

Bientôt, la lumière diffusée par la longère transperça le brouillard, juste au moment où ils atteignaient la cour pavée de l'habitation. Le comte ne la reposa à terre à aucun moment, et réussit à ouvrir la porte avec facilité, avant de la refermer sur eux et le husky. Ce dernier alla immédiatement se coucher sur un tapis devant la cheminée, tandis que Kalaan installait Virginie sur un fauteuil non loin de l'âtre, dont la chaleur bienfaisante l'enveloppa tout de suite.

Elle soupira avec délice, et Kalaan profita une nouvelle fois de son inattention pour sauter sur la paire de gants qu'il avait laissée sur la table.

— Raconte-moi ce qui s'est produit ce soir. Il est temps, Jinie.

Il avait parlé avec douceur ; pourtant, la jeune femme se raidit et pâlit. Un long moment se passa, où Kalaan crut qu'elle ne s'ouvrirait jamais à lui, jusqu'à ce qu'elle prenne la parole d'une voix tendue et angoissée.

— Le souper venait de s'achever, et nous nous sommes tous rendus dans le petit salon pour finir la soirée. Darius… était présent, également, fidèle à lui-même, ne me quittant pas de son regard chargé de sombres promesses. J'ai dû m'absenter… pour, enfin… me repoudrer le nez. Mais quand je suis revenue, il était là, dans le couloir, et m'attendait avec son rictus mauvais sur les lèvres. Il m'était du coup impossible de rejoindre ta sœur et ta mère, ni même de monter les escaliers pour m'enfermer dans ma chambre. Alors, je me suis sauvée vers les communs et la cuisine, et je me suis élancée dans le parc. Longtemps, j'ai entendu sa respiration derrière moi, mais j'ai continué de courir, m'orientant grâce au souvenir des promenades en compagnie de Catherine, puis en suivant les murets au toucher, et… je suis arrivée au cercle brisé. Heureusement… que… tu étais là…, bafouilla-t-elle encore, en se frottant nerveusement les joues pour effacer ses larmes, et refusant de le regarder.

Ce que Kalaan comprit très bien ; elle avait besoin de s'éloigner d'une certaine manière de lui, pour pouvoir raconter toute son histoire. Cependant, il en manquait une bonne partie.

— Qui est Darius pour toi, Jinie ?

— L'assassin de mon père, répondit-elle avec une sorte de détachement amer.

Kalaan retint son souffle et serra les poings. C'était comme s'il venait de recevoir un coup de poing. Le choc de cette révélation l'ébranlait tout entier. Josephe avait été un grand ami, dont il s'était également éloigné, comme de tous les êtres qui avaient de l'importance pour lui.

Là encore, Kalaan se dit que s'il était resté à Paris, auprès des siens, Josephe de Macy serait peut-être toujours en vie !

Il alla s'asseoir non loin de Virginie, les coudes sur les genoux, et les yeux perdus sur le vif foyer que le jeune aide, Gérald, avait entretenu avant son retour.

— Il faut que tu me dises tout, Virginie. Je peux te protéger, et avec moi à tes côtés, personne ne pourra t'atteindre.

La jeune femme plongea son regard dans le sien, et hocha la tête en signe d'assentiment. Elle arriva même à lui renvoyer un faible sourire, avant de coincer ses longues mèches derrière les oreilles à l'aide de ses doigts tremblants.

— Oui, je le sais maintenant, souffla-t-elle, et ces simples mots allèrent droit au cœur de Kalaan, qui l'aurait prise dans ses bras s'il n'avait eu peur d'interrompre sa narration.

Alors, elle lui raconta tout, de l'histoire du bal aux avances déplacées de Darius. De ses nombreuses visites à leur domicile parisien, du fait que son père paraissait tendu depuis des mois, jusqu'à la nuit de la dispute, et son trépas à la suite d'horribles souffrances.

Elle lui parla également du comportement douteux du docteur, au moment où il avait entendu l'agonisant délirer sur Darius et une certaine guilde, et son changement d'avis quant à la mort de Josephe, alors qu'il avait affirmé tout d'abord que son père avait été empoisonné.

Vint enfin le récit de l'agent secret, que Josephe avait dit de contacter s'il arrivait quelque chose de grave. Cependant, à ce moment-là, Virginie était loin de penser qu'il s'agirait de son trépas.

Elle avait rencontré plusieurs fois l'individu dans une auberge à l'extérieur de Paris, et toujours après un rendez-vous discret. C'était un ancien policier, ami du célèbre Vidocq, qui s'appelait Georges Maltinard. L'homme, robuste et affable, lui avait tout de suite inspiré confiance. Il lui avait assuré qu'il découvrirait ce qui était arrivé à Josephe et pourquoi, comme le fait qu'il mettrait la main sur des preuves pour incriminer Darius Borgas. Monsieur Maltinard lui avait également certifié connaître l'odieux personnage qui trempait dans des histoires louches. Cependant, l'affaire était délicate, car Darius Borgas faisait partie du cercle proche de Charles X.

— Je suis restée calfeutrée chez moi durant des mois, et j'ai immanquablement eu de ses nouvelles. Monsieur Maltinard, dans son dernier courrier, me disait qu'il touchait au but, et que l'on pourrait bientôt arrêter Darius. Il m'exhortait également à quitter Paris, pour plus de sécurité, et à ne communiquer à personne le lieu de ma destination. Pour me retrouver, lui, et nulle autre personne, nous avions convenu que je laisse une adresse, dans une enveloppe cachetée, à une ancienne chanoinesse du Saint-Sépulcre qui habite toujours rue de Bellechasse à Paris, malgré la fermeture du couvent. Mais…

— Tu n'as plus jamais eu de ses nouvelles, car l'homme découvert dans la Seine, par les policiers et Vidocq, est Maltinard.

— Oui…, souffla Virginie en basculant la tête vers l'avant, d'un air las. Quand l'odieuse duchesse Delatour l'a annoncé au dîner, et que Darius m'a souri froidement, j'ai compris qu'il l'avait assassiné… comme mon père.

Kalaan se dressa, souleva la jeune femme dans ses bras puissants, puis s'assit sur le fauteuil en l'installant tout contre lui.

— J'étais si confiante, Kalaan. Venir sur l'île, avec Amélie et Virginie, m'avait redonné des forces. Je me sentais si bien. Puis les jours ont passé, et chaque matin sans courrier me poussait de plus en plus au découragement. Pourtant, l'espoir persistait et je me changeais l'esprit grâce à la beauté de l'île et de la mer. Et… tu es revenu…

Kalaan l'embrassa tendrement sur le front, avant de sourire.

— Quelle horreur ! se moqua-t-il. Toi qui pensais être tranquille à Croz, voilà que le pirate réapparaissait ! L'odieux personnage de ton enfance, celui qui t'appelait « bouboule » !

Virginie rit doucement, gagnée par l'humour du jeune homme, et ne ressentant plus aucune rancœur à ce dernier souvenir. Tandis que de son côté, Kalaan s'étonnait de la ressemblance du parcours de leurs chemins de vie, car lui aussi avait cru trouver un refuge calme en revenant sur l'île. D'une certaine manière, cela avait été le cas, puisqu'il avait fait la paix avec ses démons intérieurs, et qu'il ne souhaitait plus quitter les siens pour partir à l'aventure. Mais c'était sans compter sur la malédiction.

— Ton retour a été, disons... assez folklorique, murmura Virginie, son souffle caressant son torse par l'échancrure de sa chemise, surtout quand je songe à l'arrivée de ta petite-cousine. La première fois que je l'ai vue, j'avais une hache à la main, et elle en a perdu son pantalon !

Tous deux rirent un peu plus fort, Virginie se rappelant cet impérissable moment et croyant le transmettre à Kalaan, tandis que lui le revivait également en esprit, mais différemment, puisqu'il avait été dans la peau de la sauvageonne. Cela s'était déroulé il y a peu de temps, et pourtant, tout semblait déjà si loin.

— La vie alors était... presque parfaite, reprit Virginie, en songeant à Catherine et à la zizanie qu'elle avait semée dans ses pensées. Mais depuis l'arrivée de... je ne peux plus le nommer... c'est un enfer, et j'ai peur de vous mettre tous en danger.

Kalaan lui souleva le menton d'un doigt ganté et plongea son regard rassurant dans le sien.

— La seule personne qui est en danger sur cette île, c'est bien ce Borgas ! Car il a déclenché mon courroux, et j'irai jusqu'au bout pour le faire disparaître de cette terre !

Virginie redressa le buste et fronça les sourcils en secouant la tête.

— Tu ne peux pas le tuer ! Tu deviendrais à ton tour un assassin ! Il faudrait que la justice soit de notre côté ; mais sans les preuves qu'aurait pu me transmettre monsieur Maltinard, tout est perdu d'avance !

— Qui te parle de meurtre ? sourit Kalaan, filou. Je songeais plutôt à l'enfermer dans un coffre, le mettre ensuite sur un bateau en partance pour l'Afrique ou pour l'Inde. Sans un sou en poche, loin de la France, le bonhomme nous laisserait en paix pour un long moment.

— Tu peux faire ça ? souffla Virginie avec espoir, tout en écarquillant les yeux.

Kalaan éclata de rire et lui ébouriffa les cheveux.

— Je le pourrais, et je le ferai si cela devient nécessaire. Quoi ? ajouta-t-il comme Virginie le contemplait avec une insistance soudaine.

— Je viens de me rendre compte… que je ne t'ai pratiquement jamais vu avec les invités…

— Parce que je suis un sauvage, répondit du tac au tac Kalaan, sans se départir de son humour.

— Comme Catherine la sauvageonne…, murmura encore Virginie, et pour le coup, le jeune homme prit sur lui pour ne pas laisser transparaître son trouble.

Avait-elle deviné quelque chose ? Serait-ce le moment de tout lui avouer ? Kalaan décida que non. Il en allait de la santé mentale de Virginie, elle avait déjà subi assez d'émotions fortes ces derniers jours.

— Que veux-tu, c'est un trait de caractère typique des Croz, nous sommes toutes et tous des rebelles.

Pour l'empêcher d'aller plus loin, il la musela d'un tendre baiser. Au fur et à mesure que leurs langues s'enlaçaient, que leurs cœurs s'emballaient, un désir brut renaissait en eux, et le besoin dévorant de faire l'amour également.

— Non, grogna Kalaan en se détachant

difficilement de Virginie, alanguie dans ses bras, les yeux voilés par la passion et les lèvres entrouvertes, sur un appel silencieux.

— Nous ne faisons rien de mal, chuchota-t-elle candide.

— Ma douce, nous avons dépassé ce cap il y a une heure. Je ne veux pas que tu croies que je profite de la situation et que...

— Je n'ai jamais songé à cela, et je chérirai les souvenirs de ces instants passés avec toi, toujours.

— Pourquoi parles-tu de souvenirs en évoquant le futur ? grommela soudain Kalaan, le cœur tout à coup très lourd.

— Je ne sais, souffla la jeune femme en détournant son visage, avant de se libérer de ses bras, et de remettre un peu d'ordre dans sa tenue chiffonnée.

— Tu t'enfuies, Jinie ? Tu auras beau ériger une muraille autour de toi, je trouverai à coup sûr le moyen de passer. Nous ne pouvons pas faire comme s'il ne s'était rien produit entre nous. *Ma kariadez*, nous avons fait l'amour, et ce n'était pas un moment de pure futilité pour moi.

— Pour moi non plus, assura Virginie, le dos toujours tourné. Je... hum... je suis fatiguée et...

— Je te raccompagne au château, coupa un peu durement Kalaan.

— Merci.

Ce n'est qu'après avoir quitté Virginie au pied des escaliers menant à sa chambre, sans avoir croisé âme qui vive, que Kalaan se rendit compte que la jeune femme agissait exactement comme l'homme qu'il avait été ; elle voulait le tenir à l'écart, se protéger des émotions qu'il pourrait lui faire éprouver, et probablement minimiser l'instant merveilleux qu'ils avaient passé dans les bras l'un de l'autre.

— Il est bien trop tard pour cela, murmura Kalaan pour lui-même, en reprenant le chemin de la longère. Je n'ai pas l'intention de te laisser faire, ajouta-t-il encore, un sourire canaille s'affichant sur son beau visage, « Fous-le-camp » jappant à ses côtés, comme pour l'encourager.

Chapitre 17

Sens dessus dessous

— J'ai conscience que c'est mal, murmurait Amélie à l'adresse d'Isabelle, Catherine et Virginie, qui se promenaient à ses côtés le long des murets de pierres. Néanmoins, je remercierais presque le ciel que Sa Grâce se trouve si mal en point, car ainsi, nous avons un peu de liberté.

— Il n'y a rien de mal à ça, ma tante, marmonna Catherine qui la devançait de quelques pas sur l'étroit chemin, tout en bottant régulièrement dans des cailloux plus gros que d'autres. Après tout, elle n'avait pas à se goinfrer d'autant de chair de crabe et de mayonnaise ! Elle n'en a laissé pour personne ! Cette bonne femme est un estomac sur pattes…

— Ka… Catherine ! s'écria Amélie d'un ton offusqué, en fronçant les sourcils, et en se reprenant vivement pour ne pas commettre un impair. Elle souffre atrocement du foie, et le docteur a dit qu'elle était également victime d'une crise de goutte ! Ce n'est pas bien de te moquer ainsi !

— C'est vous qui avez commencé, ma tante, jeta sournoisement Catherine par-dessus son épaule, avant de porter son regard sur Amélie, puis plus loin derrière elle sur Virginie, dans sa splendide robe azurée, qui traînait des pieds près d'Isabelle.

La journée était magnifique pour cette fin de mois de janvier, et le soleil brillait si bien, que la température aurait pu être printanière. De ce fait, les dames avaient décidé de quitter le château en milieu d'après-midi, pour une balade sur l'île, à respirer le grand air.

Cependant, ce n'était pas seulement le doux climat qui les avait poussées à prendre cette heureuse initiative, mais surtout le fait qu'elles n'en pouvaient plus d'entendre les hurlements d'agonie de la duchesse Delatour. La vieille aristocrate avait dû s'aliter peu de temps après le dîner et depuis, ses cris semblaient traverser les murs et les étages du château, pour résonner interminablement dans tous les couloirs et pièces de la demeure.

Dans un premier temps, Amélie avait été affolée par l'état de la malade, mais le docteur de l'île lui avait assuré que c'était pure comédie.

— J'ai voulu la soulager, avait-il dit d'un air pincé, mais Sa Grâce ne souhaite pas être soignée par moi. Elle désire monsieur Borgas à ses côtés !

— Mais, il est en mer depuis ce matin, comme le petit-fils de Sa Grâce, pour une longue partie de pêche ! s'était écriée Amélie en haussant la voix comme un nouveau hurlement couvrait ses paroles.

— Dans ce cas, il faudra attendre leur retour pour que cessent ces insupportables braillements ! J'ai tout de même pu lui administrer un calmant, incolore et dissous dans de l'eau. Mais c'est tout ce que je peux faire, à part peut-être l'assommer. Je vous souhaite bien du courage, Madame, avait-il ajouté avant de la saluer et de partir aussi rapidement qu'il l'avait pu.

— Vous a-t-il vraiment conseillé de l'assommer ? lança Isabelle, avant de rire aux éclats, comme sa mère relatait l'histoire.

— Mais, oui ! Ce sont là ses propres mots !

— Voulez-vous que je m'en occupe, ma tante ? fit à son tour Catherine, ses yeux pétillants d'humour se portant à nouveau sur Virginie, qui semblait loin de les écouter, comme perdue dans ses pensées.

La jeune femme sursauta cependant, quand Isabelle se mit à hurler en agitant vigoureusement le bras dans une autre direction :

— *Youhouu ! Monsieur Salammmm !*

— Isabelle ! s'étouffa d'indignation Amélie. Ce n'est pas ainsi qu'une demoiselle doit se comporter ! Un peu plus de tenue, je te prie !

Cette dernière pinça les lèvres et haussa vivement les épaules, sans se détourner des silhouettes du Touareg et du druide Jaouen, à quelque distance dans le cercle brisé. Il était sûr et certain que Salam avait dû percevoir son cri, d'ailleurs qui, sur l'île de Croz, aurait été assez sourd pour ne pas entendre son appel ? Pourtant, il l'ignora avec superbe.

— Mais enfin, bougonna Isabelle, pourquoi me snobe-t-il ainsi ?

— Parce que c'est un gentilhomme, lui, grommela Catherine, et qu'il connaît les bonnes manières.

— Pfff…, souffla-t-elle, froissée. En avait-il réellement, quand il s'est absenté de table au petit déjeuner, bien avant la fin, et sans même s'excuser auprès de mè…, je veux dire, auprès de ma mère ?

— Peut-être était-il malade, également ? intervint

la douce voix de Virginie, qui prenait la parole pour la première fois depuis qu'elles avaient quitté le château, tout en caressant la tête du husky qui venait se frotter à elle, avant de courir vers Catherine.

— Il a pourtant l'air bien portant ! s'indigna Isabelle en se détournant enfin, pour reprendre sa marche en compagnie de Virginie, tandis qu'Amélie et Catherine les avaient devancées de quelques mètres et discutaient à voix basse.

— Voilà qu'elles jouent aux conspiratrices, murmura encore Isabelle.

Virginie leva un instant les yeux du chemin, pour constater les dires de son amie, puis reporta son attention à ses pieds.

— Tu as l'air préoccupée, ma Jinie. Veux-tu que l'on parle de ce qui te cause du tracas ?

— Non ! s'exclama Virginie un peu trop vivement, avant de reprendre plus doucement, et en souriant : c'est de ta faute, si Salam a quitté la table ce matin !

Autant faire diversion, plutôt que de raconter à Isabelle tout ce qui tourbillonnait dans son esprit.

— Je ne comprends pas où tu souhaites en venir, chantonna cette dernière en s'amusant, et en levant le menton bien haut.

— Isa ! lança Virginie, gagnée par l'humour, tout en lui envoyant une pichenette sur le bras. Tu sais qu'il s'intéresse à toi !

— Qui ça, Salam ?

— Il te regarde tout le temps, suit le moindre de tes gestes, et cherche toujours à être placé auprès de toi !

— Que tu dis, car quand je me tourne vers lui,

son attention est inévitablement ailleurs.

Virginie pouffa.

— Pour que tu ne le remarques pas !

— J'en suis au fait, ma Jinie, avoua Isabelle en s'empourprant. Et c'est pour cela que j'ai galantisé[69] le futur curé.

— Je m'en doutais. Cependant, admets que tu as poussé la chose un peu loin. Tu n'avais pas besoin de te pencher autant sous le nez de Charles-Louis, le forçant à contempler ton audacieux décolleté. J'ai bien cru que Salam allait l'étriper !

— Vrai ? s'enquit Isabelle en écarquillant les yeux, puis en sautillant presque de joie sur place.

— Oh que oui ! assura Virginie en riant, puis en faisant chut avec le doigt, comme Amélie et Catherine leur lançaient des coups d'œil intrigués. Charles-Louis en était tout chaviré, le pauvre, et n'avait plus du tout envie de partir à la pêche en compagnie de… Darius.

— Ne parlons pas de cet homme, ma Jinie. Je ne l'apprécie guère, et je suis heureuse que Kalaan ait organisé une partie de pêche pour lui et le séminariste. Nous en sommes débarrassées jusqu'à ce soir.

Au nom de Kalaan, Virginie se retrancha dans un nouveau mutisme, tandis qu'Isabelle se retournait constamment en direction de Salam et du druide, dont les silhouettes disparaissaient derrière les menhirs du cercle brisé.

Virginie était soucieuse de savoir l'homme de son cœur en compagnie de l'assassin de son père. Elle avait conscience que Kalaan, entouré de ses marins,

---

69 *Galantiser : (vieux/verbe) Flatter (quelqu'un) par des galanteries.*

n'avait rien à craindre de Darius, mais elle avait peur qu'il mette en pratique son envie de l'enfermer dans un coffre et de l'envoyer au bout du monde... voire de le laisser couler au fond de la mer.

Elle ne voulait pas que Kalaan devienne un meurtrier, car la justice saurait le retrouver, et il finirait à la guillotine. Virginie s'obligea à songer à autre chose, mais tout ce qui lui vint à l'esprit, ce furent les souvenirs de sa première nuit d'amour, et comment elle avait éconduit Kalaan.

Elle se serait donnée à lui encore et encore, jusqu'au petit matin, jusqu'à la fin des temps. Cependant, quand il l'avait arrêtée dans son élan, alors qu'elle désirait qu'il lui refasse l'amour, et s'était comporté en gentilhomme... quelque chose s'était brisé en elle.

Car ce n'était pas le gentilhomme qu'elle aimait, mais le corsaire, celui qui n'avait ni foi ni loi, et qui ne s'embarrassait pas de ce qui était bien ou mal, tant que c'était pour la justice des hommes. Celui qui, pour se racheter de lui avoir pris sa virginité, ne céderait pas aux convenances, et ne serait pas obligé de lui proposer le mariage dans les prochains jours.

Virginie voulait qu'il l'aime, qu'il vienne à elle uniquement pour cela, et non pour réparer quelque chose qu'il pourrait considérer comme une « erreur ». Bien sûr, il lui avait parlé avec des mots doux, forts, des paroles qui lui avaient fait battre le cœur à la folie : *« Nous ne pouvons pas faire comme s'il ne s'était rien produit entre nous. Ma kariadez, nous avons fait l'amour, et ce n'était pas un moment de pure futilité pour moi »* ; néanmoins, il ne lui avait pas dit qu'il l'aimait !

Virginie grommela pour elle-même. Qu'elle était stupide ! Les couples ne se mariaient pas par amour, ou rarement ! Elle n'était qu'une rêveuse !

— Pourquoi grognes-tu tout bas ? s'étonna Isabelle en la rappelant au moment présent.

— Que veut dire : *Ma kariadez* ?

Isabelle eut une moue interloquée, avant de répondre :

— C'est du breton, et cela signifie « Ma chérie ». Où as-tu entendu ça ?

— Oh ? souffla Virginie. Hum… un couple, au village, ou sur la digue, je ne sais plus…

— Ben voyons, chantonna Isabelle en souriant en coin, avant de jeter un étrange regard sur Catherine, qui se retournait sans arrêt dans leur direction, tout en essayant de calmer « Fous-le-camp » qui était visiblement de plus en plus nerveux.

Virginie crut que son amie s'était méprise, suite aux sentiments qu'elle lui avait avoués concernant sa petite-cousine, et rougit violemment, avant de s'écrier :

— Mais non ! Ce n'est pas Catherine qui m'a dit ces mots-là !

— Qui d'autre ?

— Je… enfin, Isabelle… je ne peux pas…

— Me le dire ? Nous sommes amies, et nous n'avons aucun secret !

Ou presque, songea in petto Isabelle.

— Bon sang ! jura Virginie en faisant rire cette dernière. Je parle de Ka…

— Madame ! Non, n'approchez pas ! hurla soudain la voix d'un homme qui courait à travers champs vers Amélie et Catherine, le visage décomposé et le souffle haletant.

Le husky se mit à japper bruyamment, montra les crocs, et poussa un long cri de loup.

— Sage, « Fous-le-camp » ! gronda Catherine, qui ne pressentait rien de bon.

Les quatre femmes cessèrent de marcher, après que Virginie et Isabelle eurent rattrapé Amélie et Catherine. Elles se trouvaient à une centaine de mètres de la forêt, non loin des ruches, prêtes à prendre le petit sentier menant au *Lenn Emrodenn*[70].

— Qui est-ce ? souffla Virginie, tandis que Catherine venait se poster près d'elle, l'air profondément soucieux.

— C'est un des apiculteurs de l'île, Jean Marrick.

À distance, toujours dans la prairie, d'autres hommes faisaient cercle autour d'une chose allongée sur l'herbe, dissimulée par quelques fougères et des ronces.

— N'approchez plus, Mesdames, héla encore Jean Marrick, passant une main tremblante dans ses cheveux foncés, et faisant un pas de côté pour éviter le husky qui grognait, cependant pas contre lui, car son museau pointait vers le groupe au loin.

— Que se passe-t-il, Marrick ? demanda Catherine d'un ton exigeant, en avançant vers lui.

— Vous êtes… vous êtes…, bafouilla-t-il en écarquillant les yeux devant la « jeune femme ».

— Oui, dit-elle après avoir pris en aparté l'apiculteur, et en mettant assez de distance entre les dames et eux. Ton cousin, *La Gouelle,* t'a tout raconté, et il était encore saoul, c'est ça ? ajouta-t-elle durement.

---

70 *Lenn Emrodenn* : Lac Émeraude (en breton).

— *Ya*, souffla l'homme, toujours avec incrédulité. Je n'voulais pas l'croire, mais là…

— Tu garderas le secret, et tu n'en parleras pas !

— J'serai aussi muet qu'une tombe !

— Suis-moi ! Ordonna Catherine en se dirigeant vers l'attroupement et en faisant signe à son intrépide sœur de ne pas la talonner.

Plus Kalaan approchait du groupe – « Fous-le-camp » l'ayant devancé et s'étant figé près des hommes en grognant –, plus il sentait Marrick se tendre à ses côtés. Quelque chose lui disait que ce qu'il allait voir ne lui plairait pas du tout, mais il était loin d'imaginer le choc qui l'atteignit en découvrant la macabre scène.

— Mademoiselle, souffla un des gars, le plus âgé, en triturant nerveusement le chapeau qu'il avait à la main, vous ne devriez pas être là !

— C'est bon ! lança Jean Marrick. C'est la pirate, elle peut tout encaisser.

Kalaan grimaça en entendant le surnom qu'on lui avait donné, mais aussi en partie à cause des paroles de l'apiculteur.

Tout encaisser ? Vraiment ? Il avait soudain une furieuse envie de vomir, mais se contint en serrant les dents.

Il avait sous les yeux la dépouille d'un mouton. Enfin, ce qui restait de l'animal qui avait été atrocement mutilé : sa laine était souillée par du sang coagulé, preuve que le crime avait été commis depuis un bon moment.

Cependant, ce qui frappa Kalaan, c'est la manière dont la pauvre bête avait été abattue : on l'avait égorgée, poignardée à de nombreuses reprises, éviscérée, et... démembrée. Celui qui avait fait ça s'était acharné avec frénésie, et ne pouvait être qu'un monstre. Un nom lui sauta à l'esprit, en lettres rouge écarlate : Darius !

Qui d'autre que lui aurait pu agir ainsi ? Qui d'autre que lui avait assassiné le père de Virginie, le détective – de la même manière que le mouton –, et ce dernier ?

— Brûlez-le ! ordonna-t-il aux hommes qui hochèrent la tête, l'un d'entre eux se détournant vivement du groupe, pour courir dans les buissons et vomir. Pas un mot à la duchesse douairière.

— *Ya* ! Ce s'ra fait capt... euh, mademoiselle corsaire, dit Marrick.

— Catherine ! coupa Kalaan avant de revenir vers les femmes qui attendaient d'avoir des nouvelles, tout en appelant le husky qui apeurait les apiculteurs par son comportement de loup.

— Toi aussi, tu sais qui a fait ça, murmura Kalaan à l'adresse du husky qui gémit doucement, comme pour lui répondre par l'affirmative. On l'aura !

« Fous-le-camp » jappa une fois, et trotta à sa vitesse.

— Que se passe-t-il ? demanda Amélie, d'un ton anxieux.

— Rien de grave, mentit Kalaan en évitant le regard de sa sœur et de Virginie. Un mouton est venu finir ses jours près de la forêt. Les hommes ne voulaient pas nous choquer en découvrant sa carcasse.

— Oh..., souffla Amélie en reportant encore une fois son attention au loin, sur le groupe qui mettait le feu aux branchages disposés sur l'animal. J'aimerais rentrer, si cela vous agrée mesdemoiselles.

— Je suis d'accord, murmura Isabelle en suivant sa mère pour s'en retourner vers le chemin et les murets de pierre.

Quant à Virginie, elle était blanche comme la craie, et ses yeux reflétaient l'horreur en contemplant quelque chose aux pieds de Kalaan. Il pencha la tête et jura entre ses dents, en découvrant que le bout de ses bottines, comme le bas de sa robe, étaient maculés de sang.

Il n'aurait pas dû approcher le mouton de si près, voilà que Virginie devait s'imaginer le pire, et elle n'avait pas tort.

— Virginie ! l'appela Kalaan en lui saisissant la main pour l'attirer à lui et la serrer dans ses bras.

— Non ! s'écria-t-elle soudain en reculant vivement et en libérant ses doigts qu'elle contemplait d'un air étrange, avant de lever le visage vers lui. Votre toucher... vous me faites penser à... je ressens... ! Dieu ! Je vais devenir folle, et tout ce sang !

Elle se mit à courir vers le château, comme si tous les démons de la terre étaient à ses trousses, et Kalaan bondit après elle en criant son nom. S'il avait été en homme, il l'aurait rejointe en un rien de temps, mais en tant que Catherine, et vêtu comme une dame, cela lui était impossible ! Le volume et la longueur de sa robe entravaient sa course, et ses bottines l'empêchaient de s'élancer sans se tordre les chevilles.

Le husky le dépassa et il lui ordonna de stopper la jeune femme, mais au lieu de l'écouter et de le suivre, l'animal bifurqua au détour d'un sentier et partit tout droit vers le village.

— « Fous-le-camp », viens ici ! hurla-t-il, mais ce

fut peine perdue.

— Catherine ! l'interpella sa mère, alors qu'il arrivait à sa hauteur comme à celle d'Isabelle.

Elles étaient décontenancées, figées sur place, après avoir aperçu Virginie, totalement bouleversée, passer devant elles sans s'arrêter, ni même donner l'impression de les voir.

— Tu lui as tout dit ? s'exclama Isabelle, le visage pâle et l'air profondément inquiet.

— Non ! Mais elle a vu le sang sur ma robe et mes chaussures, et quand elle m'a pris la main, il s'est produit quelque chose d'incroyable...

— Qu'est... ce sang ? hoqueta Amélie en posant ses doigts tremblants sur son ventre.

Oh ! La boulette ! se morigéna Kalaan in petto.

— Le mouton, mère. Je vous expliquerai tout plus tard, mais pour l'instant, rentrez au château toutes les deux. Il faut que je retrouve Virginie au plus vite.

— Venez, maman, murmura Isabelle en soutenant Amélie, profondément marquée, et en la conduisant vers le parc, puis dans la demeure.

Kalaan entra par une des portes-fenêtres du grand salon, sortit dans le vestibule, et alla jusqu'à la chambre de Virginie. Mais il ne la trouva pas. Il fouilla le château de la cave au grenier, interpella tous les domestiques, leur demandant s'ils avaient aperçu la jeune marquise ; mais là encore, tous lui répondirent par la négative.

Kalaan se dirigea alors vers la longère, en espérant qu'elle ait décidé de le retrouver là-bas ; enfin, de rejoindre le comte qu'il ne serait pas avant une petite heure.

Cependant, à peine eut-il dépassé un antique mur

qui abritait un ancien puits condamné, qu'il fut arrêté par la voix de Clovis, et ses mots le pétrifièrent :

— Monsieur ? Monsieur le comte, c'est bien vous ?

Le majordome se tenait dans le dos de Kalaan qui ferma les yeux, respira plusieurs fois pour reprendre son calme, et fit volte-face pour croiser le regard aiguisé du vieil homme.

— Oui, c'est bien vous, sous cette apparence de femme, murmura encore Clovis.

— Vous divaguez, mon bon ! essaya de fanfaronner Kalaan de sa voix horriblement cristalline, et en papillonnant exagérément des paupières.

— Vous n'avez pas à vous protéger de moi, Monsieur. Je suis et j'ai toujours été de votre côté, comme de celui de votre père avant vous. Vous vous exprimez comme lui, vous agissez comme lui, parce que vous êtes Kalaan Fébus, comte de Croz.

— Oui, soupira le jeune homme, en passant une main nerveuse dans sa coiffure déliée. Mais si vous parlez, je vous…

— Me couperez la langue, me ferez manger par les cochons, etc. Oui, je connais toutes vos menaces pour les avoir entendues à maintes reprises depuis que vous êtes marmot.

— Clovis ! s'insurgea Kalaan, en faisant la moue.

— Par contre ça, c'est nouveau ! Je préfère vous voir en homme, en fin de compte, ronchonna-t-il en tournant à moitié la tête, pour éviter de le regarder minauder.

— Comment le savez-vous ? Mes marins vous ont parlé ? L'un d'entre eux, ou tous, ont vidé les barils de *chouchenn*[71] de l'auberge de Rachel ?

— Non, j'ai des yeux pour voir, des oreilles pour entendre, et j'ai toute ma tête, Monsieur ! lança d'un ton condescendant le majordome en levant le nez. Il n'y a jamais eu de cousin de Maden ; par conséquent aucune Catherine non plus, qui serait venue en visite sur l'île. Atticus était le nom de votre premier chien, vous connaissez les prénoms de tout le personnel, vous me frappez sur l'épaule comme vous le faites en tant qu'homme, vous êtes toujours aussi arrogant et odieux ; je tiens à vous dire que vous vous êtes très mal comporté avec madame Amélie, le premier jour, en mangeant avec les doigts et…

— Clovis, grogna Kalaan en commençant à taper du pied d'impatience.

— Laissez-moi terminer, Monsieur ! Je… oui, et il y a eu la statue de la Sainte Vierge… là encore, seuls les Croz pouvaient être au courant que c'était une bouteille d'eau-de-vie, une farce de votre père qui plus est ! Vous en riiez beaucoup, enfant ! Puis vos gants la nuit, la marque sur la paume le jour. Il y a encore ce husky, que vous avez dompté comme uniquement Kalaan sait le faire, et qui vous suit partout, que vous soyez Catherine ou le comte. Il vous reconnaît, lui, et se moque de votre apparence. L'autre soir, j'étais caché dans le vestibule, et alors, j'ai eu la certitude que vous étiez Kalaan en vous voyant partir dans le brouillard, l'animal à vos trousses, comme il le fait avec la femme.

— Tu ferais un excellent policier, Clovis, le

---

71 *Chouchenn (breton) : Boisson alcoolisée bretonne, très proche de l'hydromel, obtenue à partir de la fermentation du miel de sarrasin dans du jus de pomme.*

félicita Kalaan, très sérieux et admiratif.

— J'ai surtout la chance d'être né dans une famille de druides. La magie, je connais bien. Car ce qui vous touche est bien un charme, n'est-ce pas ? Un charme noir.

— Pardon ? couina Kalaan, littéralement estomaqué par cette révélation.

Clovis savoura l'instant, il osa même rire au nez et à la barbe de son maître.

— Je suis peut-être au service des Croz depuis mon plus jeune âge, mais, chose que très peu de gens savent, je suis également le frère de Jaouen.

— J'ai besoin d'un whisky !

— Je n'aurais jamais dû tourner le dos à notre religion druidique, ainsi, j'aurais pu vous venir en aide plus tôt et comprendre plus facilement ; mais j'ai perdu le don de vision des auras. Néanmoins, je ressens et je sais quand quelque chose ne va pas.

— Très bien, Clovis. Alors, seconde-moi, nous devons retrouver la jeune marquise de Macy, elle est en danger. De plus, il faut garder un œil sur Darius, il est malfaisant.

— Oui, Monsieur ! Je m'en doutais, Monsieur !

Kalaan se détourna du majordome en secouant la tête, encore sonné, mais heureux d'avoir un nouvel allié à ses côtés. Puis, il marcha en direction de la longère, tout en jetant quelques paroles par-dessus son épaule :

— À tout hasard, auriez-vous un remède contre les malédictions ? Non ? Parce que votre frère ne vaut pas tripette, pour trouver des potions qui me libéreraient de ce charme noir.

— Je ne sais que concocter de bonnes infusions,

Monsieur ! lui retourna Clovis, en riant tout bas, et en attendant de voir disparaître Catherine-Kalaan, au détour d'un grand muret de pierres. Vous pouvez sortir de votre cachette, mademoiselle Virginie, murmura-t-il après un interminable silence et avec bienveillance.

Un petit cri de souris lui répondit, puis un reniflement ; et apparut de derrière le puits la jeune et jolie marquise. Dans un triste état, avec ses vêtements froissés et tachés de boue, ses longs cheveux cuivrés libres et en bataille sur ses épaules, et les yeux brillant de larmes, comme le nez rougi à force de se l'être frotté.

— Clovis, vous saviez donc que j'étais là, souffla-t-elle enfin, au grand soulagement du majordome, qui avait eu peur de lui avoir causé un choc mental irréversible. Suis-je... folle ?

— Oui, j'en étais au fait ; et je me suis dit que d'apprendre la vérité ensemble ne nous ferait pas de mal. Et non, vous comme moi ne sommes pas fous, sourit-il avec familiarité, en lui tendant un carré de tissu dans lequel elle se moucha bruyamment. Bien que ce sacripant n'ait jamais eu besoin d'être maudit pour aliéner quelqu'un, c'est inné chez lui. Il est temps pour vous de le retrouver à la longère, et m'est avis qu'il serait bien de le faire mariner un peu. De lui faire peur également. En somme... de rabattre le caquet de ce garnement, si vous voyez ce que je veux dire.

— Comptez sur moi, marmonna Virginie en commençant à marcher en vacillant, puis en recouvrant plus de contenance au fur et à mesure que la colère montait en elle, avant de serrer les poings et de s'élancer au pas de charge.

Nom de nom ! Kalaan allait passer un sale quart

d'heure !

Chapitre 18

Retour de bâton

Virginie arrivait à l'entrée de la longère, quand elle tomba nez à nez avec Catherine qui en ressortait. Toutes deux se figèrent et se contemplèrent un moment ; la première, en retenant la colère qui bouillonnait en elle, et la seconde, parce qu'elle était terriblement rassurée d'avoir enfin retrouvé Virginie.

— Jinie ! lança Catherine de sa voix haut perchée, tout en faisant mine de la prendre dans ses bras.

— Pas dehors ! Rentrons ! ordonna sèchement Virginie en s'esquivant souplement, avant de pénétrer dans la demeure.

Catherine fronça les sourcils, légèrement déstabilisée par le ton coupant qu'avait employé la jeune femme, puis inspecta rapidement les alentours, et referma la porte derrière elle.

Elle fit volte-face pour découvrir Virginie à l'opposé de la pièce, dos à elle, et devant la cheminée. Puis, elle se pencha pour saisir une bûche dans un panier d'osier, ses longs cheveux cuivrés glissant de ses reins vers le sol, avant de la jeter dans l'âtre qui propulsa une myriade d'étincelles vers l'intérieur de la hotte.

— Jinie ! Vous allez abîmer votre robe ! s'écria

Catherine en faisant un pas vers elle.

— Pas plus qu'elle ne l'est déjà, grommela-t-elle en retour, sans lui faire face, et en croisant les bras autour de sa taille.

Catherine s'arrêta, secoua la tête, et jugea préférable d'employer la douceur pour apaiser Virginie, qui, loin d'être en état de choc, paraissait extrêmement tendue et irritée. Restait à savoir pourquoi.

— Virginie, je ne voulais pas vous faire peur avec tout ce sang sur ma jupe, ainsi que sur mes bottines, commença-t-elle à voix basse.

Comme cette dernière ne montrait aucun signe de réaction, prostrée devant les flammes qui s'animaient et illuminaient d'or sa chevelure, Catherine décida de poursuivre :

— Il s'agissait d'un mouton, Jinie. Ce sang lui appartient. Il n'y a pas eu mort d'homme.

— Néanmoins, mort il y a eu ! lança cette dernière froidement en retour. Vous avez essayé de me dissimuler ce qui s'est réellement produit, n'est-ce pas ?

— Je ne vois pas où vous voulez en venir, marmonna Catherine en s'approchant encore d'un pas.

— Ne faites pas l'innocente ! Je suis au courant de tout, dit Virginie, alors que ses paroles atteignaient Catherine de plein fouet.

— Que savez-vous ? questionna-t-elle en retenant son souffle, après que son cœur eut manqué un battement.

Virginie, toujours sans se retourner, ses lèvres s'ourlant d'un sourire en coin, décida que l'heure était arrivée de donner une bonne leçon à Kalaan... si c'était effectivement lui, sous une apparence de femme. Ce qu'elle avait encore du mal à croire ; et pourtant... il y avait toutes ces similitudes, et l'échange qui avait eu lieu entre la « petite-cousine » et Clovis.

Il fallait qu'elle en ait le cœur net ! Pour cela, elle devait pousser le comte dans ses retranchements, et se la jouer fine.

— Je sais que Kalaan vous a fait part de notre conversation, au sujet de Darius Borgas. Il a voulu vous mettre dans la confidence, très certainement pour me protéger, en ayant une aide de plus.

— Hum... continuez.

— Vous êtes donc désormais au fait que cet homme est un assassin. Le mouton... tout ce sang... aurait-il subi le même sort funeste que Georges Maltinard ?

— Oui, confirma Catherine dans un souffle. Mais n'ayez... souhaita-t-elle poursuivre, avant que Virginie ne l'en empêche d'un geste de la main.

— Restez où vous êtes ! lui ordonna-t-elle avant de prendre une longue inspiration, et de se retourner vers elle, pour ensuite plonger son regard gris dans le sien.

Catherine fut décontenancée par la force tranquille et l'incroyable assurance qu'affichait Virginie. Il y avait quelque chose de changé en elle, et toute peur l'avait visiblement désertée. Elle la préférait ainsi, mais en même temps, elle pressentait que quelque chose n'allait pas, et une petite sonnette d'alarme se mit à carillonner sous son crâne.

— Catherine, je veux que vous désobéissiez à Kalaan et que vous vous gardiez à bonne distance de Darius, car... je tiens trop à vous et je n'aimerais pas vous perdre également, finit la jeune marquise d'un trait, avant de joindre nerveusement ses mains.

— Euh... moi aussi, murmura Catherine, en essayant de comprendre ce que signifiaient vraiment les paroles de Virginie.

— Pas parce que je suis attachée à vous comme à une amie, répéta celle-ci avec insistance, mais parce que je vous aime.

La sauvageonne pâlit d'un coup, cilla, et laissa tomber son menton d'ébahissement. Il – enfin, Catherine – devait avoir l'air profondément ridicule, mais comment ne pas l'être en cet instant ?

— Que venez-vous de dire ? couina-t-elle sans reconnaître la voix de « la chose », tant elle était montée dans les aigus.

Virginie claqua la langue, agacée.

— Si vous ne me coupiez pas sans cesse la parole, ce serait plus facile de tout vous avouer ! Catherine, reprit-elle en martelant ses mots ; je vous aime, et je suis irrémédiablement attirée par vous ! Je le sais maintenant, et je ne veux plus vous cacher mes sentiments, comme mon appétence.

— Vous... aimez... *Catherine* ? aboya-t-elle en serrant fortement les poings, tandis que les mots de sa sœur, Isabelle, lors de la nuit de veille auprès de Virginie, lui revenaient à l'esprit.

À ce moment-là déjà, la marquise de Macy avait déclaré à son amie qu'elle ressentait une violente attirance pour sa « petite-cousine » ! Et lui alors ? Et leur nuit d'amour ?

— Voilà que vous recommencez ! s'impatienta Virginie, en cachant son plaisir de voir Catherine-Kalaan réagir aussi vivement, et en affichant une attitude faussement courroucée. Oui, je vous aime, et je le clamerai jusqu'à la fin de mes jours ! Si je me lance aujourd'hui, c'est avec la certitude que vous éprouvez les mêmes sentiments à mon égard. Comment en serait-il autrement ? Nous frissonnons à chaque fois que nous nous touchons, nos corps s'animent et s'embrasent au moindre effleurement. Comme tout à l'heure, dans la prairie, quand vous avez pris ma main. Ne niez pas ! Je sais que ce geste vous a ébranlée autant que moi ! C'était... une onde de désir brut... qui s'est propagée de vous à moi.

— Jinie ! gronda encore Catherine, qui n'avait plus qu'une envie : se boucher les oreilles, tant les paroles de la jeune femme lui déchiraient le cœur.

Que devenait-il, lui, le comte, dans tout ça ? Trompeusement indifférente au tourment qu'elle lui causait, Virginie continua de parler, avec fièvre et passion :

— Je sais que je vous aime, d'autant plus maintenant... que... j'ai couché avec votre petit-cousin.

— Quoi ? s'étouffa Catherine qui sentit monter en elle une rage dévastatrice.

Ce que Virginie ne manqua pas de remarquer ; pourtant, elle désirait aller jusqu'au bout de cette comédie.

— Ne soyez pas peinée que je me sois donnée à lui ! Cela ne se reproduira plus jamais, je vous le jure. Cet acte m'a aidée à comprendre... qu'il n'y a que vous dans ma vie ! Oh, oui... une femme peut aimer passionnément une autre femme... j'en suis la preuve, ma Catherine... ma lady corsaire.

Virginie eut soudain peur d'être allée trop loin, en voyant la colère animer les beaux traits de Catherine.

— Si je saisis bien, et selon vos propres termes ; vous avez couché avec mo... avec Kalaan, pour être sûre de votre appétence pour... Bordel !

Virginie sursauta violemment suite à ce cri de rage. Il était plus qu'évident qu'elle avait dépassé le point de non-retour et se situait désormais en zone rouge. Voilà que la sauvageonne se transformait littéralement en furie ! Pourtant, la jeune marquise se força à ne rien laisser transparaître de sa subite crainte, et adopta une attitude repentie.

— Ne soyez pas en colère, ma chérie. Bien que votre comportement me touche, et me conforte quant à l'idée que je ne me suis pas trompée ; nous sommes bel et bien liées, murmura-t-elle encore, d'un ton paisible, tout en retenant un éclat de rire nerveux, comme Catherine s'étouffait presque et n'arrivait plus à parler suite à ses mots doux.

Courageusement, Virginie alla jusqu'au bout des choses, et marcha lentement vers elle, tout en ondulant délibérément des hanches. Elle devait porter l'estocade finale, et c'est ce qu'elle fit :

— Embrassez-moi, Catherine, chuchota-t-elle langoureusement. Je me meurs de sentir vos mains sur ma peau dénudée, vos lèvres chaudes et sensuelles sur les miennes. Apprenez-moi à faire l'amour à une femme.

— Tu vas voir si je vais te l'apprendre ! éructa Catherine, qui désirait surtout lui botter les fesses !

Virginie – comme la sauvageonne bondissait dans sa direction – poussa un cri et s'élança pour mettre la table entre elles. Bon sang ! Le petit jeu était allé trop loin, ce que la jeune femme admit in petto. Elle voulait seulement donner une bonne leçon à Kalaan, mais, était-ce vraiment lui ? Parce que si ce n'était pas le cas, elle venait de se ridiculiser prodigieusement, et allait devoir affronter le cyclone Catherine !

Ne t'en fais pas, au vu de sa réaction, c'est bien lui, souffla une voix confiante dans son esprit.

— Comme ça, pour toi, Kalaan n'était qu'un pis-aller ? Hein ? vociféra Catherine en courant autour de la table sans pouvoir rattraper Virginie qui, plus agile, faisait de même.

— Je vous assure, ma chérie ! Vraiment pas de quoi se pâmer !

— Ahhhh ! hurla encore Catherine qui bondit sur le banc en relevant ses jupons, avant de s'élancer sur le plat de la table, puis de se jeter sur une Virginie, totalement dépassée par la situation, et qui arrivait tout de même à rire.

Elle s'esquiva de justesse en criant, mais n'évita pas le boulet de dentelle qui la plaqua au sol la seconde d'après.

— Outch ! expira-t-elle, le nez au plancher et le corps de Catherine reposant de tout son long sur elle, en lui coupant le souffle et en l'écrasant.

Se rendant compte qu'elle l'avait probablement blessée, cette dernière se laissa aller sur le côté, sans la relâcher, et lui demanda :

— Je t'ai fait mal ?

— Oh, mon amour, tu ne me feras jamais mal, mentit Virginie, en serrant les dents, et en se disant qu'elle avait peut-être deux ou trois côtes cassées.

— Ahhhh ! s'égosilla à nouveau Catherine en frappant du poing sur le sol. Je ne suis pas... !

Virginie profita de son subit mutisme, ainsi que de son trouble, comme elle avait failli tout avouer, pour rouler sur le dos et s'asseoir en se tenant le buste. Peu à peu, elle retrouvait son souffle, et la douleur disparaissait. Elle ne pouvait vraiment pas en vouloir à Kalaan de l'avoir malmenée, et, à sa place, elle aurait certainement agi de la même, et virulente façon.

— Tu es... ? l'encouragea-t-elle avec un espoir sincère.

Catherine s'assit également, les jambes dépassant de sa jupe, et les mains bien à plat sur le plancher.

— Tu l'apprendras très bientôt, marmonna-t-elle avec un étrange rictus sur les lèvres, avant de jeter un coup d'œil vers la fenêtre, comme sur la pénombre environnante.

L'instant suivant, elle affichait un air largement revanchard, avant de susurrer :

— Il va faire nuit dans quelques minutes, *ma kariadez*, et alors, tu découvriras ce que c'est que d'être dans les bras d'une femme !

Kalaan était doublement maudit ! Premièrement, pour devoir supporter d'être une donzelle le jour, et deuxièmement, pour que son âme sœur soit tombée amoureuse de cette abomination !

Il se sentait soudain brisé, détruit, vide... Virginie était en fait comme toutes les autres, ces femmes qu'il avait croisées un jour, ou mises dans son lit, qui n'étaient que des menteuses, et des êtres futiles.

Dire qu'elle n'avait pas hésité à lui donner sa virginité pour être certaine qu'elle n'était pas attirée par lui, mais par Catherine !

Kalaan vit rouge. Elle voulait sa « lady corsaire » ? Eh bien, elle allait l'avoir !

— Mon amour, roucoula-t-il de sa douce voix

cristalline, avec suavité, tout en contenant sa hargne. Aide-moi, avant toute chose, à me débarrasser de mon corsage. J'étouffe littéralement de désir pour toi.

L'espace d'un instant où il jubila intérieurement, Kalaan vit le doute voiler les beaux yeux gris de Virginie, et remarqua son embarras. Elle n'allait quand même pas jouer à l'effarouchée et la prude ? Pas après tout le baratin qu'elle lui avait servi ?

La nuit était presque là ; pourtant, Kalaan n'éprouvait aucune souffrance annonciatrice de sa transformation. Il n'y avait que ces étranges et désagréables fourmillements dans ses mains, comme dans ses pieds. Pour une fois, il attendait impatiemment le changement, pour se venger de la douleur que Virginie lui avait causée.

— Jinie ? l'appela-t-il encore, en la faisant sursauter.

Elle déglutit fortement et afficha un beau sourire, dont la gaîté n'atteignait aucunement ses yeux. Puis elle redressa le buste, se mit sur les genoux, et avança ainsi jusqu'à Kalaan, qui se tourna de profil pour lui présenter son dos, comme les agrafes du haut de sa robe.

— De... devenons-nous... en arriver... à cela aussi rapidement ? bafouilla Virginie d'une voix ténue, avant de défaire les attaches, et de jouer avec les lacets du corset de Catherine-Kalaan de ses doigts tremblants.

— Si tu m'aimes autant que tu le clames, oui ! lui répondit-il en se réjouissant et en se régalant de la soudaine retenue de la jeune femme.

— Nous pourrions... essayer de mieux nous connaître, avant de sauter le pas ? tenta-t-elle à nouveau.

— Comme tu l'as fait avec Kalaan ? ne put s'empêcher de gronder ce dernier en faisant face à Virginie, tout en lui emprisonnant les mains.

Celle-ci détourna pudiquement le regard, quand le décolleté de la sauvageonne tomba, pour révéler une haute et ronde poitrine aux tétons roses. Elle chercha soudain à se libérer, en marmonnant des paroles d'excuses, tout en fixant la nuit au travers de la fenêtre.

Kalaan remarqua qu'elle paraissait déçue, lasse, avant de percevoir un bruit de tissu qui se déchirait, et de baisser les yeux sur son corps qui muait sans aucune souffrance.

— Oh... mon Dieu ! bégaya Virginie qui, de sa position à genoux, tomba sur les fesses, le regard aimanté par les seins qui perdaient du volume à toute allure, par le torse qui s'élargissait en faisant craquer les coutures du bustier, et par les pectoraux qui ondulaient pour se reformer sur un ventre dur, éminemment... masculin.

Elle leva le menton et écarquilla les yeux, tout en plaçant les mains sur sa bouche pour étouffer son cri, tandis que le visage de Catherine se déformait horriblement, pour prendre peu à peu les traits de Kalaan.

Sans s'en rendre compte, alors qu'il se redressait à son tour pour ensuite se tenir debout, dans une robe à moitié déchirée et aux manches pendantes sur ses bras musclés, Virginie s'était mise à ramper en arrière, jusqu'à ce que son dos heurte le bas d'un vaisselier.

C'est à ce moment-là que Kalaan, déconcerté de n'avoir ressenti aucune douleur, et avide de montrer ce qu'il était vraiment à la jeune femme, s'aperçut de l'état dans lequel elle se trouvait : prostrée et frissonnante.

Toute colère le déserta, et malgré la duplicité de Virginie, il se laissa aller à la compassion. Après tout, elle venait d'assister à quelque chose d'à proprement parler inconcevable, ainsi qu'à la perte de son... âme sœur.

— C'est donc vrai, souffla Virginie en reprenant vie et en le détaillant de la tête aux pieds, contemplant pour la première fois le magnifique corps de Kalaan, qu'elle n'avait fait que toucher lors de leur nuit d'amour.

Kalaan fronça les sourcils. Voilà qu'elle le déroutait à nouveau ! Ne devait-elle pas se mettre à hurler ? Courir chercher de l'aide ? Se faire nonne pour se placer sous la protection de Dieu contre le malin ?

— Vrai, quoi ? s'enquit-il de sa voix de baryton, en arrachant le reste de tissu de ses bras, comme de son torse, et en laissant tomber la jupe sur ses jambes viriles gainées de bas largement déchirés.

Virginie se mit à pouffer nerveusement, puis éclata de rire tout en essuyant les larmes qui lui montaient aux yeux ; Kalaan était prodigieusement ridicule ainsi, même s'il avait toujours un charisme fou.

— C'est toujours comme ça ? se gaussa Virginie, en montrant du doigt les bas en lambeaux.

Il ne portait plus sur lui que ça, comme une sorte de caleçon blanc féminin, abominablement démodé, et ses bottines. Là encore, Virginie ne put se retenir de rire, jusqu'à en rouler sur le plancher. C'est à ce moment-là aussi que le sens des paroles de la jeune femme fusa dans l'esprit de Kalaan. Elle venait bien de dire « C'est toujours comme ça ? ».

— Virginie ? souffla-t-il sans trop vouloir y croire, avant de pester et de défaire ses chaussures, et d'arracher ses bas pour les envoyer balader au loin.

Pieds nus, il se dépêcha de la rejoindre, s'agenouilla, et la saisit à bout de bras, l'obligeant à le regarder en face.

— Jinie ! appela-t-il plus fort, dans l'espoir qu'elle recouvre contenance, chose qu'elle fit peu à peu, ses lèvres tremblant d'un rire retenu.

— Le caleçon de femme te sied à merveille, murmura-t-elle encore, d'une voix chargée de trémolos, en reprenant naturellement le tutoiement.

— Combien ai-je de doigts ? demanda-t-il le cœur battant.

— Cinq ! lança Virginie, avant de plonger ses yeux gris dans les siens. Je ne suis pas folle, Kalaan. Je ne l'ai d'ailleurs jamais été, et c'est grâce à Clovis que j'en ai eu la certitude, comme... à ce que je viens de voir. Ta peau... tes os, et tes cheveux... Dieu ! C'était horrible, tout s'est mis à bouger et à se transformer d'un coup !

— C'est déjà assez éprouvant à vivre, ne me raconte surtout pas à quoi ça ressemble, s'il te plaît, marmonna-t-il en souriant à moitié, avant de s'étonner et de hausser les sourcils ; c'est le majordome qui t'a dévoilé mon histoire ?

Virginie secoua la tête en signe de dénégation, et Kalaan comprit instantanément tout, pour ensuite soupirer longuement.

— Tu étais donc là, auprès de nous, et tu as tout

entendu ?

— Oui, avoua Virginie, en contemplant avec avidité le visage de l'homme qu'elle aimait, dont les contours, absolument masculins, se découpaient, et ressortaient à la lueur des flammes. Je cherchais un endroit tranquille pour me calmer, et faire le point sur tout ce qui se passait, comme sur ce que je ressentais, par rapport à Catherine et à toi. Idem en ce qui concerne le... monstre. J'étais donc dissimulée derrière le puits quand Clovis t'a interpellé, et a prononcé « Monsieur ». D'emblée, je me suis dit que je n'étais pas la seule à perdre la raison, mais après... votre conversation, tes aveux... tout s'est regroupé dans mon esprit, et je t'en ai grandement voulu de m'avoir joué un si mauvais tour. Cependant, même en te faisant la comédie tout à l'heure, je n'arrivais pas à croire en cette extraordinaire fable. Je me disais qu'à la fin, j'allais devoir faire de plates excuses à Catherine.

Kalaan s'assit également et l'attira dans le berceau de ses bras. Il avait envie de rire et de hurler sa joie, mais aussi de la gronder, avant de l'aimer comme un fou ! Ainsi, la petite chipie avait simulé pour le pousser à bout, jusqu'à ce qu'il lui confie sa réelle identité.

— Tout ce que tu as dit à la « chose » était faux ? voulut cependant se rassurer Kalaan, qui doutait encore, tant il avait été blessé par ses paroles.

— Un juste retour de bâton, Kalaan. Tu aurais dû avoir confiance en moi et me livrer ton secret bien plus tôt. Car, alors que j'étais avec Catherine, enfin toi... Dieu que c'est compliqué, cette histoire ! J'éprouvais les mêmes sensations, une égale attirance. La « chose », reprit-elle après un silence, c'est donc ainsi que tu te nommes quand tu es en femme ? J'ai entendu parler d'une malédiction, de charme noir, et... la magie existe-t-elle vraiment ? Suis-je bête, bien sûr, car tu en es la preuve vivante, marmonna encore Virginie comme pour elle-même, se transformant en véritable moulin à paroles, Kalaan ne pouvant lui répondre.

Il profita d'un moment où elle cherchait son souffle :

— Oui, ma Jinie, sourit-il tendrement, avant de prendre un air plus sombre. Ce monde ésotérique existe bel et bien, et j'en ai fait les frais en Égypte. Tout s'est déroulé à l'intérieur d'un mystérieux édifice, et après avoir touché une pierre pyramidale noire, dit encore Kalaan, en levant la main pour lui montrer la cicatrice. C'est elle qui m'a marqué à vie.

Virginie saisit son poignet, et loin d'afficher du dégoût, elle effleura de ses lèvres la paume blessée. Ensuite, elle tourna son visage vers lui, embrassa son menton volontaire, et se mit à caresser son torse du bout des ongles, en le faisant frissonner de désir. Ce que le jeune homme tenta de réfréner, car il devait d'abord s'entretenir avec Virginie, avant de laisser leurs corps chanter.

— Ainsi, tu demeureras Catherine du soleil levant au couchant, pour le restant de tes jours ?

Kalaan hocha la tête, ses lèvres s'ourlant d'un pli amer.

— Jusqu'à ce que la mort me délivre, répondit-il sombrement. C'est la malédiction qui veut ça.

— Parle-moi de cette malédiction, retrace-moi ton histoire.

Le jeune comte se redressa vivement, entraîna Virginie vers la cheminée, et déposa une épaisse couverture en laine de mouton sur le plancher. Ils s'y allongèrent à demi, étroitement enlacés, et les yeux tournés vers les flammes. C'est ainsi que Kalaan raconta à Virginie ses péripéties, en commençant par le récit de l'édifice maudit à Amarna, en compagnie de Jean-François Champollion, jusqu'à son retour en catastrophe sur l'île de Croz.

— Le druide Jaouen et Salam font leur possible pour trouver un remède afin de me libérer, termina Kalaan en caressant les cheveux de Virginie, qui tourna son visage vers lui et déposa un léger baiser sur ses lèvres.

— Je souhaite pour toi qu'ils y parviennent, souffla-t-elle avec tendresse. Car, au vu du nombre de personnes qui sont désormais au fait de la malédiction, ton secret risque d'être révélé au monde entier très bientôt. Quand je pense que ta mère, et ta peste de sœur, étaient au courant depuis le premier jour ! s'exclama-t-elle en secouant la tête de dérision. Elles ont dû bien rire de moi !

— Que nenni, ma mie ! Elles ne souhaitaient que te protéger, et elles appréhendaient ta réaction. Elles n'en menaient pas large quand elles ont assisté à ma première transformation. Tu es arrivée juste après, avec une hache à la main, s'amusa Kalaan. De plus, je leur avais formellement interdit d'en parler. Accepteras-tu de vivre à mes côtés, et à ceux de Catherine, pour le restant de tes jours ? souffla-t-il soudain, avec espoir, et sans la quitter du regard.

— Tu... c'est... une demande en mariage ? bafouilla-t-elle en s'asseyant tandis qu'il se mettait sur les coudes, son magnifique corps musculeux livré à sa contemplation.

— C'est cela.

— Kalaan ! Oui, mille fois oui ! Je t'aime depuis si longtemps, même si mes sentiments n'étaient pas partagés. Il n'y a eu, et il n'y aura jamais que toi !

— Je n'étais qu'un imbécile, ma Jinie. J'avais le cœur froid comme la pierre et, en cela, la malédiction a du bon car elle m'a permis d'ouvrir les yeux, pour que je puisse me rendre compte de ce qui m'est le plus cher au monde ; toi, comme ma famille.

Virginie se pencha et l'embrassa passionnément, tout en passant ses bras autour de sa nuque, et se couchant à moitié sur lui, quand il s'allongea sur la couverture pour l'enlacer.

Très vite, un désir fulgurant monta en eux. De langoureux, leur baiser se fit ardent, et la jeune femme, comme Kalaan, partirent à la reconquête de leurs corps, en des caresses de plus en plus hardies.

— Attends, *ma kariadez*, grommela Kalaan, avant de se redresser souplement pour tirer les lourdes tentures de la fenêtre, et fermer la porte à double tour. Il est à peine six heures, et nous risquons d'être dérangés si la maison reste ouverte.

Il revint vers elle de sa démarche de séducteur, mais se figea dans son élan quand Virginie se mit à glousser doucement, en dardant un regard moqueur vers ses hanches.

— Foutu caleçon de bonne femme ! jura faussement Kalaan, avant de rire avec Virginie, et de se débarrasser du vêtement en déchirant le tissu et la vieille dentelle.

Virginie cessa subitement de rire, le souffle court, car Kalaan se dressait, nu et magnifique, devant elle. Il était soudain redevenu le dieu de la lave, et déjà, elle frissonnait d'avance d'être consumée par lui, encore et encore.

Il s'agenouilla près d'elle, lui demanda de se placer dos à lui, puis se mit en devoir de la déshabiller, tout en embrassant et en mordillant chaque parcelle de peau libérée.

Kalaan saisit ensuite ses seins en coupe et effleura ses tétons dressés du bout des doigts, apposant son torse puissant contre son dos, tout en ondulant lentement des hanches pour lui faire sentir son impérieux besoin d'elle. Virginie, gémissante, le ventre en feu et le cœur palpitant, bascula la tête en arrière sur son épaule et posa ses lèvres sur son cou avant de le mordiller également. Il feula doucement, et ses caresses se firent plus intenses, tandis qu'une de ses mains descendait pour s'enfuir plus bas, sous la ceinture de la jupe.

Kalaan se mit à la flatter intimement, tout en ondulant avec Virginie, leurs bouches toujours soudées, et leur langue allant avidement à la rencontre de l'autre. Il glissa deux doigts dans l'antre humide et chaud de son corps, s'abreuva du souffle précipité de la jeune femme, et la débarrassa hâtivement de ses derniers vêtements qui faisaient encore obstacle à l'aboutissement de leur passion.

Nus, et se plaçant à genoux l'un en face de l'autre, Kalaan put enfin admirer sa belle, dont les contours de la peau veloutée se paraient d'or à la lueur des flammes.

Les mots étaient désormais inutiles, et les amants laissèrent libre cours à leur désir de ne faire qu'un, Virginie forçant Kalaan à se recoucher sur le dos, avant de le chevaucher, pour s'empaler sur son membre jusqu'à la garde, tout en poussant un long cri de volupté. Il serra les dents, surpris par sa vivacité, donna un brusque coup de reins pour s'enfoncer plus profondément dans son ventre, et la saisit aux hanches pour l'empêcher de bouger.

— Doucement, ma Jinie, grogna-t-il avant de gémir sourdement, comme les muscles intimes de la jeune femme se contractaient furieusement autour de son sexe.

Au diable, la douceur ! se dit-il in petto, pris d'un violent besoin d'aller et venir en elle, pour l'entendre soupirer et chanter son plaisir.

Kalaan se mit à bouger de plus en plus vite, Virginie basculant à sa rencontre à chaque fois qu'il revenait puissamment à l'assaut de son fourreau. Ils ne faisaient plus qu'un, et la houle de l'extase gonfla en eux, de plus en plus fortement, dévastatrice, avant de les emporter jusqu'à l'ultime et fulgurante jouissance où ils crièrent leur amour l'un pour l'autre.

Ils venaient de vivre un véritable séisme des sens, et leurs corps frissonnèrent encore longuement, avant que Virginie et Kalaan ne s'apaisent, que leurs souffles ne se calment, et qu'ils ne ferment les yeux pour se laisser aller à un doux repos.

Ce fut le paradis sur terre, jusqu'à ce que de puissants coups soient frappés à la porte, et que la voix angoissée de P'tit Loïk les atteigne de plein fouet. Le vieil homme ne se comportait d'ordinaire jamais ainsi, quelque chose de grave avait dû se produire !

Chapitre 19

L'heure a sonné

Virginie se dépêcha d'enfiler sa robe sur son corps nu, tandis que Kalaan s'élançait vers la pièce voisine, pour en ressortir quelques instants plus tard vêtu d'un pantalon noir, et finissant de passer une chemise blanche.

Le visage tendu, il jeta un coup d'œil interrogateur sur la jeune femme qui hocha la tête, confirmant ainsi qu'elle était prête, avant qu'il ne tourne la clef pour ouvrir à P'tit Loïk. Le second apparut, livide, le poing en l'air, alors qu'il allait tambouriner à nouveau sur le lourd battant.

— *Mabig*[72] ! Y'a eu du grabuge ! cria-t-il en entrant, sans faire attention à Virginie, tant il était bouleversé.

— Tu es blessé ! lança Kalaan soudain très inquiet, en désignant la chemise de P'tit Loïk, marquée par de larges taches de sang, tout en faisant un pas vers lui.

— C'est pas l'mien ! grommela le vieil homme en remontant son pantalon sur sa bedaine.

— Qui...

— Laisse-moi parler, gamin ! On a embarqué l'Darius et l'séminariste ce matin, sur l'bateau qui tient

---

72   *Mabig* : *Fiston (en breton).*

pas bien la mer, comme tu nous l'avais d'mandé. Bah, vrai ! On a bien rigolé, s'ont été malades toute la journée, tant ça tanguait sur les flots, j'oi même cru qu'ils étaient morts, car ils n'bougeaient plus en arrivant au port-clos ce soir. Les gars ont porté l'Charles-Louis sur la digue et l'ont installé dans la charrette. Mais l'autre... le temps d'se retourner, il était déjà là, debout, frais comme un gardon ! *Ma Doue*, j'oi jamais vu ça ! Il faut bien une s'maine à un homme pour récupérer comme ça ! La dernière fois qu'j'ai dégobillé pendant des heures...

— Le sang ? coupa Kalaan un peu sèchement, impatient de connaître la réponse.

— *Ya*, gémit P'tit Loïk en se grattant le haut du crâne et en détournant les yeux pour masquer sa peine. C'est ton loup, souffla-t-il enfin. L'est arrivé de je n'sais où. S'est mis à grogner et montrer les crocs d'vant l'Darius. L'était impressionnant, l'animal ! Il a tétanisé nombre de nos gars ! Mais... pas l'Darius. C'ui-là, il s'est mis à ricaner, et l'loup lui a bondi d'ssus ! C'est là que ce diable a sorti une lame et a poignardé le loup en plein vol ! Il riait comme un dément, et l'aurait encore frappé à terre, si on l'avait pas ceinturé ! *Doue*... ça l'amusait... il avait un rire... à glacer l'sang.

Kalaan, tout le long du discours du vieil homme, s'était raidi, et affichait désormais l'air sombre et dangereux du corsaire sans foi ni loi qu'il était avant d'affronter l'ennemi. Il en était presque effrayant, tant on ressentait sa colère sous-jacente, tandis que ses narines frémissaient de rage à chaque inspiration.

Il avait surtout compris que le husky, après avoir flairé l'odeur de celui qui avait abattu le mouton, s'était immédiatement lancé à sa poursuite, jusqu'au port, en trouvant Darius Borgas.

— L'est fou, ce gars, marmonna encore P'tit Loïk qui était allé s'asseoir pesamment sur le banc, face à l'entrée. Il... il a léché l'sang sur son couteau, et il est parti en sifflotant vers l'auberge. Comme si d'rien n'était...

Virginie, malgré ses jambes vacillantes, et masquant son effroi suite à l'épouvantable histoire, s'approcha du second. Elle posa une main réconfortante sur son épaule, et le fit involontairement sursauter de peur, tandis qu'il se croyait seul avec Kalaan.

— Mam'selle Jinie, vous êtes là ! s'écria-t-il en essayant de se lever, mais ne pouvant pas, car la jeune femme l'en dissuada en prenant sa main dans les siennes, avant de s'installer près de lui.

— Tout va bien, P'tit Loïk, vous êtes avec nous, chuchota-t-elle pour le tranquilliser, comme elle l'aurait fait avec un enfant, mais aussi pour se rassurer elle-même, tant l'attitude de Darius prouvait son aliénation mentale.

— *Nann*[73], pas après c'que j'oi vu... murmura le vieux loup de mer en secouant la tête, comme pour chasser les horribles souvenirs.

— Je vais me charger de lui, gronda Kalaan d'une voix rauque et dure, tout en serrant les dents, avant d'endosser sa veste sombre trois quarts, d'enfiler ses bottes, d'attacher son épée à la taille, et de se munir de son pistolet.

Ce fut au tour de P'tit Loïk de retenir Virginie, qui voulait se lever du banc pour barrer la route à

---

73 *Nann* : Non (en breton).

Kalaan.

— Vous ne l'arrêterez pas, lui souffla-t-il, et il ne l'faut pas ! L'est pas mort ! reprit-il plus fortement, à l'adresse de Kalaan qui sortait de la longère.

— Qui ça ? jeta ce dernier en se tenant de profil, un muscle nerveux battant sur sa mâchoire.

— Le loup ! J'l'ai emmené chez Jaouen et Salam. Quand j'les ai quittés, la bête respirait encore. Mais elle a perdu beaucoup d'sang...

Kalaan hocha la tête en comprenant le message silencieux que voulait lui faire parvenir P'tit Loïk : le husky se mourait. Son regard se souda alors à celui de Virginie, muette, les traits tirés par l'angoisse, et il vint la prendre dans ses bras.

— Tu vas rentrer au château avec P'tit Loïk, qui partira ensuite trouver Clovis, et lui racontera tout.

— L'majordome ? s'étonna le second en écarquillant les yeux.

— C'est un allié de taille, confirma Kalaan. Quant à toi, ma douce, tu préviendras ma mère et ma sœur, et vous vous enfermerez dans une chambre à l'étage. De préférence la tienne, comme cela, je saurai où vous retrouver. Vous ne descendrez qu'à mon appel. C'est compris ?

Virginie hocha la tête.

— Et la duchesse ? demanda-t-elle en essayant d'affermir sa voix, pour montrer à Kalaan qu'il pouvait compter sur elle.

Le jeune homme eut un sourire cynique.

— Vous ne vous en occupez pas.

Il posa ensuite un baiser rapide sur les lèvres de Virginie, se sépara d'elle, et fit volte-face vers la sortie. Mais avant de partir, il lança encore par-dessus son épaule, en direction de P'tit Loïk :

— Je veux que tous les gars se tiennent armés et prêts à agir. Dans la forteresse, au village, comme au sémaphore. Darius Borgas est dangereux ! Qu'ils le laissent se rendre au château pour le souper, en toute discrétion ; et quand il arrivera dans la grande salle... je serai là pour refermer le piège sur lui.

Les yeux de P'tit Loïk s'illuminèrent d'éclats vengeurs, tandis qu'il se mettait debout en bombant son impressionnant ventre.

— Qu'la bataille commence, gronda-t-il sourdement avec un sourire carnassier.

Kalaan hocha la tête et s'élança dans la nuit, sans un dernier regard sur Virginie. Il n'avait plus rien à voir avec l'homme qui l'avait tenue contre lui peu de temps auparavant, mais était devenu un guerrier froid, uniquement tourné vers le combat.

Elle frissonna violemment et P'tit Loïk l'entoura de son bras protecteur, en lui parlant gentiment. C'était à lui de la rassurer maintenant :

— Tout se passera bien, Mam'selle. Le cap'taine sait c'qu'il fait. V'nez, allons au château et après, j'partirai prévenir les hommes. Nous avons du pain sur la planche.

Un moment plus tard, au sud de l'île, dans une nuit noire à couper au couteau, Kalaan arriva à la demeure de Jaouen. Il entra sans frapper, avant de s'arrêter sur le pas de la porte.

Le druide était agenouillé devant le husky, allongé sur une couche non loin de la cheminée, et lui caressait le flanc en murmurant des paroles apaisantes. Sur l'instant, Kalaan fut si préoccupé par l'état de l'animal qu'il ne fit pas attention à Salam, qui se tenait dans un coin sombre de la pièce.

— Comment va-t-il ? s'enquit-il en approchant de Jaouen, un peu rassuré d'entendre le husky japper doucement, tandis que sa queue en forme de lune battait le sol à un rythme régulier et joyeux.

— Vois par toi-même, murmura le vieux druide.

Kalaan écarquilla soudain les yeux ; il n'y avait aucune blessure apparente ni même de taches de sang sur le poil blanc et gris !

— Je croyais qu'il avait été mortellement touché par la lame de Darius, souffla-t-il, abasourdi, et en s'agenouillant également pour passer les doigts dans la fourrure soyeuse, à la recherche d'une plaie.

— C'était le cas, confirma Jaouen, d'un ton tranquille et mystérieux. D'ailleurs, ton « Fous-le-camp » est toujours très faible d'avoir perdu beaucoup de sang. Heureusement que P'tit Loïk nous l'a amené avant qu'il ne soit trop tard. Quelques instants de plus, et Dorian n'aurait rien pu faire.

— Dorian ? s'étonna plus encore Kalaan, qui n'était décidément pas au bout de ses surprises.

Il leva un sourcil interloqué, tandis que ses yeux vert ambré affichaient sa totale incompréhension. De qui pouvait parler le druide ? Kalaan ne connaissait aucun homme prénommé Dorian.

C'est alors qu'il ressentit la forte présence de quelqu'un dans son dos. Il se redressa agilement, tout en portant la main sur la fusée[74] de son épée, et fit volte-face pour se figer instantanément.

Le regard de Kalaan rencontra celui de Salam, sombre et fraternel. Cependant... ce n'était plus vraiment son ami touareg qui se tenait devant lui.

---

74 *Fusée de l'épée : Partie de l'épée ou du fleuret, formant la poignée.*

— Garde ta lame au fourreau, mon frère. Tu n'en auras aucunement l'utilité contre moi.

Là encore, c'était bien sa voix, comme sa façon de parler. Néanmoins, celui que Kalaan avait toujours connu sous l'identité de Salam le Touareg, ne ressemblait plus en rien à cet « homme bleu du désert ».

Il était d'égale carrure à Kalaan, légèrement plus grand, et vêtu d'habits qu'il lui avait empruntés ; pantalon, veste trois quarts, et bottes de couleur beige, avec chemise blanche à col jabot.

Son visage, auréolé d'une chevelure mi-longue d'un noir aux reflets acajou, gardait les mêmes traits harmonieux, virils, et Kalaan se souvint qu'il s'était déjà fait la réflexion de lui avoir trouvé plus de similitudes occidentales qu'orientales. Pour cause ! Salam, ou Dorian, comme il se faisait appeler maintenant, n'était visiblement pas d'origine berbère !

— Quelqu'un pourrait m'expliquer ce qui se passe ? grommela-t-il entre ses dents et en étrécissant les paupières. Aurais-tu, toi aussi, été victime d'une malédiction ?

— Si tel a été le cas un jour, alors, elle n'aura en aucun cas été d'ordre divin, fit Dorian d'une voix posée, tout en jetant un coup d'œil rapide sur la main de son ami, toujours crispée sur la fusée de l'épée, tandis que les jointures de ses doigts blanchissaient. J'ai simplement été victime du temps et de l'oubli dû à la jeunesse, reprit-il.

— Kalaan ! Lâche donc cette épée ! intervint Jaouen avant de claquer la langue, tandis que « Fous-le-camp » jappait, comme pour approuver ses mots. Sers-nous trois bols de *chouchenn*, et laisse Dorian te raconter son récit, dit-il encore avec un étrange sourire.

Kalaan grommela en foudroyant Jaouen du regard. Il se sentait trahi du peu de confiance que Salam – *Dorian* – avait eue envers lui ! S'ils étaient réellement amis, il aurait dû lui parler bien plus tôt !

— Mais il ne le pouvait pas, puisqu'il ne s'en souvenait pas, chantonna le druide, en faisant sursauter Kalaan.

— Comment fais-tu ça, à la fin ! s'emporta celui-ci en revenant sur ses pas pour contempler de haut Jaouen.

— C'est un don de naissance ! lança ce dernier avec un grand sourire. Ou, parfois, une calamité, ronchonna-t-il après. Tout dépend de qui pense à côté de moi.

— Tu peux faire ça avec tout le monde ? s'enquit Kalaan, vivement intéressé.

— *Ya* ! Et depuis peu, je peux également dialoguer par l'esprit, fanfaronna le druide, les yeux pétillant de malice.

— Avec qui ?

Jaouen porta son attention sur Dorian, et les deux hommes rirent, puis firent des mimiques de la tête, pour ensuite sourire à nouveau, tandis que Dorian haussait les épaules en un geste fataliste.

Ils avaient les mêmes attitudes que s'ils avaient été en plein discours, cependant, aucune parole ne s'échappait de leurs bouches. Kalaan se jeta sur une amphore, dont il savait qu'elle contenait du *chouchenn*, fit sauter le bouchon de cire, et se mit à boire deux bonnes gorgées.

— Doucement ! Tu vas devoir garder toutes tes

facultés pour combattre le mal ce soir ! tempêta le druide, qui s'était vivement redressé, avant de lui arracher le récipient et de boire à son tour.

L'œil espiègle fixé sur Kalaan, il reprit la parole, après s'être essuyé la bouche sur la manche de sa robe blanche :

— Mais c'est vrai que ça fait du bien, surtout quand on a vécu des émotions fortes.

— Je veux tout savoir, gronda Kalaan, toujours bougon.

Dorian hocha calmement la tête, et désigna de la main les tabourets qui trônaient non loin de la cheminée et du husky, qui s'était apparemment endormi.

Encore ces maudits sièges, râla intérieurement Kalaan, avant de s'y diriger en traînant les pieds.

— Je te l'ai déjà dit, s'amusa Jaouen, tu te briseras bien avant eux !

— Arrête tout de suite de lire dans mon esprit ! vociféra Kalaan, qui n'était vraiment pas à prendre avec des pincettes, et le fut encore moins quand le druide et Dorian échangèrent un sourire de connivence avant de rire. Et cessez de communiquer par télépathie ! enragea-t-il encore.

— Dorian et moi allons tout te raconter, et après, il sera grand temps que vous retourniez, tous les deux, au château.

Kalaan détaillait celui qui avait été son ami, son frère du désert, et n'arrivait toujours pas à réaliser que cet homme était Salam. C'était comme si un étranger se tenait à ses côtés.

— Te souviens-tu du soir où vous êtes venus me

trouver, Dorian et toi ? s'enquit Jaouen, en se mettant à fumer la pipe, et en disparaissant derrière un nuage dense et âcre.

Le vieux druide toussa bruyamment, tout comme Kalaan et Dorian, avant de chercher à dissiper le voile épais de vifs mouvements de la main.

— Désolé, j'ai trop chargé en tussilage[75], reprit-il d'une voix éraillée, en tapotant sa pipe sur la pierre du foyer, et en la remplissant ensuite d'un autre mélange.

— Si tu souhaites nous tuer avec tes herbes, attends au moins que Sal... Dorian ait raconté son histoire, vitupéra Kalaan.

Ce dont ne tint pas compte Jaouen, qui alluma à nouveau sa pipe, et inspira puis souffla, plusieurs fois, une fumée plus odorante et moins envahissante.

— C'est pour mon asthme, marmonna-t-il comme excuse. Bien, revenons à cette fameuse soirée, reprit-il. Alors que vous aviez bu ma potion des souvenirs anciens, et que toi, Kalaan, revivais ton cauchemar et la malédiction des déités de l'Égypte antique, Dorian était lui aussi reparti dans ses réminiscences d'un passé lointain. Il m'a été très difficile de vous suivre tous les deux, mais j'y suis parvenu ; et quelle ne fut pas ma surprise !

Le silence s'instaura, comme Jaouen se remettait à fumer tranquillement. Au bout d'un moment, excédé, Kalaan jeta un regard à Dorian qui fit de même au vieux druide, avant que celui-ci ne sursaute brusquement en posant la main sur le haut de son

---

[75] *Tussilage : Plante duveteuse de la famille des composacées, à capitule jaune, originaire d'Europe, entrant fréquemment dans la composition des médicaments contre la toux et l'asthme, appelée couramment « pas-d'âne ».*

crâne.

— Dorian ! Ne hurle plus jamais comme ça ! gronda-t-il en faisant les yeux noirs.

Kalaan sourit largement, il reconnaissait bien là l'humour de son Salam ! D'autre part, cela avait du bon de ne pas être doté du don de télépathie, car ainsi, il avait échappé au cri de son ami.

— Je vais poursuivre, dit alors ce dernier, d'une voix gutturale, toujours marquée par son accent arabe. Mes véritables parents ont certainement été tués par des pirates barbaresques, après qu'ils eurent abordé le bateau qui nous menait à Alexandrie. Je me souviens désormais des hurlements et des flammes qui ravageaient le navire, tandis que l'on m'emportait comme otage. Le visage de ma mère comme celui de mon père restent flous, cependant, leurs cris de terreur sont à nouveau gravés dans mon esprit. J'avais deux ans, et j'ai survécu, pour que l'on me vende au plus offrant sur un marché aux esclaves. Les Barbaresques avaient certainement agi pour leur compte, et non à la solde de leurs pachas régnant sur la rive sud de la Méditerranée, sinon, ils auraient demandé une rançon. D'un autre côté, avec la disparition de ma famille, du bateau, et sans papiers sur moi, personne ne pouvait connaître mon identité. C'est là que je fus acheté par celui qui devint mon père de substitution, le chef d'un clan de nomades berbères, et je fus élevé comme le fils qu'il n'avait jamais eu. Très tôt, il remarqua ma... différence, et de peur de me perdre, il m'interdit de jouer avec ce qu'il appelait alors : mes présents d'Allah. En grandissant, j'en vins à tout oublier, et je devins un « homme bleu ». Mais pas en totalité, car, inexplicablement, je refusais de me convertir à l'islam, et de prier le Dieu de ce clan qui m'avait recueilli.

— Je pensais, enfin... je présumais que tu avais cessé d'être pratiquant à la suite du massacre de tes proches, intervint Kalaan.

— Je t'ai laissé croire en cela. Je savais que j'étais une sorte de marginal chez les Touaregs, étant constamment obligé de me dissimuler sous un chèche et un *takakat*. Mais j'avais oublié pourquoi je faisais cela, jusqu'à ce que Jaouen fasse resurgir tous ces sombres souvenirs de ma mémoire.

Kalaan fronça les sourcils, comme Dorian gardait à nouveau le silence, les yeux plongés dans le vague, tout en se disant que le récit ne pouvait se terminer ainsi. Il y avait un vide monstrueux, et Kalaan voulait tout savoir.

— Est-ce les souvenirs qui t'ont révélé ton nom ? demanda-t-il soudain.

— Non, ce sont les visions de Jaouen, mais pas seulement... répondit Dorian avant de hocher la tête en direction du druide, et de se taire.

Apparemment, un nouvel échange silencieux venait de se faire entre eux, et Kalaan se rembrunit plus encore. Qu'avaient-ils à lui cacher ?

— Rien, dit Jaouen. Nous attendions le bon moment pour tout te révéler, car ton destin et celui de Dorian sont liés. C'est ainsi, et ça l'était déjà, bien avant votre venue sur cette terre. Ses parents ne sont pas n'importe qui, tout du moins pour moi, le monde druidique, et celui des *Sidhes*. Nous, les gardiens du savoir, les appelons « enfants des dieux », car ce sont les descendants d'hommes nés de l'amour d'humains et de déités.

— Tu te moques de moi ? souffla Kalaan avec

une mine atterrée.

Il se demandait vraiment si ses amis n'étaient pas tombés sur la tête, et s'ils n'avaient pas un peu trop bu avant qu'il n'arrive, ou étaient-ce les plantes que Jaouen fumait ? Sincèrement ! Des hommes-dieux ?

— Souviens-toi de la légende du cercle brisé.

— Justement ! C'est une légende ! s'écria Kalaan.

— Et qu'en est-il de ta malédiction ? C'est aussi une affabulation ?

Kalaan resta pantois quelques secondes. Malgré ce qu'il avait vu et ce qu'il vivait, il ne parvenait pas à y croire. Jusqu'à ce que Dorian se tourne lentement vers lui, et que ses yeux s'animent de lueurs scintillantes.

Il bondit en arrière et vacilla sur ses jambes, tandis que son tabouret partait rouler à un bout de la pièce. La seconde d'après, Dorian le dévisageait avec son regard sombre de toujours.

— Que... qu'as-tu fait ?

— Je t'ai dévoilé une partie de ce que je suis, et encore, je ne maîtrise pas tous mes pouvoirs, ce que mon père touareg nommait « présents d'Allah ». Je peux appeler les éléments, lire dans les esprits, percevoir les auras des personnes, et tout dernièrement... guérir, énonça Dorian, en désignant le husky.

— Kalaan, l'interpella doucement Jaouen. Dorian appartient à un clan d'enfants des dieux très puissant du nord des Highlands. Je le sais grâce à ses souvenirs, mais également à un médaillon qu'il garde dans ses effets depuis toujours. Ce dernier contient les portraits de ses parents, et leurs noms sont écrits en gaélique écossais. Ce clan vit dans le plus grand secret, et ses terres sont protégées du reste du monde par la magie de runes antiques. Quand le moment sera venu, Dorian ira les retrouver et reprendra sa place, en digne fils de Saint-Clare. Le jour où il s'en retournera vers les siens, je le suivrai. Car c'est ce signe des déités que j'attends depuis toujours. Je te l'ai dit, vos chemins, comme le mien, étaient destinés à se rejoindre.

Soudain, Dorian se mit debout à son tour, comme aux aguets, bougeant la tête comme s'il percevait un bruit étrange.

— Nous devons nous rendre au château, tout de suite ! gonda-t-il tout bas avant de faire un mouvement du poignet, pour actionner le mécanisme qui retenait son poignard touareg sur son avant-bras.

La lame, dissimulée sous sa manche, fusa dans un léger sifflement, puis retourna dans son fourreau suite à une nouvelle torsion du poignet. Le husky se réveilla, gémit longuement, et fit mine de vouloir se dresser sur ses pattes.

— Toi, mon gars, tu restes là, murmura Kalaan, en se penchant pour le caresser. Tu en as assez fait pour aujourd'hui, et tu mérites du repos.

Après quoi, Dorian et Kalaan se contemplèrent un instant, et finirent par se rendre un sourire amical, comme ils le faisaient autrefois, avant de se diriger vers la sortie.

— Soyez prudents ! lança Jaouen, sans être sûr que les deux hommes l'aient entendu, car ils s'étaient déjà élancés dans la nuit. Trop d'incertitude plane encore sur vos avenirs, soupira-t-il pour lui-même, tout en affichant un air inquiet, avant de refermer pesamment la porte.

Chapitre 20

Comment piéger un rat

— Regarde-moi ça, Sal... Dorian ! gronda Kalaan, alors que les deux hommes arrivaient au pas de course dans le parc, à l'arrière du château. Toutes les pièces de la demeure sont illuminées, on dirait un immense sapin de Noël ! Bon sang ! Ils ont dû vider le stock de bougies et d'huile pour les lampes !

Dorian rit tout bas, amusé que son ami s'agace pour de la cire et du combustible, en un moment pareil. Ils allaient devoir démasquer un dangereux criminel, peut-être même livrer bataille ; cependant, monsieur trouvait encore le moyen de vitupérer après des futilités. C'était du Kalaan tout craché, mais c'était également un trait de caractère que Dorian appréciait chez lui.

— C'est bien connu, mon frère, que la lumière repousse les ténèbres et le mal qui pourrait s'y dissimuler, énonça-t-il d'un ton docte, le même que d'habitude, qui reçut en retour le sourire ironique de Kalaan.

Leur complicité était intacte, ce qui mit le cœur et l'esprit de Dorian en joie.

— Ce n'est pas ça qui arrêtera Darius Borgas, rétorqua cependant Kalaan sombrement. Passons par les communs, où Clovis nous informera de son arrivée.

— Inutile, je perçois son aura viciée jusqu'ici. Darius est au château.

Kalaan grommela sourdement avant de jurer.

— Nous lui tomberons dessus plus facilement. Quand tu étais Salam... reprit-il en hésitant à poursuivre, avais-tu déjà tous ces... dons ?

Les deux hommes se firent face, à la lueur des lampes à huile qui s'échappait de la porte-fenêtre des cuisines, et se dévisagèrent avec solennité.

— Je suis toujours Salam, et également Dorian, un peu comme toi et Catherine ne formez qu'un actuellement. Mais non, mes pouvoirs étaient simplement occultés du fait que je ne savais plus qui j'étais réellement ; ils sont revenus depuis que je suis sur l'île, grâce au druide. D'après Jaouen, la magie peut sommeiller quand on ne la pratique pas, même si elle est dans notre sang. Comme totalement disparaître, si un jour venait où un enfant des dieux se détournait des déités. Je ne me suis jamais détourné, j'ai simplement perdu mes souvenirs...

Kalaan le dévisagea encore longuement et posa une main amicale sur son épaule. L'instant d'après, il afficha un sourire en coin et lança :

— Allons débusquer notre rat, mon frère !

— Avec plaisir, répondit Dorian, prêt à en découdre avec le danger.

Kalaan et lui étaient des guerriers dans l'âme, et il était plus que temps de passer à l'action. Ils pénétrèrent dans les cuisines en impressionnant les serviteurs par leur immense et puissant charisme, tandis qu'ils se déplaçaient aussi silencieusement que deux félins à l'affût, tout en leur faisant signe de se taire.

Clovis avait fait du bon travail, car l'ensemble du personnel masculin était armé et se tenait prêt à intervenir à l'appel du seigneur de Croz. Quant à l'abus du moyen d'éclairage... Kalaan comprit bientôt pourquoi : chaque recoin le long du couloir menant des communs au vestibule et à la grande salle, comme le renfoncement sous les escaliers, en étaient d'autant plus obscurcis. Ce qui permettait d'y poster des gardes sans être aperçu de l'ennemi, ébloui par les chandeliers, s'il se situait à l'entrée. En fait, Clovis était un très fin stratège !

Il y avait là cinq hommes, des marins de l'*Ar sorserez*, des soldats accomplis qui hochèrent du chef à son passage, tout en masquant leur étonnement à celui de Dorian, et qui retournèrent dans la pénombre après un geste de Kalaan, pour disparaître de leur vue.

Ils arrivèrent silencieusement devant la porte à double battant de la salle à manger, et se dévisagèrent, surpris de percevoir le rire inimitable, et profondément horripilant, de la duchesse Delatour.

— Je la croyais mourante, gronda sourdement Kalaan.

— Les mauvaises herbes ne meurent jamais, répondit Dorian sur le même ton.

Après un mouvement de tête décidé, Kalaan poussa la porte et entra dans la pièce, suivi de Dorian, et localisa tout de suite l'immonde Darius Borgas. Il se tenait près de la cheminée, impeccable dans ses habits à la mode tirés à quatre épingles, et sirotait tranquillement un verre de whisky.

Non loin de lui, assis sur des fauteuils, se trouvaient effectivement la duchesse Delatour, saucissonnée dans sa fameuse robe rose à duvet, ainsi que son très sage petit-fils.

Le trio, à leur arrivée, s'était instantanément tu, et Darius se raidit visiblement en cillant, pressentant certainement que son heure venait de sonner.

— En voilà une façon indigne de vous vêtir, pour un souper en ma présence ! vitupéra la Delatour, en faisant trembler son triple menton d'indignation.

— Fermez-la, Votre Grâce ! ordonna sèchement Kalaan en la foudroyant du regard, et en marquant une ironique déférence par rapport à son titre.

La vieille rombière se mit à hoqueter sous l'ostentatoire affront et devint aussi rouge qu'une tomate, tandis que Charles-Louis souriait discrètement, pour la première fois de la journée.

— Mes sels, que l'on me cherche mes sels ! finit-elle par hurler.

— Continuez de crier ainsi, et je vous assomme sur le champ ! gronda Kalaan en marchant dans sa direction. Néanmoins, je vous promets de le faire avec tout le tact dont je suis coutumier.

La menace toucha au but, et la duchesse Delatour, livide, n'émit plus que de petits couinements porcins, au fur et à mesure que Kalaan avançait vers elle.

Toutefois, ce n'était pas cette mijaurée qu'il voulait atteindre, mais Darius Borgas qui, flairant le danger, s'était peu à peu approché de la porte-fenêtre. Il se raidit à nouveau, en se rendant compte que cette sortie lui était également refusée, Dorian s'y étant posté en croisant les bras sur son large torse.

Bien vite, Darius laissa tomber son masque de gentilhomme débonnaire – image qu'il aimait exhiber devant la duchesse –, et afficha son réel visage : cruel, avec un rictus mauvais sur les lèvres, et un regard si froid, qu'il en serait arrivé à glacer le sang.

— Le païen touareg veut se faire passer pour un homme civilisé, mais il a encore du travail, siffla-t-il alors, choisissant comme première arme le cynisme, tout en détaillant Dorian de la tête aux pieds.

— On peut paraître civilisé, et n'être au fond qu'un être médiocre, dans ses pensées comme dans ses actes, rétorqua Dorian sans se départir de son attitude décontractée.

— Vous me payerez vos mots ! éructa Darius en serrant les poings, mais sans oser avancer vers lui.

— Comme l'on peut être un lâche, et se cacher derrière un masque, ajouta à son tour Kalaan qui s'était approché, la main sur la fusée de son épée. Car, quel homme sain de corps et d'esprit, peut s'attaquer à un mouton comme vous l'avez fait ? reprit-il en martelant chaque parole, sa voix devenant dangereusement dure.

Darius ricana tout en coulant un regard de Dorian à Kalaan, sans chercher à se disculper. Dorian savait que l'horrible personnage était en train de les évaluer pour trouver le moyen de s'échapper, quitte à blesser, voire tuer quelqu'un s'il le fallait.

C'était pour cela également, alors qu'il pressentait la même chose que son ami, et bien qu'il ne la portât pas dans son cœur, que Kalaan se plaça devant la duchesse Delatour pour la protéger ; ainsi, elle ne servirait pas d'otage à Darius.

Quant à Charles-Louis, il s'était déjà levé de son fauteuil, et comme s'il avait senti le danger, se tenait de l'autre côté de la grande salle.

— Qu'est un simple mouton ? Une bête inutile, que j'ai un peu égratignée, et voilà que vous en faites une affaire d'État ! se mit à plastronner Darius, en faisant de fades gestes de la main.

— Voilà surtout que vous venez d'admettre votre forfait, feula sourdement Kalaan en étrécissant les paupières. Car voyez-vous, seuls mes proches et mes amis, que je compte sur les doigts de la main, sont au courant de cette histoire ; celle d'une innocente bête que vous n'avez pas fait qu'égratigner comme vous le dites, mais que vous avez égorgée, éventrée, poignardée à de nombreuses reprises, avant de la démembrer avec sauvagerie.

— *Ouuuuhhhhh !* hurla la duchesse Delatour, terrorisée par les mots que Kalaan avait martelés, et bondissant de son fauteuil, aussi agile qu'une souris, pour rejoindre son petit-fils.

— Vous n'avez aucune preuve ! cracha l'incriminé avec un tic nerveux au coin de la bouche. Un de vos gens aura parlé. C'est bien connu, les serviteurs ne sont bons qu'à colporter les histoires de leurs maîtres et, le plus souvent, les déformer à souhait.

— C'est bien ce que je disais : un être faussement civilisé qui n'est en fait qu'un imbécile et un fou, grommela Kalaan, sur ses gardes, comme il sentait l'homme prêt à passer à l'action. Dorian ? Des preuves ? demanda-t-il encore, sans lâcher Darius du regard.

— On trouvera dans sa chambre de l'auberge de Rachel, cachés sous une lame du plancher, la deuxième en partant de sous la fenêtre, des vêtements imbibés du sang du mouton, comme l'arme blanche qui a servi à le dépecer.

Darius écarquilla les yeux en les portant sur

Dorian qui venait de lire dans son esprit, un voile de peur les recouvrant un instant, avant qu'ils ne redeviennent aussi froids que ceux d'un assassin.

En une seconde, il sortit une dague qui était auparavant dissimulée sous sa manche, et mit en garde les deux hommes. Dans le même temps, Dorian avait également saisi son poignard touareg, et Kalaan s'était armé de l'épée, comme de son pistolet.

— Eh oui ! chantonna à son tour Kalaan, en imitant ridiculement Darius, tout en avisant ses yeux exorbités qui couraient de la lame au pistolet. Je suis ambidextre, je peux faire front des deux côtés !

— Je me demande simplement... quelle main je vais couper en premier ! cracha Darius en faisant mine d'attaquer Kalaan, avant de faire un bond en arrière, comme des sifflements stridents se faisaient entendre à l'oreille des trois hommes.

Dorian profita de ce moment de distraction pour sauter sur Darius, lui arracher sa dague, et le coucher sur le ventre pour ensuite lui attacher les poignets dans le dos avec sa lavallière. L'instant d'après, le genou pesamment placé sur le bas de la colonne vertébrale de l'individu, il leva les yeux, et claqua la langue en apercevant deux carreaux plantés dans la hotte de la cheminée.

Kalaan avait fait de même, et Dorian, comme lui, tourna son visage dans la direction d'où provenaient les tirs ; c'étaient Virginie et Isabelle ! Les deux femmes tenaient chacune une lourde arbalète de type médiéval, tout en se dévisageant d'un air ahuri et en secouant la tête d'effarement :

— Je n'ai pas tiré, c'est parti tout seul ! s'écria Virginie, d'une voix montant dans les aigus.

— Moi de même, je le jure ! assura Isabelle qui était aussi blanche que son amie, alors qu'elles réalisaient qu'elles auraient pu tuer quelqu'un.

À leurs côtés, se trouvaient également Amélie et Clovis, la première masquant un rire nerveux d'une main, tandis que le second adoptait un air hautement pincé :

— Mon pistolet est peut-être plus petit que le vôtre, mais il fait de gros trous ! disait Clovis, en élevant l'arme dont le minuscule canon était à peine visible dans sa main, tandis qu'Amélie tenait un gros pistolet de marine, qui avait appartenu à Maden de Croz.

Mais pourquoi Kalaan s'évertuait-il à donner des ordres aux femmes de sa vie, puisqu'elles faisaient de toute façon à leur guise ? Ne devaient-elles pas rester sagement dans une chambre et attendre qu'il vienne les chercher ? Les voilà qui étaient venues à la rescousse, plus dangereuses que jamais ! Cependant, comment pouvait-il les blâmer ? Il fallait qu'il accepte, une fois pour toutes, qu'elles étaient des femmes de caractère.

— Bon Dieu ! jura-t-il tout de même, parce qu'il avait eu peur pour elles. Lâchez vos armes ! Surtout vous, Isabelle et Virginie ! Vous êtes en possession de véritables dangers, tant ces arbalètes sont instables, du fait de leur ancienneté !

— Isabelle, écoutez votre frère ! ordonna également Dorian, un soupçon de colère et d'inquiétude dans sa voix aux accents gutturaux.

Tout le monde obéit à la seconde, y compris Clovis qui laissa tomber sur le plancher son tout petit pistolet... dont le coup, sous le choc, partit droit dans le chambranle de la porte, qui explosa en une myriade de copeaux sous l'impact.

— Je vous l'avais dit, Madame ! ironisa-t-il, et pas peu fier de lui. De gros trous... Madame !

— Des fous ! Des fouuuuus ! hurla à nouveau la duchesse, les mains sur les joues et trépignant nerveusement sur place.

— Les fous vous autorisent à quitter l'île, où vous vous êtes d'ailleurs invitée sans leur permission, et à coller votre *Gracieux* popotin dans le bateau que... ah ! P'tit Loïk ! Tu tombes bien ! Je signalais à Sa Gracieuse emmerdeuse que tu l'emmènerais sur le continent, dans le bateau que tu sais !

Un fort hoquet, suivi d'un rot sonore et déplacé, attira leur attention sur Charles-Louis.

— Pardon, veuillez m'excuser, murmura-t-il en rougissant de honte. Mais... est-ce... *LE*... bateau que j'ai pris ce matin ?

— *Ya* ! dit P'tit Loïk avec un air mauvais.

Le séminariste se mit à rire doucement, puis plus fortement, et se tourna vers sa grand-mère avec une mine réjouie :

— Je vous souhaite bon retour, mémé ! lança-t-il familièrement, en provoquant une stupeur totale chez l'ensemble des personnes (il y en avait beaucoup) qui se trouvaient dans la grande salle. S'il vous plaît, auriez-vous une place pour moi sur votre île ? Je me ferai tout petit, je deviendrai un excellent curé, et...

— Bienvenue à bord, moussaillon ! rit Kalaan avant de se tourner vers ses hommes pour leur donner l'ordre de ramasser les armes antiques, et de jeter un coup d'œil sur Virginie qui regardait partout, sauf dans sa direction !

Il grommela dans sa barbe. Elle ne perdait rien

pour attendre, après la peur qu'elle venait de lui causer, et Kalaan se força à occulter de sa tête la sombre vision où elle se blessait avec la vieille arbalète. Respirant un grand coup, il fit volte-face vers Dorian et Darius.

Son ami s'était redressé et lançait des œillades assassines sur le pauvre Charles-Louis, qui lui, était trop heureux d'être admis sur la terre des Croz pour s'en soucier. Dorian fulminait à tel point qu'il ne maîtrisait plus sa force, et faisait gémir l'ignoble Borgas en lui cassant presque l'avant-bras sous la pression de ses doigts.

— Isabelle... murmura soudain Kalaan. Bon sang ! Encore une chose que je n'ai pas vue venir...

Il était désormais clair comme de l'eau de roche que Dorian était attiré par sa sœur, et qu'il voyait Charles-Louis comme un rival, d'où sa crise de jalousie actuelle, et l'ignoble Borgas qui en pâtissait par ricochet.

— Dorian, doucement ! lança Kalaan. J'aimerais que cet homme reste intact pour qu'il soit jugé. Quoique... détache-le !

Dorian ouvrit de grands yeux étonnés, avant de lire dans les pensées de son ami, et de sourire en coin tout en dénouant les liens de Darius.

— Il était temps que vous reveniez à la raison, commença ce dernier, qui avait ramené ses mains vers l'avant, tout en frottant ses poignets endoloris, sans pouvoir dire un mot de plus comme Kalaan lui envoyait un uppercut.

— Ça ! C'est pour ma Jinie ! vociféra-t-il, tandis que Darius valdinguait en arrière, à moitié sonné, avant d'être retenu aux épaules par Dorian, qui le renvoya vers son ami.

— Et ça ! C'est pour « Fous-le-camp » ! gronda encore férocement Kalaan, en lançant un second et foudroyant coup de poing, qui mit K.O Darius, avant qu'il ne s'effondre sur le sol, le nez cassé et en sang.

L'instant d'après, Kalaan se tournait vers ses marins, qui n'avaient, en fin de compte, été utiles à rien, même pas à arrêter Clovis et ces dames avant qu'ils n'entrent dans la grande salle, avec des armes archaïques et dangereuses à la main.

— Embarquez-le et enfermez-le dans une stalle des écuries ! ordonna-t-il froidement. Sous bonne garde !

— *Ya* ! Cap'taine !

— Vous ! reprit Kalaan, en s'adressant à deux hommes inoccupés. Ramassez ces objets avant que quelqu'un ne se blesse sérieusement, et allez les remettre au grenier. Clovis vous montrera la route.

— Bien, Monsieur, fit ce dernier, affable, en précédant les marins et en quittant la grande salle.

Enfin, un silence des plus étranges s'abattit sur la pièce, où il ne restait plus qu'Amélie, Isabelle, Virginie, Dorian, Charles-Louis et Kalaan.

— Êtes-vous blessée ? s'inquiéta le séminariste en avisant, pour la première fois, l'hématome verdâtre et violine que Virginie avait sur le haut du front.

— Ce n'est rien, le rassura-t-elle avec un sourire. C'est ancien et passé.

— Et vous, mademoiselle Isabelle ? Tout va bien ? demanda encore Charles-Louis.

— Elle va bien ! aboya Dorian en s'approchant de la jeune femme pour se placer entre elle et le futur curé, avec un regard farouche qui amusa prodigieusement Kalaan.

Son ami n'était donc pas le maître absolu du « sang-froid », comme il l'avait longtemps pensé. C'était intéressant...

— Monsieur Salam ? appela Isabelle dans son dos, en découvrant la réelle identité du bel homme qu'elle avait pris pour un étranger, et qui avait débarqué de nulle part.

Il se retourna et plongea ses yeux sombres dans les siens. Un regard unique, que seul Salam possédait.

— Dorian Saint-Clare, pour vous servir, se présenta-t-il alors, dans un salut.

— Mais... je ne comprends pas... vous... bafouilla-t-elle, incrédule.

— Nous te raconterons tout après le souper, intervint Kalaan en prenant Virginie et sa mère dans ses bras. Il est temps de faire une pause bien méritée et j'ai faim ! Pas vous ?

Kalaan était décidément bien le seul à pouvoir penser à son estomac, après des instants pareils ! Néanmoins, alors que tous se mettaient à table et se faisaient servir par les valets de pied, ils se rendirent compte qu'eux aussi avaient faim et soif.

— Que vas-tu faire de Darius ? demanda Amélie au cours du souper, légèrement soucieuse.

— Le garder sous clef le temps que Vidocq arrive avec ses policiers. Je lui enverrai un message dès demain matin.

Amélie hocha la tête, rassérénée, comme l'était pareillement Virginie, qui ne voulait pas que Kalaan se transforme en justicier avec du sang sur les mains.

La paix enfin retrouvée, le cœur à la fête, tous passèrent une agréable soirée, la première depuis qu'ils étaient sur l'île de Croz, et découvrirent que Charles-Louis était, en fin de compte, un joyeux drille, loin de son étouffante « mémé », comme il l'avait appelée.

Dorian raconta également son histoire, en omettant volontairement de dire qu'il était un enfant des dieux et qu'il possédait des pouvoirs surnaturels. Il y avait bien assez de la malédiction de Kalaan, pour le côté incroyable, cela aurait été inutile d'en rajouter.

La soirée s'acheva dans les rires, surtout quand Amélie, taquine, reparla du tout petit et ridicule pistolet de Clovis.

— Tout de même ! Il fait de gros trous ! répondit alors le majordome, l'air faussement pincé et pointant du doigt le chambranle éclaté de la porte, avant de joindre son rire aux autres.

Chapitre 21

Seule la mort te délivrera

Virginie et Kalaan attendirent que tout le monde rejoigne ses appartements pour se retrouver et se rendre à la longère, où ils passèrent la nuit ensemble. Ils firent l'amour voluptueusement et s'endormirent, bienheureux, dans les bras l'un de l'autre.

Le lendemain matin, Virginie assista une seconde fois à la stupéfiante transformation de Kalaan qui, de son côté, ne comprenait toujours pas pourquoi, en sa présence, il ne ressentait aucune douleur annonciatrice.

— Tu devrais peut-être en faire part à Jaouen, l'encouragea-t-elle, tandis qu'ils quittaient leur nid d'amour pour rejoindre Amélie et Isabelle pour le petit déjeuner, mais aussi, et surtout, faire en sorte d'activer le départ de la duchesse Delatour.

Virginie ne cessait de contempler Catherine, magnifique avec ses cheveux noirs dansant sur ses épaules, comme ses traits harmonieux, et qui était à nouveau vêtue avec des habits masculins.

Normal, puisqu'elle est Kalaan, se dit intérieurement Virginie.

Elle avait beau faire, elle n'arrivait toujours pas à réaliser que l'homme et la femme étaient une seule et même personne. Tout cela était si... incroyable !

Virginie se dit également qu'avec le temps, elle se

ferait à ces changements, et sourit en songeant qu'elle était gâtée par la vie, car elle aurait Kalaan toutes les futures nuits à venir, et une authentique amie en Catherine, le jour.

Il fallut bien toute la matinée pour préparer le départ de la duchesse, qui se comporta, comme à son habitude, en véritable mégère. Mais quelle ne fut pas la surprise de tous, quand elle se résigna à embarquer dans le petit bateau de pêche à voiles, avec malles et fracas, pour rejoindre le continent.

— Je te parie qu'elle sera malade avant d'atteindre les remparts ! s'exclama Isabelle qui suivait à la longue-vue son départ, Catherine, Amélie et Virginie se tenant à ses côtés.

— Et moi, contra Catherine de sa voix cristalline, je te fais le pari qu'elle est déjà affectée.

Ce que P'tit Loïk leur confirmerait certainement à son retour en fin de soirée.

— N'est-ce pas un peu cruel de la faire voyager sur cette coquille de noix ? s'enquit Amélie, l'âme toujours charitable, alors qu'elle avait conscience qu'il fallait avoir le cœur bien accroché, car le bateau était connu pour tanguer même quand la mer était aussi calme qu'un lac.

— Juste retour des choses, mère ! chantonna Catherine, et ne vous en faites pas pour les ragots. La Delatour ne colportera rien, de peur que je divulgue qu'elle était l'amie d'un meurtrier.

— Sans preuves, il sera bien difficile de juger Darius, dit alors Virginie, le cœur lourd.

— Faisons confiance à Vidocq, assura Catherine. Nous lui parlerons de Josephe, comme de Georges Maltinard, quand nous lui livrerons le gredin. Le chef de la police parisienne ne sera pas long à le faire avouer.

— Espérons-le, murmura encore Virginie en prenant sa main dans la sienne.

— N'est-ce pas l'*Ar sorserez*, prête à quitter le port ? s'écria soudain Isabelle.

Catherine se mit à rire et redonna sa longue-vue à sa sœur qui, intriguée, la saisit vivement.

— Oh ! s'exclama-t-elle avant de glousser. Kalaan ! Espèce de filou ! La Delatour va s'en étouffer de rage !

Et pour cause ! Tout le personnel de Sa Grâce avait embarqué sur des chaloupes qui dépassèrent le bateau de cette dernière, en direction de la somptueuse frégate amarrée dans le port clos. Les marins avaient eu ordre de les recevoir à bord comme des princesses et des princes, et de leur offrir la plus belle traversée de leur vie. Tout cela, au nez et à la barbe de la duchesse...

— Gredin tu es, gredin tu resteras, mon fils, s'amusa Amélie quand Kalaan leur raconta l'histoire.

— Ma lady corsaire, rit à son tour Virginie, en plongeant ses yeux gris, pétillants de joie et d'amour, dans les siens.

Tout le monde se mit à vaquer à des occupations diverses après le dîner ; Dorian et Catherine se rendirent chez Jaouen, Amélie et Isabelle supervisèrent la réinstallation de leur personnel au château, et Virginie aida Gwendoline à rapatrier ses effets. La journée se déroula par la suite dans une douce quiétude, d'autant plus en sachant Darius enfermé dans une stalle des écuries, et sous bonne garde.

Virginie remontait du village où elle avait fait

connaissance avec de nombreux îliens, tous très chaleureux et heureux de vivre à Croz. Elle avait le sourire aux lèvres et respirait à pleins poumons l'air salin, que le vent frais apportait en souffles réguliers sur son visage. Au loin dans le ciel bleu, les goélands se regroupaient en longs vols tourbillonnants, en poussant de longs cris profonds semblables à des rires, avant de plonger dans les flots, derrière des petits bateaux de pêche certainement chargés de poisson.

Cette île était un véritable paradis, aux terres vertes et riches, cernées d'une mer aux tonalités bleutées tirant vers le gris, ou le turquoise, en fonction du temps. Aujourd'hui, l'onde était d'un beau bleu sombre et chapeautée par des rubans d'écume blanche, là où les courants se réunissaient. Virginie en avait presque le souffle coupé, devant tant de majestuosité.

D'ici une heure, le soleil allait se coucher, et la jeune femme avait le cœur en joie en songeant qu'elle retrouverait enfin Kalaan à la longère. La seconde suivante, elle rougit, en se morigénant pour toutes les pensées coquines qui lui traversèrent l'esprit.

— Mam'selle ! Mam'selle ! la héla soudainement la voix éraillée et essoufflée d'un garçon qu'elle reconnut tout de suite.

— Oh ! Gérald ! Tu m'as l'air bien tracassé, fit-elle en remarquant son désarroi, alors qu'il n'osait pas la regarder dans les yeux, tout en fouillant dans le fond de sa besace.

— J'suis désolé, Mam'selle ! Maman m'a déjà chauffé les oreilles tout à l'heure pour me punir. Mais j'ai pas fait exprès !

— De quoi parles-tu ? s'enquit Virginie avec curiosité, tout en fronçant les sourcils comme Gérald sortait une grosse enveloppe chiffonnée de son sac.

— Je devais la remettre avec les autres lettres à Clovis, mais je n'ai vu que plus tard que je l'avais oubliée. Après, il y a eu le retour du cap'taine d'Égypte, avec mon père, et je n'y ai plus pensé du tout ! Jusqu'à ce matin, quand maman m'a dit de ranger le fourbi dans ma besace.

Virginie, la tête bourdonnante, retint brusquement sa respiration, en reconnaissant sur le pli l'écriture déliée et incisive de Georges Maltinard. En frissonnant nerveusement, et les doigts tremblants, elle le prit des mains de Gérald, tout en sentant l'espoir renaître en elle. Lui avait-il envoyé, avant d'être assassiné, les preuves incriminant Darius pour le meurtre de son père ?

— J'suis vraiment désolé, Mam'selle, reprit Gérald en gémissant pitoyablement. J'vois bien qu'elle a de l'importance pour vous.

— Je ne t'en veux pas, mon garçon, murmura Virginie en lui relevant le menton et en plongeant son regard dans le sien. Et en fin de compte, tu as bien fait « d'oublier » cette lettre, car c'est en ce jour qu'elle devient précieuse.

Tandis que si elle était arrivée plus tôt, elle aurait pu lui apporter le malheur, si Darius avait fouillé ses affaires, s'il l'avait trouvée avant que Virginie ne parle à Kalaan. Virginie serait peut-être morte à la place du mouton...

Maintenant que le danger était écarté, ce courrier ne pouvait être qu'un plus, pour la suite des événements.

— Vrai ? sourit Gérald.

— Oh que oui ! s'écria Virginie en affichant un

magnifique sourire, avant de se pencher pour déposer un baiser sur la joue du garçon. File, tu es un héros !

Il s'élança dans la raide descente menant au village, courant dans ses gros sabots, et faisant craindre à Virginie de le voir tomber et se blesser. Mais Gérald avait l'habitude, et poussait des cris de joie en levant les bras au ciel.

Virginie décacheta l'enveloppe en souriant, et commença à lire la lettre de Georges. Elle feuilleta en vitesse les quatre feuilles qu'il lui avait adressées, et pâlit de plus en plus avant de parvenir à l'ultime page.

— C'est pire que tout, souffla-t-elle la main sur le cœur, tandis que ce dernier battait à un rythme effréné.

Il fallait qu'elle rejoigne Kalaan au plus vite !

Elle le retrouva en arrivant à hauteur du cercle brisé. Il avait visiblement fait un détour en revenant de chez Jaouen, et admirait lui aussi le paysage marin, qui était des plus magnifiques de ce côté de l'île.

— Kal... Catherine ! cria Virginie dans sa direction, en se reprenant pour ne pas être entendue par des oreilles indiscrètes, et en agitant au-dessus de sa tête les feuillets écrits de la main de Georges Maltinard.

La lady corsaire tourna le visage vers elle, et lui rendit son salut, avant d'afficher un grand sourire. Kalaan était heureux de la retrouver en ce lieu magique et unique ; l'endroit où ils s'étaient aimés avec passion, pour la première fois.

Mais plus il voyait Virginie approcher, plus son sourire se faisait hésitant. La jeune femme avait l'air bouleversée, presque en état de choc.

— Qu'y a-t-il, Jinie ? s'inquiéta-t-il en

maudissant sa voix fluette.

— C'est... la lettre du détective ! Gérald avait oublié de la donner à Clovis au matin de ton arrivée sur l'île ! Il faut que tu la lises... ça dépasse l'entendement !

Kalaan saisit les feuillets de ses doigts fins et se mit à lire avec de plus en plus d'avidité. À la fin, son visage était tendu et ses yeux vert ambré reflétaient une froideur que Virginie ne lui avait jamais connue.

— Je vais le tuer, gronda-t-il.

— Qui donc voulez-vous tuer, jeune fille ? se moqua la voix inimitable et honnie de Darius Borgas.

Virginie poussa un cri d'horreur et fit volte-face pour apercevoir l'individu, qui se tenait à un pas d'un grand menhir. Ses habits étaient couverts de terre noire et de paille, il n'avait plus du tout la prestance d'autrefois, et semblait terriblement dangereux. Comment avait-il pu s'échapper ?

Kalaan saisit le bras de Virginie et la propulsa derrière son dos, pour la mettre à l'abri de l'homme qui braquait un pistolet sur eux. Inconsciemment, le jeune comte reproduisait l'exact geste salvateur que son père, Maden, avait eu avec lui, juste avant de recevoir la balle qui lui était destinée.

— Oh, comme c'est attendrissant, se moqua méchamment Darius. Il existe donc un certain code de la chevalerie chez les femmes. Que c'est intéressant ! Cependant, cela ne servira à rien de protéger la marquise, jeune femme, dit-il encore, et j'ai une balle pour chacune de vous.

Kalaan s'en voulut mentalement de ne pas avoir pris sur lui un moyen de défense. Comment allait-il sauver Virginie ? D'abord, il fallait trouver une parade, et distraire ce monstre. Avec un peu de chance, il pourrait récupérer son arme et tuer l'homme avant qu'il ne mette sa menace à exécution.

— Pas un mouvement, jeune fille ! ordonna sèchement Darius, qui avait pressenti que Catherine se préparait à l'affronter, d'une manière ou d'une autre. Alors ! reprit-il l'air de rien, en agitant le canon de son pistolet dans leur direction. Que vous a donc appris ce fouineur de Georges ? Oh ! Je sais... Tout d'abord, il vous a dit pourquoi j'ai tué votre cher papa.

Virginie se raidit dans le dos de Kalaan et agrippa l'arrière de sa veste. Il l'avait entendue retenir son souffle, quand Darius avait parlé de son père.

Ne bouge pas, Jinie, gronda-t-il dans sa tête, en priant pour que la jeune femme reste calme.

Si seulement il pouvait posséder les mêmes dons que Dorian ! Kalaan écarquilla les yeux, et Darius se méprit sur son geste. L'odieux individu crut que Georges avait omis de parler du marquis de Macy, alors que Kalaan savait désormais comment se sortir de la situation ; mentalement, en litanie, il appela donc Dorian par la pensée. Il lui indiqua où il se trouvait, avec qui, et le fait que Virginie et lui étaient en danger de mort.

— Votre cher papa, Virginie, n'était autre qu'un sacré fureteur ! Pour le rencontrer plusieurs fois chez vous, et le confondre, j'ai pris comme excuse le fait que je voulais vous demander en mariage. Ne vous faites pas d'illusions, ce n'était que ruse, car vous n'êtes qu'une insignifiante personne pour moi. Jusqu'au jour où je l'ai pris la main dans le sac, alors qu'il m'avait vu discuter avec des hommes peu recommandables. En fait, eux comme moi sommes membres de la Guilde des empoisonneurs[76]. Oui... je vois que cette guilde ne vous est pas tout à fait inconnue, puisque notre réputation d'assassins nous précède. Ce n'est qu'un travail comme un autre, avec de juteux contrats. Je ne pouvais donc plus le laisser en vie, et cela a été très facile de lui faire boire une substance létale, comme de la *Cantarella*[77]. D'autant plus en ayant sous la main, en tant qu'apothicaire, tous les ingrédients qu'il me fallait pour la produire.

— Vous n'êtes qu'un abominable personnage ! cracha Virginie, préférant dissimuler sa peine derrière un masque de rage, tandis que Catherine l'empêchait, à l'aide de son bras, de passer devant elle.

— Oh que non, je ne suis en rien abominable, je ne cherche qu'à gagner mon trône ! Oui, oui, oui... Gorges Maltinard a dû vous informer de mes plans, qui consistent à commettre un coup d'État, visant à renverser ce balourd de Charles X ! D'ailleurs, ce n'est qu'une question de temps. Je l'empoisonnerai comme les autres, avec une grande facilité, car je suis auprès de lui très souvent. Après, je tuerai tous ceux qui, potentiellement, pourraient me barrer la route : des aristocrates – comme cette empotée de Delatour –, aux parlementaires, jusqu'aux ecclésiastiques ! Tous ceux qui ne se plieront pas à ma volonté mourront ! Tous ! Jusqu'au dernier rebelle ! Et dans à peine un an... je deviendrai roi de France ! cria Darius avec une emphase démoniaque, les yeux illuminés par une

---

76 *Guilde des empoisonneurs* : Appelée également Conseil des Dix, c'était une guilde d'alchimistes et d'empoisonneurs formée au XVe siècle, et qui concluait des contrats d'assassinat avec les personnes qui lui donnaient suffisamment d'argent.

77 *Cantarella* : Poison des Borgia, également appelé « sucre de plomb » à base d'arsenic, de phosphore et d'acétate de plomb.

aliénation totale.

Car seul un fou pouvait croire en un tel projet et en une telle hécatombe. Un dément sanguinaire, qui n'avait qu'un seul mot à la bouche : tuer !

Darius tremblait de la tête aux pieds avec un sourire extatique sur les lèvres. Pris dans son euphorie meurtrière, il rêvait déjà d'être assis sur le trône du pays, avec sa guilde d'assassins comme gardes du corps et bourreaux.

— Vous comprenez désormais pourquoi, il m'a été impossible de laisser en vie ce détective ; mais quelle bêtise de ne pas avoir fait brûler ses morceaux, je m'en veux encore aujourd'hui, soupira Darius en haussant les épaules. Car désormais, je vais également devoir m'occuper de Vidocq en rentrant à Paris. Quel dommage, mais en même temps, quel honneur de devoir affronter un tel personnage ! Je garderai peut-être sa tête comme trophée ! Ainsi, mesdemoiselles, vous êtes au courant de mes desseins, par Georges, et par la bouche de votre futur roi. Ah mais non... suis-je bête ! Vous ne me verrez jamais en roi... puisque vous serez mortes ! ricana encore Darius en levant son pistolet.

Dans le même temps, Kalaan poussa fortement Virginie de la main, et la fit tomber au sol, loin de la trajectoire de la balle, avant de bondir sur Darius qui tira.

Une foudroyante douleur toucha Kalaan au ventre. Sonné par le choc et la souffrance, il porta ses mains sur sa blessure, pour voir du sang couler abondamment sur sa peau, et imbiber sa chemise blanche.

— Il ne fallait pas bouger ! ricana Darius.

Maintenant, votre mort sera horriblement lente, alors que je visais votre cœur ! Je vous achèverai peut-être plus tard, avec une grosse pierre, puisque l'on m'a pris ma dague. Mais pour l'heure, je vais me charger de la marquise de Macy.

— Non, souffla Kalaan en se laissant chuter sur les genoux, comme ses forces l'abandonnaient à l'instar de son fluide vital, et occultant sa douleur pour tourner ses pensées vers sa bien-aimée.

Au loin, alors que la nuit tombait, les cloches de l'église, ainsi que le bruit des cors, résonnèrent sur l'île. Ce n'était pas là le signe de l'arrivée d'un bateau, mais une alarme qui signifiait que le prisonnier s'était échappé. Trop tard, il était vraiment bien trop tard pour Kalaan. Mais probablement pas pour Virginie.

Darius avait rechargé son arme, alors que cette dernière se jetait au sol près de son amour, en criant et en pleurant de chagrin, comme elle comprenait qu'il avait été mortellement touché.

L'assassin leva son pistolet, visa... et hurla de douleur quand un poignard l'atteignit à l'épaule, le forçant à lâcher son arme. La seconde d'après, le husky bondissait sur lui en enfonçant ses crocs dans sa gorge, pour ensuite l'entraîner de son poids et le faire tomber près du précipice.

Darius arriva à se dégager, une main endiguant le sang qui coulait de sa profonde blessure. Il se redressa en chancelant, puis ouvrit de grands yeux fascinés, quand il découvrit l'être qui marchait vers lui, entouré d'une sombre et visible aura de vengeance... Dorian !

Mais ce n'était plus l'homme que Darius avait entraperçu, ni ce païen vêtu intégralement de tissu bleu. Non, c'était un démon... Ou un ange, qui serait descendu sur terre pour le sauver et l'aider à conquérir sur son trône ?

— Non ! gronda la voix rocailleuse de Dorian, qui résonna de mille échos. Je suis venu pour te détruire, et faire en sorte que tu ne nuises plus jamais à personne !

L'enfant des dieux, auréolé d'un voile rouge, les yeux scintillant de myriades de lueurs blanches, fit apparaître du feu dans ses mains. Il forma par la suite une gigantesque boule de flammes, et la propulsa sur Darius qui s'embrasa telle une torche vivante. Hurlant de douleur, se consumant de l'extérieur comme de l'intérieur, l'ignoble Borgas vacilla en arrière en battant des bras. Ses cris se transformèrent en plaintes rauques, puis en borborygmes, et il bascula dans le vide pour s'écraser en contrebas sur les pics rocheux, avant que les flots n'emportent les restes de sa dépouille.

Virginie, qui avait assisté à toute la scène, et qui s'était réfugiée dans un état second pour ne pas basculer dans la folie, contempla Dorian qui s'élançait maintenant vers eux. Elle ferma les yeux un instant, laissa les larmes couler, et secoua la tête pour reprendre ses esprits malmenés. Quand elle rouvrit les paupières, l'être céleste qu'avait été Dorian peu de temps auparavant, était redevenu l'ami de Kalaan, un homme tout à fait ordinaire... ou presque.

— Do... Dorian, gémit Kalaan, tandis que son ami lui prenait la main, tout en écartant le tissu pour se rendre compte de la gravité de la blessure. Occupe... toi... de Jinie, souffla-t-il encore. De ma... mère et... d'Isabelle...

— Tu le feras toi-même, marmonna Dorian.

— Menteur... murmura-t-il, sa voix perdant en volume, comme le voile de l'inconscience, puis de la mort, approchaient à grands pas.

— Kalaan ! s'écria Virginie en se penchant sur lui et en l'embrassant. Tu dois te battre, pour nous, pour notre avenir ! Tu ne dois pas mourir ! Je t'aime ! Oh oui, je t'aime si fort ! Bas-toi, mon amour ! cria-t-elle encore, comme il fermait les yeux, sa tête roulant doucement sur le côté.

— Je... t'aime, souffla-t-il de sa voix cristalline, en expirant lentement, avant que son cœur ne cesse de battre, juste au moment où le soleil disparaissait de ce côté de la Terre.

— Oh ! Je t'aime aussi ! pleura Virginie, en le prenant dans ses bras pour le bercer contre son cœur.

Alors que la nuit s'installait, Dorian se mit à psalmodier de sa voix rauque en une langue inconnue, et leva les bras vers les étoiles tandis qu'une aura chaude et lumineuse s'élevait de lui. Ainsi, et grâce à la magie des éléments qu'il appela, l'enfant des dieux illumina les cinq grands menhirs du cercle brisé, qui bercèrent le tertre sacré de leur lueur céleste.

Le druide Jaouen, qui s'était fait discret jusqu'alors, rejoignit le lieu et vint saisir les épaules de Virginie pour l'écarter de la dépouille de Catherine.

— Il fallait que Catherine meure, dit-il doucement. Laissez Dorian s'occuper de Kalaan maintenant. Il est peut-être encore temps pour l'homme prisonnier du corps de femme.

L'enfant des dieux s'était approché et passait les mains sur le buste de Catherine, il prononçait à nouveau des paroles inconnues, qui firent frissonner Virginie de la tête aux pieds, tant elle ressentait leur pouvoir. Peu à peu, à l'ahurissement de cette dernière, la large mare de sang se volatilisa sur la peau de Catherine et la plaie béante se referma. Pourtant, la lady corsaire était toujours morte.

— Reviens ! ordonna Dorian, en se mettant à appuyer fortement sur ses côtes, à un rythme régulier, puis à souffler de l'air dans la bouche en lui soulevant le menton, avant de reprendre son massage.

— Que... que fait-il ? s'écria Virginie en levant ses yeux vers le druide.

— Il essaye de le ramener à la vie.

— Reviens ! hurla encore Dorian.

Lui-même commençait à douter que ce soit possible, quand tout d'un coup, un phénomène incroyable se produisit ; cela débuta par la marque dans la main de Catherine, qui s'effaça petit à petit avant de disparaître. Puis elle inspira profondément en bombant brusquement le torse et en rejetant la tête en arrière, avant que son corps ne se transforme pour reprendre les formes et contours de celui de Kalaan.

— Tu as réussi, souffla Jaouen, en lançant un regard empli de dévotion sur Dorian, qui s'était reculé avant de se laisser tomber sur les fesses.

Le jeune homme paraissait épuisé, à deux doigts de s'évanouir ; et là encore, le druide intervint :

— C'est la magie qui veut ça, tu as puisé beaucoup dans tes forces vitales pour arriver à un tel exploit.

— Kalaan ? s'écria soudain Virginie en saisissant la main de son âme sœur, avant de rire et de pleurer à la fois, comme il ouvrait les yeux.

— Je suis mort ? Et tu es au paradis avec moi ? murmura-t-il d'une voix enrouée, comme s'il avait dormi des heures.

— Tu étais vraiment parti, mon amour, lui retourna-t-elle tendrement, en s'essuyant fugacement les joues, avant de sourire et de l'embrasser.

— Mais alors, où suis-je ? s'enquit encore Kalaan en redressant légèrement la tête, et en apercevant les menhirs scintillants, comme Dorian et Jaouen.

— Tu reviens de loin, mon frère, sourit à son tour Dorian.

— Vous pouvez m'expliquer ?

— C'est bien Kalaan, se moqua gentiment Jaouen, avant de rire tout bas, et de sortir sa pipe qu'il alluma grâce à un briquet à amadou.

— Et toi, un éternel fumeur, grommela Kalaan en posant la tête sur les genoux de Virginie.

— C'est simple, mais cela ne devait pas se dérouler ainsi, commença Dorian. La malédiction disait « Seule la mort te délivrera », et Jaouen et moi... enfin... nous avions l'intention de te proposer de provoquer la mort de Catherine, pour que Kalaan revienne à jamais. Il y avait un risque, mais comme nous le savons maintenant, ce dernier était payant. Sauf que... C'est Darius Borgas qui t'a tiré dessus et que nous étions très loin de toi quand cela s'est produit. J'ai eu peur... de ne jamais te revoir, mon frère.

— Tu m'aurais manqué également, grommela Kalaan, touché au cœur par l'amitié réellement fraternelle de Dorian. Et... Borgas ? Il allait... Virginie ? Tu vas bien ?

— Oui, mon amour, s'amusa-t-elle de sa soudaine inquiétude, avant d'afficher une mine plus sombre en tournant son regard vers Dorian, puis les menhirs, qui possédaient les mêmes éclats que la lune, mais en plus atténués. Mais je ne suis pas certaine de tout ce que j'ai vu ce soir... Dorian n'était plus le même et il a... enfin... il a créé une boule de flammes dans ses mains, avant de la jeter sur Darius qui s'est littéralement consumé avant de tomber dans le vide. Hum... messieurs, ne croyez-vous pas qu'il est temps de tout me raconter ?

À ce moment-là, « Fous-le-camp » se mit à japper joyeusement, comme pour accueillir quelqu'un qu'il appréciait, et la seconde suivante, des cris résonnèrent jusqu'à eux :

— Kalaan ! hurlaient les voix d'Amélie, Isabelle, et P'tit Loïk qui était revenu du continent.

— Monsieur le comte ! héla également Clovis, avant que tous quatre n'apparaissent dans le cercle brisé, et ne se figent devant la féerie qui en émanait.

— Ohhh, soufflèrent-ils en chœur, en pivotant sur eux-mêmes pour admirer le phénomène des pierres illuminées.

— Merci, je vais bien, et Virginie aussi ! lança Kalaan, avant de rire avec la jeune femme.

Amélie fut la première à le voir allongé sur le sol, dans les bras de Virginie, et s'avança avec inquiétude.

— Darius s'est échappé ! Que fais-tu couché sur l'herbe ? s'étonna-t-elle avant de se tourner pour regarder une nouvelle fois les pierres.

— Je suis mort, enfin, Catherine. Et je suis ressuscité, moi, Kalaan.

— Quoi ? s'étouffa presque Amélie en vacillant sur ses jambes.

— Dorian, Jaouen, Virginie, s'il vous plaît, relatez à ma mère, ma sœur et nos amis, tout ce qui s'est produit. Je suis vraiment trop épuisé pour le faire, murmura à nouveau Kalaan en fermant les yeux, tandis que Virginie lui caressait amoureusement les cheveux.

C'est ainsi que la jeune femme retraça l'histoire démentielle de Darius, de la guilde des empoisonneurs, pourquoi il avait assassiné son père, puis fait disparaître Georges. Sa folie meurtrière également, jusqu'au moment où il avait tiré sur Catherine. Dorian et Jaouen prirent le relais, racontèrent la magie, les origines du jeune Highlander, le fait qu'il était un enfant des dieux, et comment il avait tué Darius.

Après un long silence, Kalaan posa une question à Jaouen :

— Pourquoi, quand je me transformais en présence de ma Jinie, je n'éprouvais aucune douleur annonciatrice ?

— Pardi ! s'étonna le druide en fumant par le nez. Mais parce que vous êtes des âmes sœurs ! C'est aussi simple que cela ! Je te l'ai dit, fiston, les chemins sont toujours tracés !

Tout fut révélé, et petit à petit, les pierres perdirent de leur luminosité, plongeant le groupe dans le noir.

— Quelqu'un aurait-il pensé à amener une lampe ? s'enquit Kalaan en riant doucement. Parce que je ne vois plus rien du tout ! Que dalle, que tchi[78], *netra*[79] ! s'amusa-t-il à nouveau, comme il se rendait compte qu'il n'avait plus le don de vision nocturne, ce qui voulait signifier une chose : il n'était plus maudit.

— *Ya* ! Pour en être sûr, il faudra attendre demain

---

78 *Que tchi : Expression venant probablement du romani, et signifiant : rien.*

79 *Netra : Rien (en breton).*

matin, espèce de fanfaron ! lui retourna Jaouen, qui avait encore lu dans son esprit.

— Arrête de faire ça ! pesta Kalaan, bougon, en faisant rire tout le monde. Dorian ? reprit-il. Pourrais-tu nous éclairer le chemin jusqu'à la maison avec ta magie ?

— Non, je suis trop fatigué pour cela.

— Et si nous faisions un feu de camp, et que nous passions la nuit ici ? J'en ai toujours rêvé ! s'écria Clovis, en oubliant son sempiternel ton coincé.

— Va pour l'feu d'camp ! approuva P'tit Loïk. Mais... faut d'la lumière pour chercher du bois !

Là encore, tous rirent de concert, heureux que tout se finisse bien, entourés des gens aimés. Guidés par la chiche lueur du briquet à amadou de Jaouen, ils réunirent des branchages, y mirent le feu, et s'installèrent les uns contre les autres pour se tenir chaud, tandis que Clovis revenait en traînant pesamment un énorme tronc d'arbre. Il haussa les épaules devant la moquerie de ses compagnons, qui lui dirent qu'il aurait dû en prendre un plus gros, et posa le bois sur le feu.

— Au moins, ça tiendra toute la nuit ! scanda-t-il avant de s'asseoir près de son frère Jaouen, et les deux hommes se mirent à chanter en breton.

La nuit passa ainsi ; très peu d'entre eux dormirent, et personne n'eut froid, grâce à l'arbre de Clovis. Au petit matin, les yeux piquant de fatigue, tous retinrent leur souffle en attendant l'arrivée des premiers rayons du soleil, et tournèrent leur attention sur Kalaan.

Le soleil monta, effleura la mer, la falaise, et vint caresser de sa chaleur le visage de Kalaan, de Virginie, et de ceux du reste du groupe. Il n'y eut aucune transformation. Catherine avait disparu à jamais... en libérant Kalaan de la malédiction, par son sacrifice suprême.

— *Kenavo*[80], Catherine, chuchota Kalaan avec une vive émotion en songeant à la lady corsaire.

Un adieu énoncé en breton pour l'hommage, que tous reprirent en chœur, tandis que « Fous-le-camp » se mettait à pousser de longs hurlements, le museau levé vers le ciel.

— *Demat*[81], Kalaan, lui murmura amoureusement Virginie, avant qu'ils ne s'embrassent avec passion, sous les sifflets joyeux des hommes, et les rires d'Amélie et d'Isabelle.

C'est à ce moment-là également que le regard d'Isabelle se souda à celui de Dorian, et qu'un courant très spécial et précieux passa entre eux : celui qui existait uniquement entre les âmes sœurs.

---

80 *Kenavo : Au revoir ou adieu (en breton).*
81 *Demat : Bonjour (en breton).*

Épilogue

Le chef de la police parisienne, l'illustre et charismatique Vidocq, n'avait guère mis de temps à répondre au message de Kalaan. Il s'était déplacé en personne sur l'île, à la fin du mois de janvier, accompagné de cinq de ses hommes de main.

Ses objectifs, alors, étaient d'enquêter et de questionner Darius Borgas, de le pousser dans ses retranchements, et avec un peu de chance, de lui faire avouer ses crimes. Car, sans preuves contre l'énergumène, il allait être bien difficile, voire impossible, de le mettre derrière les barreaux.

Néanmoins, à ce moment-là, Vidocq était loin d'être au fait de tout ce qui s'était produit en ce lieu cerné par la bleue *Mor Breizh*[82], après l'envoi de la missive de Kalaan.

Le chef de la police de sûreté n'avait pu cacher son ahurissement suite aux révélations du comte de Croz. Surtout en apprenant que Darius Borgas avait attenté à la vie de ce dernier, comme à celle de sa fiancée, Virginie de Macy, lesquels possédaient désormais les charges écrites – grâce à Georges Maltinard –, de ses horribles méfaits, ainsi que de son projet de coup d'État contre Charles X.

Son étonnement s'était peu à peu transformé en rage froide, au fur et à mesure qu'il avait lu les feuillets de son ami assassiné. Georges y dévoilait

---

82 *Mor Breizh : Manche - mer - (en breton).*

toutes les intentions funestes de Darius Borgas, épaulé par la fameuse Guilde des Empoisonneurs, et finissait en citant plusieurs noms de ses membres.

Cela s'était déroulé dans le bureau du château des Croz, alors que Vidocq et Kalaan s'étaient installés près de la cheminée, pour bénéficier de la chaleur du feu.

— Tout cela est édifiant, avait marmonné Vidocq en passant sa large main dans ses cheveux bouclés poivre et sel.

Il avait froncé les sourcils, avant de reprendre la parole.

— Néanmoins, sans preuves, malgré les mots de Georges, nous ne pourrons que questionner l'individu et lesdits membres de la Guilde.

Kalaan s'était agité sur son fauteuil, avant de se racler la gorge en se redressant pour partir se servir un whisky. Comment allait-il annoncer la mort de Darius ?

— Lisez l'ultime phrase de Maltinard, avait-il enjoint à Vidocq. Celle qui figure tout en bas de la dernière page.

Le policier avait suivi les conseils de Kalaan, et avait sifflé de stupéfaction.

— Comment ai-je pu passer à côté sans la voir ?

— De la même manière que moi, avait retourné Kalaan en souriant avant de boire une gorgée de l'alcool ambré. Les révélations ont monopolisé toute mon attention, et ce n'est qu'en les relisant plus tard, que je suis tombé sur cette énigme. Car c'en est bien une, n'est-ce pas ? Du genre de celles que j'utilisais dans mes missives secrètes, en sus des phrases cryptées, alors que j'étais officier au service du royaume.

— Oui, avait confirmé Vidocq, avant de la lire à haute voix : « *Que l'esprit d'Abel le vingt-huitième, dans sa sombre demeure près du Père, vous livre la vérité qui se cache à la pointe de la canne des muets* ».

— Traduction ? s'était amusé Kalaan en voyant le chef de la police parisienne sourire jusqu'aux oreilles.

— Ce bon vieux Georges ! s'était exclamé celui-ci avant toute chose. En plus d'être un excellent ami de longue date, il était l'un de mes meilleurs agents. Voilà ce que cela signifie : « Tombe d'un certain d'Abel[83], division 28 au Père-Lachaise, sous des fleurs portant le nom de *canne des muets* ». Nous y trouverons certainement toutes les preuves accumulées par Georges.

— Je le souhaite pour nous tous, avait acquiescé Kalaan avant de se figer comme Vidocq lui demandait :

— Pourriez-vous avoir l'obligeance de me conduire à votre prisonnier ?

— Vous parlez de Darius ?

— De qui d'autre, mon ami ? s'était esclaffé Vidocq.

Kalaan avait poussé un profond soupir ennuyé et s'était lentement retourné pour faire face au policier.

— Disons qu'il ne reste plus grand-chose de lui, et que nous avons eu de la chance de récupérer quelques morceaux de sa personne dans nos filets de pêche. Un bras calciné, ainsi que sa main, et la chevalière de l'individu incrustée dans sa chair, vous

---

[83] *Konradin Christophe d'Abel : 1750-1823, ministre allemand dépêché à la Cour de France et enterré à la division 28 du Père-Lachaise.*

suffiraient-ils ?

Vidocq en était demeuré bouche bée un instant, avant de demander quelques explications. Mais que pouvait dire Kalaan ? Que Darius s'était transformé en torche humaine par magie, et ce, grâce à Dorian Saint-Clare, un enfant des dieux ? Puis qu'il était tombé sur des pics acérés, pour être finalement englouti par des flots tumultueux ?

— Bien, ne me racontez rien, avait soudain coupé Vidocq. Le maudit a payé pour ses crimes. Je suppose que c'était de la légitime défense ?

— Bien entendu !

— Dans ce cas, je retourne à Paris dans l'instant, et je vous tiendrai au courant de l'avancée de l'enquête. Donnez-moi tout de même... ces morceaux que vous avez pêchés.

— Avec un immense plaisir ! avait lancé Kalaan, très heureux de se débarrasser des restes de Darius, qui avaient été conservés dans une glacière.

Ainsi, Vidocq rentra à Paris, où l'affaire fut rondement menée. Il trouva effectivement assez de preuves au Père-Lachaise pour placer aux fers plusieurs personnes et les inculper de crimes contre le royaume. Cependant, l'histoire fut gardée secrète, car de grands noms de l'aristocratie française faisaient partie du lot, et beaucoup étaient des « amis » proches de Charles X. Il n'était point temps de raviver la flamme révolutionnaire dans l'esprit du peuple.

De plus, il avait fallu mettre la main sur les membres de la Guilde des Empoisonneurs, dont une poignée seulement fut attrapée, tandis que d'autres réussissaient à s'échapper en disparaissant dans la nature. Vidocq promit alors qu'il les poursuivrait, sans relâche, jusqu'au bout du monde, et ce, jusqu'à son dernier souffle.

Le roi voulut remercier Kalaan, en lui offrant d'autres titres, des terres, tout ce qu'il pouvait désirer. Néanmoins, et en retour, le jeune comte ne demanda que deux choses : le droit d'épouser Virginie de Macy rapidement, sans la publication des bans, et celui de le faire civilement à bord de sa frégate, et non dans une affreuse et singulière mairie sur ses terres de *Kerkalon*, près de Saint-Brieuc. Libertés qui lui furent bien entendu accordées, avec la bénédiction de Charles X, et le couple reçut également de sa part, pour cadeau de noces, un petit coffret rempli de pierres précieuses et d'or.

Kalaan décida tout de suite d'en faire don à Dorian, car c'était grâce à lui que la malédiction avait disparu, et que le mariage pouvait avoir lieu. Ne restait plus qu'à faire accepter ce présent à la tête de mule qui n'en voulait pas !

Le jour des noces à la fois civiles et religieuses, le samedi 14 février 1829, trouva tout le monde dans un état de fébrilité de tous les diables. La matinée débuta sous des trombes de pluie, balayées par un vent à décoiffer un moine, qui retardèrent les derniers préparatifs.

C'était comme si les éléments se liguaient contre ce très bel événement qui concernait l'ensemble des habitants de l'île. Car tous seraient de la fête, du simple pêcheur, au seigneur et maître du château. C'était une tradition : le jour des noces d'un Croz, il n'existait plus aucun rang social.

Il fallut attendre le milieu de la matinée pour

pouvoir enfin monter de grandes tentes ouvertes dans les hauts prés et dresser les tables sur tréteaux. Le soleil, d'abord timide, repoussa petit à petit les nuages, et le vent s'évanouit dans un dernier soupir vers le large.

Alors, la magie du lieu opéra. Les mouettes joignirent leurs cris au son des binious[84], bombardes et tambours. Nombreux étaient les musiciens qui formaient le *bagad*[85] de Croz, et l'ambiance s'électrisa, s'échauffa, quand après avoir fini de se préparer, les îliens sortirent de chez eux en costumes bretons et se mirent à chanter et danser dans les ruelles, tout en remontant vers le château.

Toutes et tous se montraient dans leurs plus beaux atours ; les femmes et fillettes portaient de longues jupes noires en velours, des chemisiers immaculés avec finitions en dentelle, sur lesquels elles avaient revêtu des tabliers blancs brodés de fil bleu et d'or. Elles s'étaient fait des chignons et y avaient placé leurs coiffes en dentelle amidonnée, si délicates et si belles, qu'elles auraient fait pâlir d'envie les anges. Quant aux hommes, ils arboraient avec fierté leurs costumes sombres, chemises en lin blanc, et gilets entièrement brodés main, également des mêmes fils précieux. Sur leurs têtes, les chapeaux noirs bretons à large bord, deux longs rubans dans le dos, et une boucle métallisée pour les maintenir, leur conféraient autant de prestance que s'ils avaient porté la couronne d'un roi.

Ainsi, tous arrivèrent devant l'entrée du château,

---

84 *Biniou : Cornemuse (en breton).*
85 *Bagad : Groupe (en breton), dans le cas présent, ce mot est l'abréviation de « bagad sonerien » (groupe de sonneurs).*

dansant au son de la musique, jusqu'à ce qu'apparaisse la mariée, dans une magnifique robe de mousseline blanche, merveilleusement confectionnée par les petites mains des reines de la couture du domaine.

Virginie portait également une coiffe, qui ressemblait quelque peu à celles des îliennes, mais qui se prolongeait en un long voile éthéré sur sa somptueuse chevelure aux reflets de feu. Quelques mèches avaient été tressées, et l'on y avait glissé des brins de lierre et de minuscules fleurs de tissu blanc.

La jeune femme resplendissait, au bras d'un Clovis qui ne cachait pas sa joie d'être celui qu'elle avait choisi pour la conduire à l'autel. N'ayant plus aucun membre de sa famille en vie, Virginie lui avait fait une immense faveur en lui demandant de remplacer son père, et il avait accepté avant de courir se réfugier dans un coin, et de pleurer d'émotion. En fin de compte, il avait une fille à marier. Virginie lui avait fait le plus beau cadeau de sa longue existence.

Le cortège se forma, Virginie et Clovis, suivis d'Isabelle et d'Amélie, puis des gens de la maison, pour être fermé par les îliens joyeux. Ils allèrent non pas vers l'église, mais vers la grande digue où attendait une chaloupe qui mènerait la future épouse jusqu'à la frégate *Ar Sorserez,* ancrée dans le port-clos. Sur le bateau, se trouvaient déjà Kalaan, Dorian, le druide Jaouen, le curé, ainsi que Charles-Louis, tout comme P'tit Loïk qui aurait l'honneur d'officier pour l'union civile.

Là encore, et de loin, on voyait des voiles blancs, et d'une finesse incroyable, harmonieusement noués dans les cordages comme sur les mâts, qui flottaient dans la petite brise marine, tandis que la mer berçait doucement la coque du navire. C'était tout simplement féerique.

Virginie et Kalaan furent d'abord unis par P'tit Loïk en tant qu'officier d'état, qui était rouge d'émotion et avait souvent la voix qui partait en trémolos. Dorian était le témoin de Kalaan et Isabelle, celui de Virginie. Le mariage religieux suivit, un peu plus vite expédié, car le curé avait visiblement le mal de mer. Ce qui amusa beaucoup Charles-Louis, heureux de l'assister et de faire partie du formidable clan des Croz.

Kalaan et Virginie rayonnaient de bonheur et s'embrassèrent pour sceller l'instant, avant que la jeune femme ne se bouche les oreilles en riant, comme plusieurs tirs à blanc de canon retentissaient pour annoncer la fin de la célébration et le commencement des festivités.

Le comte porta alors, et une énième fois depuis le début des cérémonies, son attention sur sa sœur, car Isabelle l'inquiétait. Quelque chose n'allait pas depuis ce matin. Elle semblait… différente. Était-ce parce qu'il l'avait sermonnée pour avoir chapardé un bijou égyptien dans son antre à trésors ?

Il s'agissait en fait d'une parure datant de l'Égypte antique que Maden avait miraculeusement arrachée des limons du Nil, non loin de Memphis, tandis qu'il remontait l'ancre de son bateau. Cela s'était déroulé lors de la fameuse campagne de Napoléon dans le pays. Cependant, il l'avait jalousement gardée pour lui, et ramenée sur l'île.

Isabelle, petite fille, passait des heures à contempler ce fastueux bijou, incroyablement intact, constitué d'or, de lapis-lazuli, et de perles délicates. En ce jour de noces, la jeune femme avait cédé à son envie de le porter, sans en demander la permission, et Kalaan avait fini par le lui offrir.

Elle avait trépigné de joie, avait embrassé son frère plus qu'à son tour pour le remercier. Mais, peu à peu... Isabelle avait perdu de sa vitalité et dardait désormais sur son environnement un regard des plus lointains, presque suspicieux. Même Dorian s'en était rendu compte, et fronçait régulièrement les sourcils en posant les yeux sur elle.

Tout le monde fut reconduit sur la terre ferme. Le banquet débuta dans les hauts prés et la fête battit son plein jusqu'en fin d'après-midi, moment où les mariés disparurent pour se changer dans le but d'embarquer à nouveau sur la frégate, et partir en voyage de noces dans les Highlands.

Kalaan et Virginie en avaient décidé ainsi, pour pouvoir ramener Dorian Saint-Clare chez lui, et visiter ce merveilleux pays, dont Jaouen chantait si souvent les louanges. C'est aussi à ce moment-là que l'absence d'Isabelle fut constatée par Amélie, elle-même inquiète de l'étrange comportement de sa fille.

— Je vais la chercher, Madame, intervint Clovis, qui se dirigea tout de suite vers un endroit de l'île qui l'attirait comme un aimant : le cercle brisé.

Il y était presque, quand du coin de l'œil, il distingua Dorian et Jaouen qui s'acheminaient vers le même lieu. Quoi de plus normal, puisqu'ils venaient tous deux de la maison du druide, pour rejoindre le village et le port, en vue du proche départ. Jaouen devait accompagner le jeune homme en Écosse, et Clovis sourit en réalisant que son frère n'avait vécu que pour ça : aller à la rencontre des enfants-dieux.

Mais tout d'un coup, tous trois s'immobilisèrent en apercevant Isabelle au milieu du cercle brisé, figée, le visage tourné vers le large, et ses pieds à quelques centimètres du bord de la falaise. De concert, ils s'approchèrent d'elle à pas de loup, ne voulant pas l'effrayer, et pressentant qu'il se passait quelque chose de grave. Isabelle n'était vraiment plus la même.

— Je vous attendais…, murmura-t-elle d'une voix rauque et posée, quand ils furent à deux mètres d'elle.

— Ici ? Isabelle, ne devrais-tu pas être avec ta famille sur la digue ? s'étonna gentiment Jaouen en remontant la lanière de sa lourde besace sur son épaule.

À ses côtés, Dorian s'était littéralement statufié, et dardait un regard dur sur le dos de la jeune femme.

— Ce n'est pas Isabelle, gronda-t-il sourdement.

Les deux vieux frères poussèrent de petits cris de stupeur, et se mirent à rire.

— Monsieur, permettez-moi de vous dire que vous souffrez d'un trouble de la vision, se moqua Clovis.

— Je ne souffre de rien du tout ! coupa froidement Dorian. Il y a une forte magie à l'œuvre en cet endroit, et si le corps d'Isabelle se tient bel et bien devant nous, ce n'est pourtant pas *elle* qui est là !

— Exact… enfant des dieux, murmura Isabelle en faisant volte-face pour plonger son regard vert ambré dans celui de Dorian. Et si tu veux retrouver cette femme, tu vas devoir m'assister.

— Qui… qui êtes-vous ? bégaya Jaouen qui s'efforçait, comme Dorian, de percer le barrage psychique d'Isabelle, et qui ne comprenait pas pourquoi il ne ressentait aucune onde de magie.

— Je suis une ombre du passé, perdue dans le temps, oubliée. Mais maintenant, l'occasion m'est donnée de rentrer chez moi. J'étais une enfant des dieux, tout comme toi, Dorian, et avec nos puissants charmes réunis, ainsi que la bienveillance des déités, je pourrai réparer les torts que l'on m'a faits.

— C'est donc cela, souffla encore Jaouen. Une âme damnée a pris possession du corps d'Isabelle !

— Je ne suis pas damnée ! s'écria la chose. La femme que vous aimez n'est qu'endormie. Elle se porte bien. Je ne suis pas maléfique, mais je peux le devenir si l'un de vous tente quoi que ce soit contre moi ! Je n'ai commis qu'une seule faute dans ma vie, celle de m'être éprise de cette parure ! Elle s'est transformée en malédiction…

— Encore une ! cracha Jaouen.

— Du calme, intervint Dorian dans le même temps, levant les mains en un signe d'apaisement, et son cœur s'arrêtant de battre un instant, de peur qu'Isabelle ne soit blessée. Que dois-je faire pour vous porter assistance ?

— Tu vas me reconduire chez moi.

— Très bien, le bateau de mon ami Kalaan est prêt à…

— Non ! Pas ainsi ! coupa celle qui avait pris possession d'Isabelle. Approche, et donne-moi la main. Si les dieux sont en accord avec ma demande, ils nous aideront. Ils savent qui je suis et que je ne me suis jamais détournée d'eux. Je leur suis restée fidèle et dévouée jusqu'à…, s'interrompit l'esprit, avant de pousser un long et triste soupir. S'ils refusent, si je ne peux réparer les torts qui m'ont été faits, alors… je libérerai Isabelle, tu as ma promesse, et je repartirai dans la noirceur de ma prison.

En prononçant ces mots, elle posa la main sur la somptueuse parure antique, l'or brillant de mille feux sous les rayons du soleil. Ainsi, c'était cet objet qui avait abrité l'esprit. Ce qui expliquait pourquoi Isabelle avait changé de comportement depuis qu'elle le portait.

— Les chemins de la destinée sont toujours écrits d'avance, dit alors Jaouen d'un ton docte. Quelle chance pouvait-il y avoir qu'un esprit d'enfant des dieux, et un autre, bien vivant, se retrouvent sur cette île ? Dorian, accepte sa demande, lui enjoignit-il. Nous ne sommes plus à une malédiction près.

Ce dernier hocha la tête et tendit la main. Il ferait n'importe quoi pour délivrer Isabelle de cette créature ! La jeune femme saisit ses doigts, les entrelaça aux siens, puis se tourna à nouveau vers le ciel, tandis qu'un puissant courant d'énergie passait d'un corps à l'autre. La sensation fut si intense, tellement grisante, que Dorian en eut le souffle coupé.

Alors, « Isabelle » se lança dans une douce mélopée, chantant des mots que nul ne connaissait, sa voix acquérant de plus en plus de force, tandis qu'une sorte de tourbillon nuageux immaculé se formait très loin au-dessus de leurs têtes.

Puis, elle se tut et se mit à sourire, en gardant les yeux levés vers l'étrange phénomène qui prenait de l'ampleur, et se chargeait de vifs éclairs argentés.

— Ils sont là…, murmura-t-elle. Ils m'accordent leur bénédiction.

Dorian, Jaouen et Clovis, levèrent également le regard, et retinrent leur respiration face au prodige qui évoluait rapidement et qui émettait maintenant de violents grondements, à l'instar de ceux d'un puissant orage.

— Que se passe-t-il ? cria Clovis pour se faire entendre, quelque peu effrayé par ce qui se déroulait, mais restant courageusement auprès de son frère, et de ses amis.

— L'impossible ! lui répondit le vieux druide sur le même ton, tandis qu'il réalisait avant tout le monde ce qui se produisait.

Une longue tornade grise descendit peu à peu du tourbillon et s'ancra à la surface des flots, juste au pied de la falaise. Elle émit une étrange lamentation, puis de l'écume se forma à sa base, tandis que le tertre du cercle brisé se mettait à vibrer.

Dorian poussa à ce moment-là une douloureuse plainte. L'esprit aspirait sa magie comme il l'aurait fait de son sang. Il avait de plus en plus froid et ses membres se raidissaient. Si cela devait perdurer, il en mourrait.

— C'est bientôt fini, lui assura Isabelle, ou plutôt la chose qui s'était emparée d'elle.

— Qui... êtes-vous ? hurla Dorian entre deux souffles laborieux.

— Je me nomme Amenty, fille du savoir des Origines...

Dorian ne put entendre la suite, car un bruit fracassant couvrit les paroles d'Amenty et la terre se mit à trembler puissamment. Comment pouvaient-ils rester tous les quatre debout, avec l'impression que leurs pieds étaient cloués au sol, tandis que le monde bougeait violemment autour d'eux ?

Bientôt, de la base de la tornade, des pointes

rocheuses sortirent des flots. Cinq immenses pierres plutôt, suivies d'une sorte de plateau sur lequel elles se tenaient. Le tout monta, et s'éleva encore, jusqu'à atteindre les hauteurs où se trouvait le cercle brisé, avant de s'y souder parfaitement dans un dernier grondement.

Dorian, qui s'était à moitié évanoui, s'aperçut que le phénomène nuageux avec les éclairs s'était totalement volatilisé, ainsi que la tornade. Cependant, ce qui lui donna la force de rester conscient, fut son ahurissement en réalisant qu'il se tenait au milieu d'un authentique cercle de menhirs.

— Les dieux… nous ont pardonné ! bafouilla Jaouen en tombant à genoux au centre de l'ensemble, tout en laissant couler sur ses joues des larmes d'émotion. La porte est reconstituée. *Awen* [86] !

— *Awen*, murmura à son tour Clovis, blanc comme un linge, tandis que la légende du cercle brisé revenait à son esprit.

— Partons ! lança alors Amenty en reprenant la main de Dorian.

Avant qu'il puisse réaliser quoi que ce soit, un autre tourbillon se leva autour d'eux. Le jeune homme plissa les yeux tant la luminosité se faisait vive, et essaya machinalement de se détacher d'Isabelle.

— Non, en aucun cas tu ne dois me lâcher ! criat-elle. Ou sinon, tu seras perdu dans les couloirs du temps !

Jaouen et Clovis assistèrent au nouveau phénomène, sans pouvoir bouger dans un premier temps. Mais soudain, alors que les silhouettes de Dorian et d'Isabelle se faisaient éthérées, le vieux

---

86 *Awen* : « Le Tout », qui termine souvent les prières druidiques.

druide se redressa vivement et se jeta sur le jeune Saint-Clare.

— Jaouen ! hurla Clovis. Pas sans moi ! jura-t-il encore, et dans un élan, il se lança également dans le tourbillon pour s'accrocher solidement au bras de son frère.

L'instant suivant, tous les quatre disparaissaient... sous les regards horrifiés de Kalaan et Virginie.

— Isabelle ! cria Kalaan en courant vers le centre du tertre, avant de se figer et de tituber en faisant le tour intérieur. Mais... je ne comprends... pas... Le cercle...

— ...est entier, termina Virginie dans un souffle, comme Kalaan restait silencieux, le visage pâle et l'air perdu.

— Mais, qu'ont-ils encore fait ? se reprit quelque peu le comte. Où sont-ils ? Je hais la magie, et les malédictions !

— Mon amour, essaya de le calmer Virginie, qui n'en menait pourtant pas bien large et qui tremblait de la tête aux pieds. Il doit y avoir une explication. Et ces menhirs réunifiés sont certainement un début de réponse.

— Oui, tu as raison. Selon la légende, le cercle serait à nouveau complet, le jour où les dieux pardonneraient au peuple de ces terres. Et si tel est le cas, cet endroit est tout bonnement une porte menant aux Sidhes !

— Mon Dieu, gémit Virginie. Alors, nous ne les reverrons jamais.

— Oh, que si ! gronda Kalaan en lui saisissant la main et en l'entraînant hors du site d'un pas rageur.

— Où allons-nous ? couina-t-elle.

— Dans les Highlands, pardi ! Pour retrouver la famille de Dorian... et avec leur aide, nous récupérerons ma sœur.

— Et Clovis, ainsi que Jaouen ! Ne les oublions pas !

— Comme Dorian, ajouta Kalaan en grinçant des dents, et il aura intérêt à me donner une bonne explication pour la frayeur qu'il vient de nous causer ! Foutue magie ! vociféra-t-il encore de sa voix de baryton, en faisant fuir quelques goélands qui s'étaient posés sur la partie émergée du cercle, et qui se régalaient des mollusques qui avaient élu domicile sur les menhirs.

Note de l'auteur

J'ai choisi l'Égypte comme début de ce roman, car après l'Écosse et l'univers celtique, l'histoire de ce pays fait partie de mes plus grandes passions.

Il faut se souvenir qu'en 1828, date où cette romance commence, nous en sommes encore aux balbutiements des découvertes majeures qui se joueront peu à peu jusqu'à notre époque, notamment grâce à Jean-François Champollion, « le déchiffreur des hiéroglyphes » et la pierre de Rosette.

Le nom de Ptolémée, en 1821, est le premier qu'il traduira sur un cartouche grâce à ses connaissances des langues anciennes, dans ce cas la gréco-romaine, et à sa parfaite maîtrise de l'histoire. Puis, ce sera le nom de Cléopâtre qu'il relèvera sur l'obélisque de Philæ. Dès lors, les événements s'enchaîneront rapidement, et bien d'autres illustres personnages de l'Égypte antique renaîtront de leurs cendres.

Des cendres, car effectivement, depuis l'époque romaine – empereur Théodose le Grand (347-395) – et par la suite le christianisme, la compréhension de l'écriture hiéroglyphique s'était perdue en raison de la fermeture des lieux de culte dits « païens » et du génocide des prêtres égyptiens (par exemple, le massacre des prêtres du *Sérapéum*[87] d'Alexandrie en 391).

Quatorze siècles d'oubli, de perte de

---

87 *Sérapéum d'Alexandrie : Dans l'Antiquité, sanctuaire dédié à Sérapis (divinité de l'époque du premier pharaon de la dynastie Lagide).*

connaissances inestimables, de destructions ou d'enfouissements de remarquables sites, séparent la période romaine et la venue de Champollion. Quatorze siècles pour que resurgisse la réelle histoire de la fabuleuse et envoûtante Égypte antique, de ses très nombreux pharaons, des différents rites et grands monuments.

Le 14 septembre 1822, quelques mois après avoir identifié les noms de Ptolémée et Cléopâtre, Champollion déchiffrera les cartouches de deux des plus grands pharaons : Ramsès et Thoutmôsis. Il se basera alors sur la langue copte et ajoutera ensuite des valeurs phonétiques, qui expriment une idée (idéogramme) ou un son (phonogramme). Ce jour-là, il s'exclamera : « *Je tiens mon affaire !* », avant de s'évanouir d'émotion aux pieds de son frère.

Le 22 septembre 1822, dans sa fameuse communication passée à la postérité, « *Lettre à Monsieur Dacier* », il exposera les principes de l'écriture hiéroglyphique.

À Turin, en 1824, il se rendra au « Musée Égyptien du Monde » pour étudier la collection royale et en établira une description scientifique. Une année de travail acharné plus tard, il réussira à reconstituer une partie de la chronologie des dynasties pharaoniques (qui ne cesse de s'agrandir de nos jours, grâce à de nouvelles découvertes). De retour en France, il obtiendra du gouvernement de Charles X l'accord pour l'achat de la collection égyptologique du consul anglais Henry Salt, et l'ouverture du département des antiquités égyptiennes au Louvre.

Voilà pour cette brève et rapide explication de la partie « Égypte » qui vous prouve à quel point tout cela me fascine.

Pour l'autre partie du roman, la plus importante, j'ai choisi la Bretagne et plus particulièrement une île inventée pour les besoins de la cause, mais tout de même largement inspirée de Bréhat dans les Côtes-d'Armor.

Vous avez aussi fait connaissance avec l'*Ar Brezhoneg* (la langue bretonne), et pour ne pas trop gêner votre lecture, les traductions ont été mises en bas de page et non dans un glossaire en fin de roman.

Un grand remerciement à Cassandra O'Donnell qui m'a fait l'honneur d'être la marraine de ce roman. Je suis très touchée.

Remerciements également à la fine équipe qui a travaillé avec moi à la concrétisation de ce projet : Céline, Marie, Stéphane, Sophie D, Muriel et Martine P. Vos avis et conseils m'ont donné des ailes.

Merci à ma tendre amie Solange, ma correctrice de choc, qui est à mes côtés depuis tant d'années.

Merci à mon amie de cœur, Isabelle A, qui a encore su me lancer quelques défis sympathiques. Je crois bien les avoir tous relevés. Chipie !

Et un grand merci à vous, chers lecteurs, et n'hésitez pas à donner vos avis.

Tendresse

Linda

www.ingramcontent.com/pod-product-compliance
Ingram Content Group UK Ltd.
Pitfield, Milton Keynes, MK11 3LW, UK
UKHW041946230426
12048UKWH00008B/155

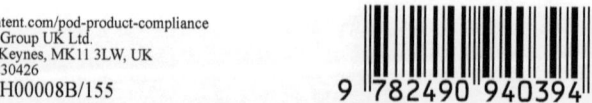